차남들의 세계사

차남들의 세계사

이기호 장편소설

민음사

손이 없다고 해서
기도를 못하는 것은 아니다.
하지만 손이 없으면
손을 달라고 기도하게 된다.

— 이문재, 「손의 백서(白書)」에서

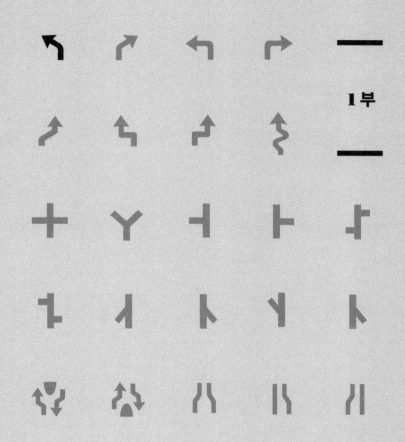

1부

1

들어 보아라.

이것은 이 땅의 황당한 독재자 중 한 명인 전두환 장군의 통치 시절 이야기이다.

그러니까 벌써 30년 남짓한 세월이 흐른 이야기란 소리이다. 하지만 세월 따윈 아무 소용 없다는 것을 우리의 주인공이 몸소 보여 주고 있었으니, 그는 그때부터 지금까지 여전히 수배 중인 인물이다. 그의 이름은 나복만(羅福滿)이었다. 수배가 처음 떨어졌을 때 나이는 스물아홉 살. 어딘가에 아직 살아 있다면 그도 어느덧 환갑을 넘긴 나이가 되었을 것이다. 누군가에게 쫓기면서 30대를, 누군가를 피해 다니면서 40대를, 누군가를 등진 채 50대를, 그는 그렇게 골목길에서 마주친 된바람처럼 잔뜩 고개를 움츠린 채 스쳐 지나쳤으며…… 아마도 칠순이 되고 여든이 되어도 계속 수배 상태 그대로 쭈욱 살아가게 될 것이다. 그래서 다시 한 번 곰곰 생각해 보니, 어쩌면 이 이야기의 진짜 주인공은 나복만이 아닌 '수배' 그 자체인지도 모르겠다. 그 말인즉슨 나복만에게 일어났던 운 없는 사건들이 당신에게도, 나에게도 연속적으로 벌어진다면, 당신도, 나도, 그 누구도, 별수 없이 나복만이 될 수밖에 없다는 소리이다. 설령 그 누군가가 전두환 장군이라 할지라도……. 30년이 흘렀지만 변함없이.

이제부터 그 얘기를 하려는 것이다.

*

이것을 들어 보아라.

1980년 8월 27일, 서울 장충체육관에서 대통령에 당선된 전두환 장군은(국민이 뽑는 직접선거가 아닌, 대의원들이 뽑는 간접선거였다. 그는 대의원 2525명에게서 2524표를 받았다. 한 표는 반대가 아닌 기권이었다.) 닷새 뒤인 9월 1일 대한민국 제11대 대통령으로 정식 취임한다.(취임식은 잠실체육관에서 거행되었다. 하여간 그는 '체육'을 무진장 사랑한 장군이었다.) 당시 그의 나이는 만 49세였고, 슬하엔 모두 네 명의 아들딸이 있었다.

1년 전까지만 해도 평범한 육군 소장에 불과했던 전두환 장군이 갑작스럽게 독재자의 길로 접어든 까닭은, 그가 자신도 원치 않았던 누아르의 주인공이 되었기 때문이었다. 그는 수사를 하다가 대통령에 취임한, 세계 역사상 그 전례를 찾아볼 수 없는 수사관이었다. 당시 그가 보안사령관 신분으로 수사를 맡았던 사건은 바로 또 다른 독재자인 박정희 대통령 피격 사건이었다. 자신에게 장군 계급장을 달아 주고, 자신에게 훈장까지 내려 주었던 대통령의 피격 사건이었던지라 그는 최대한 피해자의 심정으로, 열과 성을 다해 수사에 임했다. 하도 열과 성을 다해 수사하느라 피격 사건과는 전혀 무관한 자신의 직속상관들까지도 모조리 체포하고 구금했던 전두환 장군은, 그래도 성이 다 차지 않았던지 그냥 자신이 피해자의 신분을 대신하는 것으로 수사를 마무리했다.(수사관은 항상 피해자의 심정으로 사건을 바라봐야 한다. 그래야 사건이 제대로 보이는 법이다.) 그래서 그는 대통령이 되었다. 누아르의 핵심 서사란 무엇인가? 예상치 못한 사건에 우연히 휘말린 한 사람이, 그로 인해 자신의 신분과 정체성마저 모두 잃어버리는 것이 누아르의 기본 뼈대 아니던가? 전두환 장군은 독재자 살인 사건을 수사하다가 독재자가 되어 버렸다.(대통령에 취임하기 며칠 전, 《뉴욕타임스》와 한 인터뷰에서 전두환 장군은 당시의 심정을 이렇게 말했다. "나는 나에게 주어진 운명을 회피하지 않겠다." 누아르의 주인공들은 총을 뽑기 전 항상 이런 유의 대사를 나직하게 내뱉는다.) 만약 그가 수사한 사건이 기업체 사장 살인 사건이었다면, 그는 기업체 사장이 되었을 것이다. 만약 그가 수사한 사건이 노숙자 살인 사건이었다면, 그는 노숙자가 되었을 것이다.(어쨌든 주어진 운명을 회피하진 않았을 테니까.) 만약 그가 수사한 사건이 이등병 살인 사건이었다면, 그는 이등병이 되었을 것이다.

그는 누아르의 문법에 사로잡힌 수사관이었다.

*

이것을 잘 들어 보아라.

정말 이해할 수 없었던 것은 당시 미국의 태도였다. 18년간 장기 집권했던 독재자가 죽어 이제 숨 좀 쉴 수 있겠거니, 생각했는데 처음 보는 웬 대머리 수사관(그가 유일하게 누아르 영화 속 주인공들과 다른, 아주 작은 차이이다. 뭐랄까, 「오스틴 파워」에 나오는 '미니미'가 수사관 역할을 맡았다고나 할까?)이 그 자리를 떡하니 차지하고 앉으니 이곳저곳에서 시민들이 들고일어난 것은 너무나도 당연한 일이었다. 실제로 한반도 남부의 한 도시에서는 시민들이 경찰서와 관공서를 모두 점거하여 그의 '영(令)'이 제대로 서지 않는 지경에까지 이르렀다.(시민들은 대놓고 "전두환은 물러가라."라고 아침부터 저녁까지 외쳐 댔다.) 그래서 우리의 누아르 주인공은 군대까지 동원해서 시민들을 모두 체포하기에 이르렀는데(수사관은 늘 체포부터 먼저 한다. 죄는 그다음이다.) 거기에서 한 가지 문제가 발생한 것이다. 당시 대한민국 군대의 작전 지휘권은 대한민국 대통령에게 있지 않았다. 1950년 한국전쟁 발발 이후 그때까지 계속 남한 땅에 주둔해 있던 주한 미군 사령관에게 그 권한이 있었던 것이다.(물론 2014년 현재까지도 대한민국 군대의 작전 지휘권은 주한 미군 사령관에게 있다.) 때문에 한국 군대의 이동과 작전에 대해선 항상 주한 미군 사령관에게 사전 허락을 받도록 되어 있었다. 한데, 당시 주한 미군 사령관이었던 존 위컴(John Wickam)은 우리의 누아르 주인공이 요청한 공수부대의 진압 작전을 승인 혹은 묵인해 주었고(설마 그게 위컴 개인의 결정이었다곤 믿지 않겠지?) 그로 인해 공식적으로 시민 191명이 피살되고 852명이 부상당하는 사태(공식적인 것이 그렇고 비공식적으론 그 여덟 배에 가까운 사람들이 목숨을 잃었다고 전해진다.)에 직간접적인 역할을 담당하게 된 것이었다. 이것은 무엇을 뜻하는 것일까? 이것은 대한민국 사람들에게 어떤 사인을 주었을까? 아, 우리의 영원한 우방 미국은 누아르의 주인공을 좋아하는구나, 카터 대통령은 수사관을 좋아하는구나, 그때 막 「007 시리즈」(부제는 '나를 사랑한 스파이'였다.)도 새로 개봉했으니, 역시……. 그래서 그다음부터 대한민국 국민들 또한 누아르의 주인공을 모두 인정하는 분위기로 돌아서게 되었다.(인정 안 하면 어쩌나, 또 군대가 올 텐데.) 그래서 2525명이 투표해서 2524명이 찬성한, 불후의, 불가사의한, 왜 했는지 알 수 없는, 투표용지만 낭비한 선거 결과가 나온 것이었다. 당시 미합중국 대통령이었던 지미 카터는 누아르 주인공이 대통령에 당선되자마자 축전을 보내 격려했고, 이에 감격한 우리의 독재자 역시 다음 달 카터의 56세 생일에 직접 축하 카드를 써 보내는, 다정다감함을 만방에 과시했다. 그 카드를 직접 보지 못해서 뭐라 딱 부러지게 말할 순 없지만, 뭐 대충 이런 내용이 적혀 있지 않았을까.

"형, 고마워요. 「007 시리즈」 계속 만들어 주세요."

*

이것을 똑똑히 들어 보아라.

수사하다가 대통령이 된 우리의 독재자는 개 버릇 남 못 주고 계속 수사와 체포로 한 나라를 통치하기 시작했다. 그러니까 국정 목표가 수사였고, 국정 지표가 체포였던 것이다. 1980년 8월부터 1981년 1월 사이, 우리의 누아르 주인공이 영장 없이 체포한 사람은 모두 6만 755명이었다.(하나, 일단 잡아들이고 본다.) 그중 3252명은 재판에 회부했고(둘, 죄를 만든다.) 3만 9742명은 재판 없이 그냥 삼청교육대라는 목공 제조 전문 교육 시설로 보내 버렸다.(셋, 죄를 자신의 것으로 인식하게 만든다.) 우리의 독재자는 특히 대학생이라면 질색을 했는데(얘네들은 둘 이상만 모여도 자신을 욕한다고 생각했으니까.) 그가 1981년부터 1983년 사이에 제적시킨 대학생 숫자는 1400명이 조금 넘었다. 한번은 학교 건물을 점거하고 데모하던 대학생 1525명을 모조리 체포, 그중 1259명을 구속시키는 전무후무한 대기록을 세우기도 했다. 그뿐 아니라 그는 대학교 내에 사복 경찰과 프락치들을 은밀히 침투시키는 선도적 수사 기법을 동원, 학생과 학생끼리, 학생과 교수끼리, 교수와 교수끼리, 서로가 서로를 의심하고 불신하고 반목하고 신고하게끔 만드는 풍토를 조장했는데, 그 때문에 한 해 여러 명의 학생들이 스스로 목숨을 끊거나 정신병원에 입원하기도 했다. 검찰은 검찰대로, 경찰은 경찰대로, 안기부는 안기부대로, 보안사는 보안사대로, 서로 경쟁하듯 수사하고 체포하느라 구치소와 교도소는 늘 포화 상태였고, 교도관들은 과중한 업무로 인해 항상 충혈된 눈으로 철창 안을 바라보아야 했다. 그러거나 말거나 우리의 독재자는 계속 미국 대통령에게 축하 카드를 쓰며(대통령이 카터에서 레이건으로 바뀌자마자 그는 다시 카드부터 썼다.) 자신에게 주어진 운명을 즐기고 있었다.

*

이것을 귀 기울여 들어 보아라.

1982년 3월 18일, 이날 우리의 독재자에겐 한 가지 시련이 발생하는데, 결과적으로 그로 인해 우리의 또 다른 주인공인 나복만 역시 길고 긴 수배 생활을 시작하게 되었다. 그것은 바로 대한민국 제2의 도시인 부산에서 일어난 '부산 미문화원 방화 사건'이었다. 문부식, 김은숙, 유승렬 등 부산 지역 대학생 여섯 명이 플라스틱 물통 네 개와 휘발유 30리터, 나무젓가락 두 개 등으로 지하 1층, 지상 2층짜리 건물을 잿더미로 만들어 버린 이 사건은, 우리의 독재자를 분노와 흥분과 부르르 손 떨림과, 광기와 심박 수 증가와 현기증과 끽연의 유혹과 엄청난 요의의 도가니 속으로 종합적으로 빠뜨려 버렸다.(얼마 남지 않은 머리카락도 몇 가닥 빠져 버렸다.) 왜? 왜는 무슨. 그 건물이 바로 자신이 직접 카드를 써서 보낸 미합중국형네 건물이었기 때문이었다. 형한테 잘 보여도 모자랄 판에 형네집을 쑥대밭으로 만들어 버렸으니, 어쩌나.(더군다나 불을 지른 방화범들은 부산 시내 곳곳에 "미국은 더 이상 독재 정권을 비호하지 마라." "미국은 더 이상 한국을 속국으로 만들지 말고 물러나라." 등의 유인물을 뿌린 후 잠적해 버렸다.) 우리의 독재자는 다시 누아르의 주인공으로 변해 사건을 수사해 나가기 시작했다. 가볍게 수사 인력을 7만 명 정도 동원해서 여섯 명의 뒤를 쫓았으며, 그것으로도 부족해 예비 군과 예비군 소속 직원들까지 총동원해 20대 청년 여섯 명의 뒤를, 예순 명도 아닌 여섯 명의 뒤를, 열여섯 명도 아닌 여섯 명의 뒤를 맹렬히 쫓고 또 쫓았다. 현상금은 하루에 1000만 원 단위씩 인상되었고, 신문에선 연일 "아니, 어떻게 우리의 영원한 우방에게 이런 일을 저지를 수 있단 말인가."라는 탄식 조의 칼럼과 기사가 2, 3면에 걸쳐 도배되어 나왔다. 그러니 뭐 또 어쩌겠는가? 전 국민이 수사관이 되고, 온 나라가 누아르의 무대가 될 수밖에. 형네 건물이 불탔으니까 동생들이 애를 쓸 수밖에.

결국 그해 3월 30일, 방화범 중 네 명의 학생이 체포되었고(평범한 시민의 제보로), 주범 격인 문부식, 김은숙은 4월 1일 도피하고 있던 원주 가톨릭 문화관에서 담당 신부인 최기식 신부의 권유를 받아들여 자수하고 만다. 당시 문부식의 나이는 23세, 김은숙의 나이는 24세였다. 사건 발생 14일 만이었고, 구름이 잔뜩 낀 만우절 아침이었다.

사건의 핵심 인물들도 모두 검거됐고, 그로 인해 사건의 전말도 어느 정도 드러났으니 이제 다시 생업으로 돌아가도 되겠거니, 생각했던 사람들에게 우리의 누아르 주인공은 고개를 가로저었다. 무슨 소리. 수사는 아직 시작도 안 했어. 누아르의 주인공은 그렇게 일갈한 후, 자수를 권유한 최기식 신부의 뒤를 캐기 시작했다. 그러니까 핵심은 이런 거였다. 너는 왜 3월 29일 가톨릭 문화관으로 찾아온 주범들을 무려 사흘 동안이나 신고하지 않고 숨겨 주고 재워 주고 먹여 주었느냐, 혹시 너도 이 사건과 무슨 연관이 있는 것 아니냐……. 그에 대해 최기식 신부는 이렇게 답변했다. 어떠한 경우라도 고발할 수 없는 게 신부의 입장 아닌가, 그것은 고해성사와도 같은 것이었다……. 최 신부의 말을 듣고 나서, 음, 그렇군, 고해성사라니, 그럴 수도 있었겠군, 하고 우리의 누아르 주인공이 고개를 끄덕거렸을 거라고 믿는다면, 당신은 순진하고 아름다운 한 떨기 민들레 같은 사람……. 당신은 우리 독재자의 집념과 능력을 너무 얕잡아 본 것이 틀림없다. 우리의 누아르 주인공은 형네 집의 안녕과 평안을 위해서라면 능히 하나님의 손목에도 수갑을 채울 수 있을 만큼 웅대한 배포와 담력을 지닌 분인지라 단칼에, 눈 하나 깜짝 안 하고, 최 신부를 범인 은닉 및 국가보안법 위반 혐의로 4월 8일 구속해 버렸다. 어찌 감히 교회법이 세속법을 이기려 드는가? 우리의 누아르 주인공은 그렇게 말했다.(설령 『레 미제라블』의 밀리에르 신부가 온다 해도 우리의 누아르 주인공은 눈 하나 깜짝 안 하고 같은 말을 했을 것이다. 좆까.) 그리고 그것으로도 그치지 않고 최 신부의 일을 도와주던 가톨릭 농민회 간부와, 교육관을 자주 들락거렸던 서점 주인, 심지어 교육관의 보일러공까지 모조리, 쌍끌이 어선처럼 바닥을 샅샅이 훑으며, 모두 잡아들였다.

＊

이것을 누군가와 함께 들어 보아라.

우리의 누아르 주인공께서 불철주야 신과 직접 '맞짱'을 뜨는 마당이니, 그 아래 사람들 역시 정시에 퇴근해서 발톱을 깎으며 마냥 텔레비전만 바라볼 수는 없는 일. 특히 당시 원주경찰서 정보과 소속 형사들의 경우가 그러했는데, 연일 사무실에 '죽치고' 있는 기자들과 안기부 소속 요원들, 치안본부 소속 형사들 때문에 그들은 자신의 책상에 앉지도 못한 채 창문턱에 걸터앉거나 피의자들이 수갑을 찬 채 대기하곤 하던 장의자에 쪼그리고 앉아 업무를 보곤 하였다. 사무실은 라이터 켜는 소리와, 전화벨 소리와, 타자 치는 소리와, 누군가 누군가와 이야기하는 소리와, 구둣발 소리와, 커피 배달 온 아가씨의 껌 씹는 소리와, 누군가 아무 이유 없이 책상을 내리치는 소리 때문에 늘 소란스러웠고, 스무 명 가까운 사람들이 한꺼번에 내뱉는 담배 연기와 안기부 소속 요원들이 실내에서도 벗지 않던 선글라스 때문에 항상 어두컴컴했다. 그런 상황이 4월 1일부터 시작해서, 최 신부가 구속된 4월 8일까지 계속 이어졌다. 당시 원주경찰서 정보과장이었던 곽용필 경정은 매일 오전 10시와 오후 3시, 하루 두 번씩 기자들에게 수사 진행 상황을 브리핑해 주었고, 그 브리핑을 위해 매일 오전 8시와 오후 1시, 소속 형사들과 회의를 진행했다. 그러니까 우리의 또 다른 주인공인 나복만이, 당시 원주시 단구동에 위치한 '안전택시'의 1년 차 신입 기사였던 나복만이,

원주경찰서에 잠깐 들렀다 돌아간 것은 그 일주일 중 어느 하루였던 게 분명하다.(4월 5일이나, 4월 6일쯤이 가장 유력하다.) 그는 그때 대략 30분 정도 원주경찰서에 머물렀고, 생각보다 일이 빨리 마무리되어 발걸음도 가볍게 다시 정문 밖으로 빠져나갔다. 그리고 그 30분 때문에…… 그는 30년 넘는 세월 동안 수배 생활을 하게 되었다. 장 발장은 밀리에르 신부의 은촛대라도 훔쳤지만, 우리의 나복만은 경찰서의 타자기 하나 훔치지 않은 몸이었다. 볼펜 한 자루, 종이 한 장, 지우개 하나, 라이터 한 개 훔치지 않은 몸이었다. 그렇다면 그는 과연 무슨 죄를 지었기에 그토록 오랜 세월 쫓기는 몸이 되었단 말인가?

그것을 알아보는 과정이 이 이야기의 핵심 질문이다. 어쩌면 답은 이미 빤히 나와 있는지도 모르겠다. 답이 빤한 걸 알면서도 뛰어드는 것이 누아르의 문법이니, 우리도 그럴 수밖에. 그 옛날 빅토르 위고 또한 그러했으니.

*

자, 이것을 이제 천천히, 마음 편히 들어 보아라.

나복만은 자신의 이름과는 달리 진정 운이 없는 친구였다. 그가 그날 그때, 원주경찰서를 찾아간 것은 전전날 새벽에 있었던 작은 교통사고 때문이었다.

전전날 새벽 5시 무렵, 원주의료원 사거리에서 신호를 받고 좌회전을 하던 나복만의 연두색 포니 택시는, 붉은색 신호를 무시하고 건널목을 건너던 자전거 한 대와 가볍게 부딪치고 말았다. 아직 해가 떠오르지 않아 어두컴컴했던 도로엔 차 한 대 지나다니지 않았고, 유가 파동을 겪은 지 얼마 지나지 않은 시절인지라 가로등도 모두 꺼진 상태였다. 개나리가 이곳저곳 듬성듬성 피기 시작한 계절이었지만, 새벽엔 아직도 바람이 매서워 나복만은 회사 로고가 찍힌 두꺼운 남색 점퍼의 지퍼를 턱 바로 아랫부분까지 바짝 올린 채 운전대를 잡고 있었다. 회사 방침대로 히터는 켜지 않았고, 손에는 두꺼운 목장갑을 두 겹이나 겹쳐 끼고 있었다.

　사고가 난 직후, 나복만은 브레이크를 그대로 밟은 채 한동안 굳은 듯 차 앞 유리만 바라보며 자리에 앉아 있었다. 코너를 도느라 다행히 속도는 그다지 내지 않았지만 무언가 분명 물컹거리는 것이 그의 복사뼈를 지나, 무릎 연골을 지나, 엉덩이 굴곡을 지나, 허리와 어깨와 손목까지 그대로 전해졌다. 그리고 택시 헤드라이트 불빛에 반사돼 팽그르르 돌고 있는 자전거 바퀴살이, 하늘을 향해 누워 버린 바퀴살이, 그의 두 눈을 계속 어지럽혔다. 택시를 운전하기 시작한 이래, 단 한 번의 신호 위반도, 과속도, 주차 위반도 하지 않은 그였다.(택시가 그러하다니, 다들 믿기지 않겠지만 나복만이었으니까, 그였으니까 가능한 일이었다. 그게 바로 나복만이었다.) 그는 운전대를 잡은 두 손에 힘을 주며 계속 나무처럼 앉아 있기만 했다.

그렇게 시간이 얼마나 흘렀을까?(사실은 짧은 시간이었지만, 나복만에겐 그렇게 느껴지지 않았다.) 시꺼먼 물체 하나가 불쑥, 넘어진 자전거를 일으켜 세우며 헤드라이트 불빛 앞에 나타났다. 그제야 나복만은 시동을 멈추고 허겁지겁 차 밖으로 뛰어나갔다.

키가 작고, 머리가 짧은 소년이었다. 중학생이나 되었을까? 교련복 바지에 검은색 점퍼를 입은 소년은, 나복만이 가까이 다가서기도 전에 택시 한쪽 바퀴 앞에 쪼그리고 앉아, 바퀴 아래에 긴 신문 더미를 빼내려 낑낑 애를 쓰고 있었다. 그러면서도 한편으론 연신 손목시계를 내려다보았다.

"얘, 얘…… 괘, 괜찮니?"

나복만은 소년의 자전거를 한 손으로 잡아 주며 물었다. 헤드라이트에 비친 소년의 얼굴 이곳저곳엔 허연 마른버짐이 피어 있었다.

"저기, 저 차 좀 잠깐 빼 주시겠어요?"

소년은 나복만의 얼굴을 바라보지도 않고 말했다. 소년은 나복만과 같은 장갑을 끼고 있었다. 손바닥 면에 빨간 고무를 댄 목장갑이었다.

나복만이 다시 시동을 켜고 차를 뒤로 조금 빼기가 무섭게, 소년은 신문 더미를 자전거 짐칸에 실었다. 그러곤 반대편 인도로 빠르게, 절뚝절뚝 다리를 절며, 건너갔다. 자전거 핸들에 문제가 있는지, 소년은 자전거를 타지 않고 양손으로 끌면서, 그러면서도 계속 짐칸의 신문 더미를 바라보면서, 절뚝절뚝 뛰어갔다. 나복만은 그 모습을 택시 운전석에 앉은 채 바라만 보았다. 택시에 앉은 채, 유리창을 조금 내리고, 얘, 얘, 괜찮아, 하고 몇 번 소리 내어 더 물어

보았을 뿐이었다.(그나마 그 목소리는 소년의 모습이 작아지는 것에 비례해, 계속 같이 작아졌다.) 그리고 소년의 모습이 어둠 속으로 완전히 사라진 다음, 다시 택시에서 내려 오랜 시간 앞 범퍼와 헤드라이트를 손바닥으로 쓸어 가며 흠집이나 파인 부분이 없는지 살펴보았다. 헤드라이트에 금이 조금 간 것을 제외하곤 별다른 이상은 없는 것 같았다. 나복만은 다시 한 번 소년이 사라진 길 건너편 인도를 바라보았다. 자신이 서 있는 쪽 인도의 좌우도 살펴보았다. 거리엔 여전히 지나다니는 사람 한 명, 차 한 대 보이지 않았다. 그는 재빠르게 다시 운전석에 올라탄 후, 그대로 택시를 몰고 곧장 자신의 자취방으로 돌아갔다. 그리고 오랜 시간, 꿈 없는 잠을 잤다. 그것이 전부였다. 빠지거나 보태진 것 없는 그날 새벽에 일어난 일의 모든 것.

그러니까 그때 만약 나복만이, 전 세계 모든 택시 기사들처럼, 새벽에 일어난 사고를 그저 아무것도 아닌 일로 여겼다면, 그럴 수만 있었다면, 그는 계획대로 7년 후 개인택시 면허 신청 1순위 자격을 획득해, 그대로 쭈욱 택시를 몰면서 일생을 살아갔을 것이다. 그때 그와 동거하던 애인과 계획대로 결혼을 하여, 그녀의 소원처럼 아들딸 네 명을 낳아 모두 대학까지 보냈을지도 모를 일이다. 자신의 명패가 달린 집도 한 채 마련했을지 모를 일이고, 동네 반장이나, 청소년 선도 위원, 자율 방범대원 같은 직함도 한두 개쯤 얻었을지 모를 일이다. 하지만 불행하게도…… 그는 그러질 못했다.(만약 그가 그냥 그렇게 살았다면 그건 무슨 이야기가 될까? 이봐, 친구. 설마

당신도 그걸 바라면서 이 이야기를 듣고 있는 건 아니겠지? 소설은 그래서 한편으론 끔찍하고 잔인한 것이다.)

그날 오후 늦게 잔뜩 식은땀을 흘리며 자리에서 일어난 나복만은 평상시와 다름없이 머리를 감고, 세수를 하고, 그의 애인이 미리 차려 놓은 밥을 남김없이 다 비우고, 자취방 담벼락 옆에 세워 둔 택시에 올라탔다. 그때까진 그도 자신에게 일어난 변화가 무엇인지 전혀 눈치채지 못하고 있었다. 변한 것은 아무것도 없어 보였다. 애인은 평소처럼 그가 잠든 사이 택시 실내 세차를 말끔히 해 놓은 채 출근을 했고(그래서 택시 시트에선 흐릿하게 물비린내가 났다.) 잔돈들도 있어야 할 자리에 그대로, 빠짐없이 들어 있었다. 나복만은 두 손을 길게 뻗어 기지개를 한 번 켠 후, 다른 날과 똑같이 택시를 몰고 도로로 나섰다.

그가 자신에게 일어난 변화를 깨달은 것은 그날 오후 첫 번째 손님을 태우고 난 뒤의 일이었다. 원주중학교 정문 앞에서 탄 회색 중절모를 쓴 중년 남자 손님은 시외버스 터미널까지 가자고 했다. 첫 손님이 터미널로 간다기에 나복만의 기분은 썩 괜찮았다. 그래 오늘은 터미널에 가서 상황 좀 살펴보다가 횡성이나 문막으로 들어가는 장거리나 한 번 뛰자. 잘만 해서 영월까지 들어가는 손님이라도 한 명 얻어걸린다면……. 그는 신호등에 걸릴 때마다 자신의 왼쪽 무릎 앞에 놓인 지폐를 헤아려 보며 그렇게 생각했다. 손님이 틀어 달라고 한 라디오에선 수원에서 체포된 방화범 네 명의 소식이 계속 흘러나왔고, 그때마다 뒷좌석에 앉은 손님은 끌끌, 작게 끌탕을 쳤다. 하지만 그는 계속 장거리 생각만 했다. 불을 질렀으니 방화범이고, 죄를 지었으니 벌을 받는 건 당연한 일인걸, 뭘. 그는 그렇게 짧게 생각하고 말았다.

원주중학교에서 우산동 시외버스 터미널까지 가는 길은, 그때까지만 해도 거의 직선으로 연결되어 있었다. 따로 코너를 돌거나 우회하는 일 없이 시내를 관통하는 길을 따라 곧장 나아가다가, 우산동 삼거리에서 좌회전을 하면 거기가 바로 터미널이었다.(도로 구획 정리가 잘되어 있어서 그런 게 아니라, 그 당시엔 그냥 길이 그것 하나뿐이었다.) 차도 밀리지 않았고(당시 원주엔 군부대 훈련이 있는 날을 제외하곤 차가 거의 밀리지 않았다. 한데 훈련이 좀 잦은 게 문제였다.) 신호등도 몇 번 걸리지 않아, 나복만의 택시는 출발한 지 20분이 조금 지나 우산동 삼거리에 도착할 수 있었다. 한데 거기에서 문제가 생긴 것이다.

화살표 좌회전 신호를 받고 핸들을 꺾으려던 나복만은 무언가 다시 물컹거리는 것이 타이어에 와 닿는 것을 느끼고, 황급히 브레이크 페달을 밟고 말았다. 덕분에 그의 택시는 울컥, 딸꾹질을 하는 어린아이처럼 쇳소리를 내며 제자리에 멈춰 설 수밖에 없었다. 분명 도로엔 아무것도 없었는데, 갑작스럽게 뛰어든 고양이나 비둘기도 보지 못했는데, 타이어에 스며든 그 감촉은 새벽의 그것처럼 다시 한 번 나복만의 복사뼈를 지나, 무릎 연골을 지나, 엉덩이 굴곡을 지나, 허리와 어깨와 손목까지 고스란히 전해졌다. 이건 또 뭔

가? 나복만은 사이드브레이크를 잡고 재빠르게 택시 밖으로 뛰어
나갔다. 그러곤 허둥지둥, 앞 범퍼와 타이어 주위를 살펴보기 시작
했다. 건널목 신호등을 기다리던 몇몇 사람들이 고개를 길게 빼고
그와, 그의 택시를 바라보았다.

도로는 깨끗했다. 어딘가 파인 곳도 없었고, 과속 방지턱이나, 작
은 돌멩이 같은 것이 놓여 있지도 않았다. 도로는, 마치 이제 막 뽑
아낸 벽돌처럼 평평하고 단단하기만 했다. 나복만은 고개를 갸웃거
리며 다시 한 번 도로를 살펴보고 괜스레 타이어를 발로 툭 쳐 보
았다. 뭐지, 이게? 그는 운전석에 올라타면서 중얼거렸다. 나복만
은 홀쩍, 코를 한 번 들이키면서 다시 천천히 핸들을 돌리면서 브레
이크 페달에서 발을 뗐지만…… 이내 곧 브레이크 페달을 힘껏 밟
을 수밖에 없었다. 또다시 물컹, 부드럽게 출렁거리는 느낌이 그의
전신을 훑고 지나갔기 때문이었다. 가만히 나복만의 택시를 기다려
주던 뒤차들은 더는 못 참겠다는 듯 한꺼번에 요란스럽게 클랙슨을
울려 대기 시작했고, 몇 번 핸들을 돌리려 애를 쓰던 나복만은……
어쩔 수 없이 그냥 그대로, 직진을 하고 말았다.
"지금 뭐 하는 겁니까?"
서류 봉투를 들고 내릴 준비를 하던 손님이 인상을 쓰면서 말
했다.
"죄, 죄송합니다. 차가, 차가 좀 이상해서요……."
나복만은 그렇게 둘러댔지만, 룸 미러 속 손님의 인상은 쉽게 펴
지지 않았다. 아직도 이런 기사가 다 있네, 하며 작은 목소리로 투

덜거리기도 했다.(어쩌면 나복만은 그래서 더 당황했는지도 몰랐다. 손님에게 그런 말을 들어 본 것도 그때가 처음이었으니까.) 빨리 유턴을 하든 좌회전을 하든, 터미널 앞으로 되돌아가야 할 텐데, 그러나 그게 잘 되지가 않았다. 다음 교차로에서도, 그다음 교차로에서도, 나복만은 왼쪽으로 핸들을 꺾을 때마다 무언가 계속 물컹거리는 것을 느꼈고, 그래서 저도 모르게 반복적으로 브레이크 페달을 밟고 말았다. 그러니 어쩌나⋯⋯. 그의 택시는 계속 울컥, 울컥거리다가, 앞으로, 앞으로만, 쭈욱 달려 나갈 수밖에.

회색 중절모를 쓴 손님은 처음엔 화를 냈지만, 잠시 후엔 자신이 납치되고 있는 것은 아닐까 의심이 들었고, 그래서 계속 나복만의 얼굴을 룸 미러로 훔쳐보며 아무런 말도 하지 않았다. 그리고 결국 터미널로 돌아가지 못하고, 택시가 태장동 학다리 근처 인도 옆에 섰을 때, 나복만에게 꾸벅 인사까지 하고(물론 택시비도 다 지불하고) 재빠르게 택시에서 내려섰다. 그런 후, 몇 걸음 빠르게 뒤쪽으로 걸어가다가, 다시 고개를 돌려 소리쳤다. 너, 이 새끼야, 내가 신고할 거야! 내가 번호 다 외워 뒀어! 그러곤 뒤도 돌아보지 않고 전력 질주, 터미널 쪽으로 달려갔다.

손님이 시야에서 사라지고 난 후, 나복만은 천천히 택시를 몰고 인근에 있는 태장국민학교 옆 공터로 갔다. 그곳에서 핸들을 이쪽 저쪽으로 돌려보고, 공연히 차의 보닛을 열어 냉각수와 브레이크 오일 양을 확인해 보았다. 우회전할 땐 아무런 문제가 없었는데, 좌회전을 할 땐 여전히 물컹거렸다. 브레이크에서 억지로 발을 떼면 (그는 오른쪽 다리를 아예 핸들 옆에 올려놓고 운전하는, 조금 아크로바틱한 자세를 취해 보기도 했다.) 이번엔 두 눈이 질끈 감겼다. 그리고 심장 박동 소리가 라디오 소리보다 더 크게, 엔진 소리보다 더 크게, 그의 귓가로 밀려들어 왔다. 도무지 알 수 없는, 그가 처음 겪어 보는 증상이었다.

나복만은 택시에서 내려 공터 한가운데 쪼그리고 앉아 한참 동안 담배를 피웠다. 담배를 피우면서도 그는 계속 자신의 택시만 바라보았다. 바람이 그의 얼굴을 한차례 스치고 지나갔고, 태장국민학교에선 종소리가 두 번 길게 울려 퍼졌다. 개나리는 태장국민학교 옆 군부대 담벼락 아래에서도 열심히 꽃망울을 터뜨리고 있었다. 나복만은 아이들 한 무리가 교문 밖으로 뛰어나올 때까지도 계속 그 자리에 쪼그려 앉아 있었다. 그리고 사위가 어둑어둑 변해 갈 때쯤, 천천히 자리에서 일어났다. 일어나면서 그는 낮은 목소리로, 같은 말을 여러 번 중얼거렸다.
"죄를 지었으니……. 죄를 지었으니……."

나복만이 원주경찰서로 찾아간 것은 다음 날 오전 교대 시간 직전의 일이었다. 그때까지도 그는 계속 좌회전을 하지 못하고 있었다.

*

자, 이것을 턱을 괸 채 한번 들어 보아라.

당시 나복만이 1년에 한 번씩 받았던 운전자 소양 교육(네 시간 쯤 받았다.) 중엔 이런 내용이 포함되어 있었다.

사람을 치거나 사고가 났을 땐, 절대 그 자리에서 합의를 보면 안 된다. 다친 사람이 괜찮다고 해도 반드시 가까운 경찰서에 가서 자진 신고를 해야 한다. 그래야 뒤탈이 없다. 만약 사고를 당한 사람이 그 뒤 어떤 후유증을 겪거나 혹은 어떤 흑심을 품고 경찰서에 신고를 하면, 그것은 꼼짝없는 뺑소니가 된다. 하지만 자진 신고를 한 경우는 그에 해당되지 않는다. 자진 신고는 그래서 중요한 것이 다…….

그러니까 그때 나복만이 자기 증상의 원인을 알아내고 자진해서 경찰서로 찾아간 것은, 스스로 벌을 달게 받겠다는 마음보단, 벌을 미리 예방하자는 차원이 더 컸던 것이었다. 그리고 그런 예방으로 마음의 짐을 덜면 다시 좌회전도 평상시처럼 쉽게 되지 않을까, 그런 계산도 다분히 깔려 있었던 것이다.(A형이었을까? 글쎄, 그의 혈액형까지는 미처 알아보지 못했다. 그냥 A형이라고 생각하고 넘어가자.)

한데, 그렇다면, 그는 그때 왜 교통과가 아닌 정보과로 들어간 것일까? 왜 하필 당시 복잡하고 사람 많은 원주경찰서 정보과로 기웃기웃 들어가, 장의자에 허리를 수그리고 앉아 가톨릭 문화관 직원 대장과 지출 내역서를 살펴보고 있던 정보과 소속 최상기 형사에게 자신의 실수 혹은 죄에 대해서 장황하게 고백했던 것일까? 최 형사가 그에게 눈길 한 번 주지 않고 계속 서류만 뒤적거렸는데도, 나복만은 왜 두 손을 모은 채 그건 정말 그 학생이 실수한 거거든요, 라고 더듬더듬 말했던 것일까? 그리고 결국 최 형사가 짜증을 내며 내민 백지에 자신의 이름 석 자와, 회사명, 생년월일 등을 적어 주고 경찰서 밖으로 걸어 나온 것일까?

그 질문에 대답하기 위해서 우리는 어쩔 수 없이 조금 더 뒤로, 조금 먼 과거로 되돌아가야만 한다. 문제는 어쩌면 거기에서부터 이미 준비되어 있었는지도 모르는 일이니까⋯⋯. 무슨 문제? 무슨 문제는 무슨 문제인가? 그의 죄 말이다. 촛대 하나 훔치지 않은 나복만의 원죄.

*

자, 이것을 손을 바꿔, 다시 턱을 괸 채 들어 보아라.

1953년 6월, 경기도 가평에서 월북한 고등학교 국어 교사의 외아들로 태어난 나복만은 일곱 살이 되던 해 육군 중사에게 재가한 어머니의 손에 의해 직접 원주 '형제의 집'이라는 고아원에 맡겨졌다. 그는 그곳에서 열일곱 살이 되던 해까지 10년 가까이 살게 되었다.(다행히 국민학교는 졸업했지만 중학교에는 진학하지 못했다. 그게 당시 고아원의 일반적인 상황이었다.) 그는 키는 컸지만, 몸은 지나치게 말라 조금 뾰족해 보이는 인상이었다. 그러나 또 한편 눈썹이 아래로 처지고 입술이 작아 전체적으론 무언가 큰 병을 앓는 듯한 생김새로 성장했다.(그래서 다른 아이들처럼 입양도 잘 되지 않았다.)

고아원 시절의 나복만은 늘 고개를 반쯤 숙이고 눈동자를 이리저리 굴리면서 누군가를 엿보거나 누군가의 목소리를 엿듣는 자세로 가만히 앉아 있던 아이로 사람들의 기억 속에 남아 있는데, 그도 그럴 것이 그 당시 그에겐 '너무 많은 형들'이 있었기 때문이다.('형제의 집'이란 사실 형들이 많은 집을 뜻한다고, 그의 바로 위에 형이 말해 주었다.) 형들이 많다는 것은 무엇인가? 그것은 개별 형들의 컨디션이나 감정, 파토스 따위에 의해 그날 하루하루가 좌지우지된다는 것을 뜻한다. 그러니까 하루는 제일 큰 형이, 또 하루는 셋째 형이, 또 다른 날은 머리를 잘 안 감는 형이, 또또 다른 날은 앞니가 나간 형이, 또또또 다른 날은 입양 갔다가 돌아온 형이, 그저 그런 날엔 학교 축구 시합에서 골을 못 넣은 형이, 비 오는 날엔 바로 위에 형이, 깊은 밤 잠든 나복만의 어깨를 툭툭, 쳐서 깨우곤 했다는 소리이다. 형들은 화장실 뒤편이나 식당 옆 창고로 나복만을 조용히 끌고 가 아무 이유 없이 린치를 가하거나, 까닭 없이 속옷을 벗기거나, 밑도 끝도 없이 자신의 자위행위 장면을 옆에서 지켜보게 했다.(어떤 형은 자신의 뒤통수를 나복만 쪽으로 내밀며 한 시간 넘게 쓰다듬어 달라고 부탁하기도 했다.) 그런 날들은 나복만이 '형제의 집'에

들어간 날부터 거의 하루도 빠짐없이 이어졌는데, 그래서 그에게
남은 것이라곤 그 누구에게도 뒤지지 않는 '맷집'과 '형들의 내면화'
(요약해서 말하자면 그렇다는 뜻인데, 그의 내면에서 '형들'을 빼면, 더 정
확하게 말해 '형들의 주먹'을 빼면, 아무것도 남지 않았다는 뜻과도 같다.)
그 두 가지가 전부였다.

다행히 나복만은 열일곱 살이 되던 해, 일주일에 한 번씩 '형제
의 집'에 봉사 활동을 나오던 나이 든 목사 부부의 도움으로 독립
을 하게 되었다. 그들 부부의 배려로 교회 별관에 딸린 자그마한 방
을 하나 갖게 된 것이었다.(보증금은 내지 않았지만, 월세는 꼬박꼬박
7000원씩 냈다.) 그리고 그때부터 새벽엔 신문 배달을 하고 저녁엔
통닭집에서 닭을 튀기는, 두 가지 아르바이트를 9년 넘게 했다. 신
문을 배달하지 않는 주일엔 늘 교회 예배에 참석했으며, 저녁엔 다
시 통닭집에 나가 닭을 튀겼다. 술은 거의 마시지 않았으나 담배는
열아홉 살 때부터 조금씩 피우기 시작했고, 군대는 고아라는 이유
로 면제되었다. 가끔 '형제의 집' 출신 형들이 찾아와 돈을 뜯어 가
거나, 잠을 자고 가는 날들(뒤통수를 쓰다듬어 달라고 조르던 형이 자
주 찾아왔다.)도 있었지만, 그것도 열아홉 살 이후론 뜸해지게 되었
다. 그래도 나복만은 그 이후로 오랫동안 한밤중에 깨어 멍하니 앉
아 있는 버릇을 쉬이 고치지 못했다. 그는 자신이 왜 그러는지도 제
대로 알지 못했다. 그 순간엔 늘 비몽사몽이었기 때문이다.

1975년 4월, 나복만은 교회 목사 부인의 소개로 지금의 애인인
김순희를 만났는데, 그녀 역시 원주 '형제의 집'에서 500미터쯤 떨

어진 '자매의 집' 출신(이곳 역시 '언니들'은 많았지만, 별다른 문제는 없었다. 이게 뭘 뜻하는지 알겠지?) 고아로 그보다는 두 살 어린 나이였다. 그녀는 독학으로 중학교 검정고시에 합격하고 스무 살이 되던 해부터 원주 관설동 우체국에서 전화교환양(전화교환원이 아닌 '전화교환양'이 당시의 공식 직함이었다.)으로 일하고 있었다. 열여섯 살 때 세례를 받은 이후 단 한 번도 주일을 어기지 않은 독실한 기독교 신자이자, 성가대 단원이기도 했다. 그녀의 유일한 취미는 대학 노트에 성경책을 고스란히 베껴 적는 일이었는데, 열여섯 살 이후 그녀가 빽빽하게 글씨를 채워 쓴 대학 노트는 모두 스물세 권이었다.

그들의 초창기 연애는 다소 지루하고 밋밋하기 짝이 없었다. 만나는 시간이 워낙 짧기도 했지만(그들은 일주일에 딱 한 번, 교회가 끝나고 나복만이 다시 통닭집으로 출근하는 길을 함께 걷는 것으로 모든 연애 활동을 갈음했다. 물론 초창기에만.) 더 큰 이유는 나복만의 태도 때문이었다. 그는 김순희를 마치 '형들' 대하듯 대했다. 함께 길을 걸을 때에도 계속 고개를 숙인 채 곁눈질로만 그녀를 훔쳐보곤 했던 것이다.(맨 처음 그녀를 만난 것도, 목사 부인이 시켜서, 그러지 않으면 방을 빼야 할 것 같아 두려워서, 그래서 만난 게 사실이었다.) 그나마 말을 거는 쪽은 항상 김순희였는데(그녀는 길을 걸을 때도 항상 두 손을 깍지 낀 채 걷는, 이른바 '전도사 워킹'을 하곤 했다. 그래서인지 몰라도 목소리 톤도 항상 '솔' 음을 유지했다. 그야말로 '전도사 목청'). 그때마다 나복만은 들릴 듯 말 듯한 목소리로 짧게 짧게 대답하는 것이 전부였다. 일테면 이런 식.

"오늘 성가대 찬양 괜찮지 않았어요?"

"네……."

"생닭들을 보면 항상 기도하는 자세로 있는 거 같지 않아요?"

"그, 글쎄요……."

나복만의 어정쩡한 태도에도 불구하고 그래도 김순희는 포기하지 않고, 마치 새 신자 맞이한 여름성경학교 교사처럼 꾸준히 그와 함께 통닭집까지 걸어갔다. 그리고 6개월쯤 지난 후부턴 서서히 서서히 어떤 변화 같은 게 일어나기 시작했다. 나복만이 처음으로 그녀에게 먼저 말을 걸기 시작한 것이었다.(그가 그녀에게 처음 건넨 말은 "왜 그렇게 늘 깍지를 끼고 다니세요?"였다.) 무엇이 그의 마음을 열게 한 것인지에 대해서는 여러 설이 분분하나(김순희는 그 모든 것이 다 '하나님이 살아 계신' 증거라 생각했고, 목사 부인은 '그 또한 그저 그런 사내일 뿐'이란 의견을 냈다.) 가장 강력한 것은 바로 이것, 어느 정도 시간이 흐른 후 나복만이 직접 김순희에게 털어놓은, 다소 유치한 (하지만 사실인) 고백 때문일 가능성이 크다.

"그, 그거 알아요? 난…… 순희 씨한테서 처음으로 존댓말을 들어 봤어요. 태어나서 처음으로요……."

그것이 하나님이 살아 계신 증거이든, 존댓말 탓이든, 혹은 깍지 낀 자세로 인한 의도치 않은 볼륨감 탓이든(이건 그저 개인적인 추측일 뿐이다.) 어쨌든 그 뒤로 나복만은 괄목상대…… 목사 부인의 말대로 '그저 그런 사내'가 되어 갔다. 말하자면 그의 내면에 '형들'과 함께 '자고 싶다'라는 의지가 새롭게 들어앉게 된 것이었다.

나복만은 1977년 3월부터 김순희의 권유로 자동차 1종 운전면허 시험에 응시하기 시작했는데(이에 대해선 조금 부연 설명이 필요하다. 김순희와 사귄 지 거의 2년 가까이 지났지만, 그때까지도 나복만은 그녀와 키스 한번, 손 한번 잡아 보지 못한 상태였다. 시도야 몇 번 했지만 그때마다 번번이 김순희는 거절을 했고, 대신 함께 기도나 드리자는 말을 했다. 그러다가 1977년 3월, 김순희는 느닷없이 나복만에게 '전문직'이 되면 함께 동거를 하겠다는, 말 그대로 느닷없는 제안을 해 왔다. 나복만은 그 다음 날 바로 운전면허 학원에 등록을 했다.) 그는 모두 열한 번 시험에서 떨어진 후, 1980년 9월에야 겨우 자기 이름 석 자가 찍힌 면허증을 발급받았다. 그리고 이듬해 3월, 나복만은 단구동에 위치한 '안전택시'에 취업을 했고, 그다음 달 바로 김순희와 함께 회사 근처에 있는 불란서 주택 내 네 평짜리 단칸방을 얻어 동거에 들어갔다. 나복만이 김순희와 키스를 한 것도 그때가 처음이었다.(하지만 김순희는 그 이상은 허락해 주지 않았다. 임신을 하면 직장에서 '잘린'다는 이유를 댔지만, 더 큰 이유는 종교적 가르침 때문이었다. 그래서 김순희는 항상 키스를 하고 난 후, 바지 지퍼를 내리려는 나복만의 손을 잡고 다시 또 기도를 드렸다. 덕분에 나복만은 항상 팬티를 엉덩이에 반쯤 걸친 상태에서 기도를 드릴 수밖에 없었다.)

사실, 나복만이 3년 동안이나 계속 운전면허 시험에서 떨어진 데에는 다 그만한 이유가 숨어 있었다. 그는 매번 학과 시험에서 떨어졌는데, 그도 그럴 수밖에 없었던 것이 나복만은 한글을 거의 읽거나 쓸 수 없는, 문맹자에 가까웠기 때문이었다.(당시 그가 읽거나 쓸 수 있는 한글은 자기 이름 석 자와 주소, 그리고 '통닭' '생닭' '영계' '오 뚜기 튀김유' '호프' 등과, '경향신문' '매일경제' 등이 전부였다. 다행히 아라비아 숫자는 모두 읽고 쓸 수 있었다.) 어엿하게 국민학교까지 졸업한 사람이 어찌 그럴 수 있느냐, 묻는다면 당시의 국민학교 교육 시스템과 교육 환경, 그리고 그가 살았던 '형제의 집' 운영 상황까지 일일이 다 거론해야 마땅하겠지만, 그냥 이 한마디로도 충분할 것 같으니, 그러고 넘어가자. 그러니까 아무도 그에게 신경을 쓰지 않았던 것이다. 그가 한글을 읽든 쓰든, 그가 한글을 그리든 조각하든 목판화를 찍든, 그 누구도 눈여겨보지 않았던 것이다.(당시 그와 같은 반 학생 수는 예순일곱 명이었고, '형제의 집' 아동 수는 일흔한 명이었다.) 그것 때문에 졸업하기 전까지 선생님에게 손바닥을 몇 번 맞았고, 나머지 공부도 꽤 자주 하긴 했지만, 그렇다고 그의 한글 실력에 커다란 변화가 생긴 것은 아니었다.(오해를 줄이기 위해서 하는 말이지만, 그렇다고 그의 지능에 어떤 문제가 있었던 것은 아니다. 그는 그냥 조금 학습 능력이 '떨어지는' 아이였을 뿐이다.) 그의 담임 선생님들 역시 어떤 대단한 의지를 가지고 나복만을 때린 것은 아니었다. 그냥 답답하니까, 어떤 시기를 놓쳤는데 그걸 처음부터 하나하나 잡아 주기엔 아이들의 숫자가 너무 많았으니까, 그래서 그냥 손바닥을 때린 것이었다. 그 외에 나복만이 그 사실 때문에 불편을 느낀 적은 한 번도 없었다. 자기 이름 석 자와 주소, 그리고 '통닭' '생닭' '영계' '오뚜기 튀김유' '호프' '경향신문' '매일경제'만 읽고 쓸 줄 알아도 생활하는 데 전혀, 아무런 문제가 없었다. 그래서 그는 그대로 쭈욱, 살아갔던 것이다.

그런 나복만이, 자신의 능력을 빤히 알았던 나복만이, 계속해서 운전면허 학과 시험에 도전했던 것은, 그나마 그 시험이 모두 객관식으로 출제되었기 때문이다. 사지선다형이었으니까, 잘만 하면 붙을 수 있지 않을까, 나복만은 그렇게 기대한 것이었다.(김순희는 나복만이 한글을 읽거나 쓰는 데 어떤 문제가 있었다는 것을 전혀 알지 못했다. 그녀는 꽤 오랜 시간이 지난 후에야 겨우 그 사실을 알게 된다.) 그리고 무엇보다 동거를 하고 싶다는 의욕에 넘쳐, 김순희와 한 번 자겠다는 열망에 휩싸여, 자기 자신에 대한 어떤 객관적 판단을 내리지 못한 것 역시 큰 이유였다. 그래서 매번 22점, 18점, 26점, 8점을 받았으면서도, 나복만은 시험을 포기하지 못한 것이었다.(안타깝게도 그 시절 김순희는 나복만의 학과 시험 일정에 맞춰 매번 100일 새벽기도를 올렸다.) 결국 나복만은 면허 시험 도전 3년째인 1980년 7월, 당시 면허 시험장 주변에 판을 치던 브로커의 도움으로(그 시절로선 거금이었던 15만 원을 건네주고) 학과 시험에 합격했다. 그가 브로커에게 건넨 돈은 지난 9년 동안 신문을 배달하고, 기도하는 닭을 튀기면서 모은 전 재산의 절반이기도 했다.

나복만이 택시를 몰 때 항상 정속 주행을 하고, 신호 위반을 하지 않고, 주차 위반 딱지를 한 번도 떼지 않은 것은 자신이 학과 시험을 건너뛰었다는(부정한 방법으로), 도로교통법에 대해서 제대로 숙지하지 못했다는 자의식 때문이었다. 회사에서도 그 때문에 나복만은 늘 전전긍긍했는데(회사에 입사한 이후, 그는 오랜 시간을 '그리고' 연습해 한 가지 단어를 추가로 익힐 수 있었다. '안전택시'라는 단어였다.) 그와 비슷한 시기에 입사한 박병철이라는 동갑내기 기사 이

외에는 다른 사람들과 말도 섞지 않았고, 함께 술잔도 기울이지 않았다. 그러니까 그날, 나복만이 원주경찰서 교통과가 아닌 정보과로 간 것 역시 다른 어떤 숨겨진 의도가 있었던 것은 아니었다. 한글을 잘 못 읽어서, 사무실 문 앞에 달린 입간판을 제대로 읽지 못해서, 그렇게 된 것일 뿐이었다.(정보과로 들어간 직후, 나복만은 그곳이 교통과가 아닌 것을 금세 눈치챘지만, 그래서 오히려 그는 그곳에서 자신의 업무를 처리하려고 애를 썼다. 뭐, 어쨌든 다 경찰이긴 마찬가지니까. 바쁜 사람에게 후딱 말해 버리고 가는 게 더 나을 것이라고 생각했던 것이다.) 그리고 그곳에 자신의 이름 석 자와 회사 이름을 말해 주고 마음 편히 정문 밖으로 빠져나온 것이었다. 일은 그렇게 사소한 이유에서부터, 사소한 이름 석 자에서부터 시작되었다. 그것이 오랜 시간이 지난 후 나복만이 생각한, 자신의 죄의 모든 것이었다.

*

자, 이것을 누워서 한번 들어 보아라.

사실, 나복만이라는 이름 석 자가 당시 원주경찰서 회의실에서 매일 진행되던 정보과 브리핑 자료에 끼어들게 된 것은, 실무자의 단순한 실수이자 착오이자 오타에서부터 비롯된 사고였다. 방화범들을 사흘씩이나 숨겨 주었던 가톨릭 문화관 최기식 신부와, 그에 동조했던 몇몇 인물들의 명단 속에 낀 나복만의 이름 석 자는(이름 옆에는 직장명도 적혀 있었다.) 누런 갱지에 인쇄된 채 그날 브리핑

에 참석한 기자들에게 그대로 배포되었다.(브리핑을 담당했던 곽용
필 경정도 그 사실을 기자들의 질문을 받고 난 이후에야 알게 되었다.) 단
순한 실무자의 실수이자 착오이자 오타였으니, 아, 미안합니다, 이
사람은 이거 잘못 들어간 거네요, 빼 주세요, 하고 곽용필 경정이
그 자리에서 바로 정정했다면, 이후 나복만과 그의 주변 사람들에
게 일어난 수많은 사건들은 모두 '화이트' 속으로, 'Backspace' 바나
'Delete' 키 속으로 말끔하게 사라져 버렸을 것이다.(당신이 그것을
원하지 않는 걸 알아요. 잔인한 사람 같으니.) 그건 뭐 별로 어려운 일
도 아니었으니, 뒤통수를 긁적거리며 모두 화기애애한 분위기 속에
서 나복만의 이름에 죽죽, 두 줄을 그어 버렸으면 그만인 일이었다.
하지만…… 당시 그 자리에 모여 있었던 사람들은 모두 그러질 못
했다. 그러니까 그때부터 바로 사고는 사건으로 변하기 시작한 것이
었다.

　물론 여러 가지 이유가 있었다. 그중 하나는 당시 브리핑 자리에
치안본부 소속 형사들과 안기부 소속 요원 두 명(이들 중 한 명을 잘
기억해 두길 바란다. 후에 나복만은 그중 한 명과 운명적으로 대면하게 된
다. 머리가 짧고 8대 2 가르마를 탄 사람이다.)이 맨 뒷좌석을 차지하고
앉아 그 모든 과정들 하나하나를 지켜보고(때론 무언가를 수첩에 적
으며) 있었다는 데 있었다. 그렇다고 그들이 어떤 위압적인 분위기
를 조성했다는 뜻은 아니다. 그들은 그냥 그렇게 말없이 앉아 있기
만 했다. 하지만 곽용필 경정은 브리핑을 하는 내내, 기자들보다 그
들의 얼굴을 더 자주 흘끔거렸다. 곽용필 경정은 그들이 가끔 수첩

에 적는 내용이 무엇인지 궁금해, 버릇처럼 계속 까치발을 딛고 서 있기도 했다.

또 다른 이유 중 하나는 곽용필 경정, 개인의 질병 문제였다. 4월 1일, 방화범들이 원주에서 자수한 이후, 그는 나흘 넘게 집에 들어가지 못한 채 경찰서에서 숙식을 해결하고 있었다. 해서 그는 이틀 전 오후, 집으로 전화를 걸어 아내에게 갈아입을 속옷과 와이셔츠를 갖다 달라고 부탁했다. 하지만 그의 아내는 이틀이 넘도록 경찰서로 찾아오지 않았고, 전화도 받지 않았다.(전화를 걸 때마다 매번 열두 살 먹은 그의 아들이 대신 받았다.) 1년 전부터 만성 치루염을 앓아 오던 곽용필 경정은 속옷 때문에 거의 폭발할 지경에 이르렀고, 어서 빨리 브리핑을 마치고 집으로 달려가 아내와 치루염부터 단죄하겠다는 일념으로 가득 차 있었다.

기자들의 문제도 있었다. 브리핑 자료를 받아 본 기자들은 계속 비아냥거리는 목소리로 곽용필 경정에게 질문을 했다.

"그럼, 여기 이 보일러공도 체포할 생각이십니까?"

곽용필 경정은 처음에는 진지한 목소리로 답변을 했다.

"에 또, 그 보일러공 역시 큰 틀에서 보면 국가보안법상 범인 은닉 및 동조가 되는지라."

"방에 불을 땔 때 준 게 말이지요?"

곽용필 경정은 그 질문에서부터 기분이 상했다. 누군 넣고 싶어서 넣었냐, 이 자식아. 넣으라니까 넣은 거지, 하고 말하고 싶었으나…… 그는 그럴 수 없었다.

"에 또, 방에 불만 때 준 게 아니라 이불도 갖다 주고, 물도 넣어 주고, 에 또 그 밖에 많은 편의를 제공한 당사자인지라……."

기자들은 수첩에 곽용필 경정의 말을 받아 적다 말고 웅성웅성 떠들기 시작했다. 히쭉히쭉 저 혼자 웃는 기자도 있었다. 그리고 그 와중에 나복만의 이름이 튀어나온 것이었다.

"그럼 여기, 여기 이 나복만이라는 사람도 같은 혐의인가요? 직장명을 보니까 택시 기사 같은데?"

곽용필 경정이 나복만의 이름 석 자를 접한 것은 그때가 처음이었다. 그에겐 분명 낯선 이름이었다. 브리핑 전, 정보과 내부 회의에서도 전혀 거론되지 않은 인물이었다. 곽용필 경정은 바로 답변을 하지 못하고 잠깐 최 형사의 얼굴을 바라보았다. 하지만 최 형사는 고개를 숙인 채 계속 기자들에게 배포된 자료를 이리저리 넘겨 보며 당황한 듯 시선을 피하고 있었다.

"에 또, 그러니까 이 사람은…… 이거 비보도로 해 줬으면 좋겠는데요……. 그러니까 우리가 어떤 혐의를 잡고…… 지금 내사를 벌이고 있는 사람입니다……."

곽용필 경정은 우선 급한 대로 그렇게 답변을 했다. 그런 후 괜스레 자신의 머리를 뒤로 쓸어 넘겼다.

"혐의라면 최 신부와의 연관성인가요, 아니면 방화범들하고 연결되었다는 건가요?"

여기자 한 명이 손을 들고 물었다.

"에 또, 그러니까 이 사람은 그 두 가지 가능성이 다 있어서…… 여하튼 이거 비보도로 좀……."

곽용필 경정은 다시 한 번 기자들에게 그렇게 부탁한 후 서둘러 브리핑을 마쳤다. 그가 택시를 잡아타고 집으로 달려가기 전, 최 형사를 자신의 집무실로 불러 조인트 세 대와 뺨 두 대, 도합 다섯 대의 짧은 구타를 한 것은, 나복만의 이름 석 자가 단순히 실수이자 착오이자 오타로 그 자리에 낀 것을 알게 되었기 때문이다.(그가 당장 기자들에게 일일이 전화를 해서, 그것이 실수이자 착오이자 오타라는 것을 설명하지 않은 것은 기자들을 철석같이 믿었기 때문이었다. 어쨌든 비보도를 부탁한 사항이었으니까. 그리고 무엇보다 그에겐 속옷이 더 급했으니까.)

나복만의 이름 석 자와 직장명이 지방신문 두 군데에 '내사 중'이라는 단어와 함께 실린 것은 그다음 날 아침의 일이었다.

*

자, 이것을 다시 왼쪽으로 모로 누운 채, 한번 들어 보아라.

하지만 그렇다고 해도 분명 기회는 또 한 번 있었다. 우리의 누아르 주인공이 아무리 신과 '맞짱'을 뜨고 있는 마당이었어도, 전 국민의 관심이 원주 가톨릭 문화관에 집중되어 있었다 하더라도, 우리의 또 다른 주인공인 나복만은 그저 왜 좌회전이 안 될까, 죄를 고백하고 왔는데도 왜 젠장 핸들이 안 돌아가는 걸까, 거기에만 온통 신경을 쓰고 있던 중이었다. 자신의 이름 석 자와 직장명까지 신문에 나왔지만(물론 그는 신문을 보지 않았다. 그의 회사 사무실에서도 나복만의 이름 석 자가 실린 지방신문은 구독하지 않고 있었다.) 달라진 건 하나도 없었다. 따로 보충 취재를 나온 기자도 없었고, 그의 이름을 기억하고 회사로 전화를 걸어와 확인하는, 열정적이고 할 일 없는 구독자도 없었다. 그러면 된 것이었다. 비록 나복만이 이틀째 내야 할 사납금을 다 채우지 못했어도(그는 주로 직진하는 손님만 태웠다. 그러니 하루 2만 8000원씩 회사에 납입할 돈을 미처 다 채우지 못한 것이었다.) 그의 일상은 그렇게 크게 변하지 않았던 것이다. 한데……

한데, 최 형사는 왜 그랬던 것일까? 최 형사는 왜 그때 '안전택시' 기사 대기실까지 찾아가, 다른 기사들도 다 보는 앞에서 나복만에게 그런 말을 했던 것일까? 그래서 왜 문제를 더 복잡하게 만들어 버린 것일까? 이것도 다 우리의 누아르 주인공 잘못일까? 존 위컴 잘못일까? 아니, 어쩌면 문제는 우리가 생각하는 것보다 더 복잡한 곳에, 더 깊숙한 곳에 숨어 있는지도 모른다. 그러니, 이야기는 계속 이어질 수밖에 없는 것이다.

사실 최 형사는 나복만의 얼굴을 보기 전까진 그가 누구인지, 왜 자신이 그의 이름을 브리핑 자료에 끼워 넣은 것인지, 전혀 기억하지 못하고 있었다.(그 또한 곽용필 경정과 마찬가지로 사건이 터진 이후, 계속 집에 들어가지 못하고 있는 처지였다. 그에겐 이제 막 돌이 지난 아들이 하나 있었다.) 그래서 최 형사는 나복만을 만나 사과하기 위해서, 어떻게 된 일인지 알 수 없으나 미안하게 되었다고, 그러니 아무 걱정 말고 운전이나 잘하라고 말해 주기 위해서 찾아간 것이 맞았다.(사실은 그가 누구인지, 혹 자신이 잘 알던 사람은 아닌지, 동창은 아닌지, 궁금해서 찾아간 것이었다.) 하지만 정작 기사 대기실에서 나복만의 얼굴을 보고 난 이후, 그가 나흘 전 서류 검토 때문에 정신 없는 자신을 찾아와 학생 잘못 운운했던 사람이라는 것을 기억해 내자마자 그만 싹, 마음이 바뀌어 버리고 말았다. 그리고 그 대신 곽용필 경정에게 맞았던 정강이 근처가 다시 욱신거리기 시작한 것이었다. 어쩌면 그래서 최 형사는 마음에도 없던 말을, 생각지도 않았던 말을 불쑥, 나복만과 그의 동료 기사들 앞에서 하고 만 것인지도 모른다. 그게 맞을 것이다.

"자네, 오늘 신문 봤나?"

최 형사는 입고 있던 가죽점퍼(봄이 되었지만, 그는 계속 그 점퍼를 벗지 못하고 있었다.)에서 담배를 하나 꺼내 물면서 말했다. 나복만은 대답 대신 고개를 가로저었다.

"거기 보면 알겠지만, 우린 자네를 주의 깊게 관찰하고 있는 중일세."

최 형사는 바지 주머니에 한 손을 찔러 넣으며 그렇게 말했다. 나복만 뒤에 서 있던 택시 기사들은 저희들끼리 쑤군쑤군거리며 최 형사를 훔쳐보았다. 그 시선 때문에 최 형사는 더 깊숙이 바지 주머니에 손을 찔러 넣었다.

알 수 없었던 것(물론 우리는 대강 짐작하고 있지만)은 당시 나복만의 태도였다. 보통 사람들이라면 최소한 '무슨 문제 때문에 그러시는지요……?'라거나, '아니, 왜요……?'라는 정도의 반문은 해야 정상일 텐데, 우리의 나복만은 그저 고개만 푹 숙인 채 아무런 질문도 하지 않았던 것이다. 거의 차렷 자세 그대로, 보이지 않게 발가락만 몇 번 꼼지락거렸을 뿐이었다. 그랬으니……(사실 나복만의 그런 태도 때문에 최 형사는 속으로 살짝 당황하기도 했다. '이 자식 정말 무슨 문제 있는 놈 아니야?' 뭐 그런 생각을 잠깐 하기도 했다.) 최 형사 또한 별달리 할 말이 없어져 버린 것이었다.

"앞으로 행동 똑바로 하는 게 좋아, 알았어? 우리가 늘 지켜보고 있다는 것도 잊지 말고."

최 형사는 그렇게 말한 후, 나복만의 어깨를 두어 차례 두들기고, 덤으로 '조인트도 한 대 깐' 후, 기사 대기실 밖으로 빠져나갔다. 나복만의 동료 기사들은 마치 홍해가 갈라지듯 두 갈래로 비켜서서 최 형사의 길을 터 주었다. 그리고 최 형사의 모습이 시야에서 완전히 사라지고 난 후, 또다시 큰 소리로 쑤군거리기 시작했다. 쟤가 뭔 죄를 진 거래? 신문에도 났다면 그게 어디 보통 죄겠어? 난 쟤가 처음부터 좀 음침한 게 마음에 들지 않더라구. 자네도 그랬어? 나도 그랬는데……. 동료 기사들은 그렇게 떠들기만 했을 뿐, 누구 하나 기사 대기실에 주저앉아 정강이를 쓰다듬는 나복만에게 다가서지 않았다. 다른 이유는 없었다. 그저 모두 겁이 났을 뿐. 수사관이 직접 찾아왔으니, 그가 계속 지켜보겠다고 했으니…….

일은 그렇게 한두 사람을 거치면서 점점 더 복잡한 지경으로,

알 수 없는 상황으로 나아갔다. 누가 누구를 탓할 수도 없는 지경
으로.

*

자, 이것을 엎드린 채 한번 들어 보아라.

이쯤에서 우리는 또 다른 문제적 인간인 박병철을 만나 봐야 한
다. 박병철 또한 나복만만큼이나 운 없는 인간인 건 마찬가지였지
만, 그의 경운 많은 부분을 스스로 자초한 성격이 없지 않은 만큼
단순히 '재수가 없었다'라고만 딱 잘라 말할 수 없는, 그런 설명하
기 난처한 부분이 있는 친구였다. 그래도 굳이 무언가 하나로, 단호
하게 한 문장으로 말해 달라고 거듭 요청한다면…… 그는 너무 '말
이 많은' 친구였다. 그는 '남의 일 간섭'하는 것을 거의 일생의 사명
으로 알고 사는(성격이 'UN 안보리'와도 같은), '떠벌이' 친구였던 것
이다. 그런 친구가 나복만의 입사 동기이자, 회사 내에서 유일하게
말을 붙이고 지내는 친구였으니…… 그러니 일은 자동적으로 사채
이자처럼, 끓여 놓고 한 시간 동안 먹지 않은 라면 줄기처럼, 점점
더 불어나고 커져 버린 것이었다.

그러니까 그날 오후 일만 해도 그랬다. 그날, 최 형사가 나복만의
'조인트'를 까고 돌아간 날 오후, 나복만은 다시 회사의 관리 상무
에게 호출을 당해 이런저런 조언 아닌 조언을 들어야만 했다.(관리

상무는 최 형사가 다녀간 이후, 나복만의 이름이 실린 신문을 구해 읽었
다.) 그리고 그 면담 자리에서야 비로소 나복만은, 자신의 이름 석
자가 교통사고의 가해자나, 운전면허 부정 발급 건 때문이 아닌, 국
가보안법상의 이유로 신문 지상에 오르게 된 것을 알게 되었다.

"뭐, 이건 아직 당국에서도 별다른 지시가 내려온 것은 아니라
서, 내가 자네한테 할 말은 아니지만 말이야⋯⋯."

관리 상무는 톡톡, 손가락으로 책상을 치면서 말했다. 시선은 계
속 나복만이 아닌, 창문 쪽을 향해 있었다.

"요 며칠 자네가 통 이상해졌다는 말을 내가 듣긴 들었거든. 운
행은 남들보다 많이 하는데 사납금도 계속 못 채워서 월급에서 까
고 있다고 하고⋯⋯."

나복만은 그 자리에서 사실은 그게 아니다, 사실은 자꾸 좌회전
이 안 된다, 애를 한 명 치었는데 그것 때문에 그런 것 같다, 조만간
좋아질 것이다, 사고는 분명 그 아이의 실수였다, 나는 도로교통법
을 잘 지켰을 뿐이다, 라고 말하고 싶었으나⋯⋯ 그러나 그는 그런
말은 단 한마디도 하지 않았다. 당시 나복만의 심정은 엉뚱하게도
갑작스럽게 편안해진 상태였다. 도로교통법 때문인 줄 알았는데,
국가보안법 때문이라니, 아아, 그게 아니었어⋯⋯? 뭐 그런 느슨하
고 맥 풀린 기분이 되어 누군가에게 무언가를 길게 설명할 만한 여
력이 없어진 것이었다.(당시 그에게 국가보안법이란, 파푸아뉴기니나 코
스타리카처럼 자신과는 영, 아무런 상관없는, 먼 나라의 지명처럼 들렸던
것이다.) 그래서 그는 오전과 마찬가지로 계속 차렷 자세로, 가만히
관리 상무의 말을 듣고만 서 있었다.

사장의 사촌 동생이자 회사의 실질적인 재무 책임자였던 관리 상무는, 매일매일 각 택시 미터기의 운행 거리와 주유량을 대차 대조하면서 기사들의 근무 태도와 실적을 체크하는 사람이었다. 그에게 세상의 모든 택시 기사는 오직 세 가지 부류로 나뉘었다. 하나는 기름을 조금 쓰면서 사납금을 채우는 기사, 또 하나는 기름을 많이 쓰면서 사납금을 채우는 기사, 그리고 나머지 하나는 기름은 기름대로 쓰면서 사납금도 못 채우는 기사. 그래서 '안전택시'의 모든 기사들은 그를 별로 좋아하지 않았다.(히터를 틀지 말라는 방침을 내린 것도 그였으니까.)

"여하튼 우리는 자네가 회사에 손해만 끼치지 않기를 바랄 뿐이야. 자네가 그 사건하고 연관이 되어 이리저리 불려 다니면…… 뭐, 그건 우리도 어쩔 수 없다는 거 알지? 택시 기사 하겠다고 찾아오는 사람들이 오죽 많아야지."

관리 상무는 그렇게 말한 후 책상을 다시 두어 번 주먹으로 두들기는 것으로 그와의 면담을 끝마쳤다. 나복만은 꾸벅, 고개를 숙이고 관리 상무의 방을 빠져나왔다. 그는 잠깐 현기증을 느꼈지만, 그러나 마음만은 편안했다. 아, 도로교통법이 아니라 국가보안법이라니, 괜히 걱정했네…….(뭐, 이런 바보가 다 있나 싶지만.) 나복만은 계속 그렇게만 생각했다.

나복만에게 사태의 심각성에 대해서 제대로, 아니 좀 더 부풀려서 말해 주고 설명해 준 사람이 바로 박병철이었다. 박병철은 관리 상무의 방에서 나와 터덜터덜 기사 대기실로 걸어가던 나복만의 손을 잡고, 그를 회사 뒤편 정비 창고 옆으로 거의 반강제적으로 끌고 갔다. 그리고 주위를 오랜 시간 동안 꼼꼼하게 살펴본 후(물론 아무도 없었다.) 나복만의 얼굴 가까이 자신의 주먹을 불끈 쥐어 보이며 대뜸 이렇게 말했다.

"와우, 대단해! 난 네가 처음부터 보통 놈이 아니라는 걸 알아봤다니까!"

당시, 박병철은 귀밑머리를 길게 기른 후, 거기에 다시 왁스를 발라 한 올 한 올 뒤로 빗어 넘긴(그래서 약간 톱니바퀴 같은 모양이었다.), 보는 이에 따라선 조금 느끼하고 거북한 헤어스타일을 유지하고 있었다. 그 왁스 냄새가 훅, 나복만의 속을 뒤집었다. 나복만은 박병철에게서 한 발짝 떨어져 인상을 쓰면서 말했다.

"내가 뭘……."

"괜찮아, 괜찮아, 이 새끼야. 나 박병철이야."

박병철은 그러면서 다시 한 번 주위를 둘러보았다. 그리고 말했다.

"이건 진짜 너한테만 말해 주는 건데, 사실 나…… 반미주의자야."

박병철은 인상을 쓰면서 다시 한 번 주먹을 쥐어 보였다. 나복만은 멀거니 그런 박병철의 귀밑머리와 주먹을 번갈아 바라보았다. 나복만은 그저 그의 왁스 냄새 때문에 계속 속이 울렁거렸을 뿐이었다.

사실, 박병철은 반미주의자이긴 반미주의자였다. 당시 그는 원주역 근처에 있던 학성동 사창가의 단골손님이었는데(그는 일주일에 한 번꼴로 꼬박꼬박 그곳에 찾아갔다. 하도 일정하게 많이 찾아가서, 당시에는 그 개념조차 없었던 마일리지를 차곡차곡 쌓았을 정도였다. 그러니까 열 번 중 한 번은 공짜.) 바로 그곳에서 박병철의 반미 의식(좀 더 정확히 말하면 '반흑인 의식'이 맞다.)이 싹트기 시작한 것이었다.

박병철은 사창가에서 일을 치르면서도 자신의 'UN 안보리' 같은 성격을 버리지 못하고 줄곧 옆방의 상황과 사정에 대해 귀를 기울이곤 했는데(그곳의 벽은 대개 얇은 베니어합판으로 되어 있었다.) 틈만 나면 툭툭, 벽을 두들기면서 생면부지의 남자에게 "벌써 끝났습니까? 벌써요?"라고 말을 걸곤 했다.(그래서 그는 종종 멱살을 잡히기도 했다.) 또 어떤 날은 옆방에 대고 자신의 현재 상황을 충실하게 중계하기도 했는데, 그 덕분에 그는 일을 치르고 난 후 몇몇 남자들로부터 소주를 얻어 마시기도 했다. 그럴 때마다 박병철은 말했다.

"제가 말입니다, 비법 하나 가르쳐 드릴까요? 이건 진짜 선생님한테만 말해 주는 건데요……. 오래 하고 싶으면 말입니다……. 오래 하고 싶으면 말을 많이 하세요. 하는 동안 끊임없이, 계속, 소리 내서 말을 해 보세요. 말없이 하는 것보다 최소 세 배는 더 오래 한다는 거 아닙니까."

실제로 박병철은 얼마 후, 옆방에서 끊임없이 말을 하는 남자를 만날 수 있었다. 그래서 그들은 일을 치르면서 계속 대화를 했다.

"거, 자주 오시나 봐요?"

"아, 예……. 그냥 마음도 좀 울적하고 그래서요."

"날씨가 좀 풀려야 할 텐데, 그쪽 방은 좀 따뜻한가요?"

"바닥은 괜찮은데 웃풍이 좀 있는 거 같네요."

그날, 여자들은 몹시 짜증을 냈다. 차라리 니네 둘이서 해라, 이 새끼들아, 욕을 하기도 했다.

그러던 어느 날인가, 그날도 역시 박병철은 계속 옆방 벽을 두들기면서 일을 치르고 있었다. 한데 그날은 이상하게도 아무리 벽을 두들기고 말을 걸어도 옆방에선 아무런 반응이 없었다. 분명 신음소리는 들리는데 반응이 없으니, 그냥 포기하고 자신의 일에만 몰두하면 좋았을 것을……. 그러나 박병철은 포기하지 않고 계속 벽을 두들기면서 떠들어 댔다.(그러니까 또 비법 운운, 속으로만 말하면 아무 소용 없다 운운, 세 배 운운한 것이었다.) 그의 이론대로라면 옆방은 벌써 일이 끝나고 잠잠해져야 하는 것이 맞지만, 어쩐 일인지 갈수록 신음 소리만 더 커질 뿐, 끝날 기미는 보이지 않았다.(그래서 박병철은 더 초조해졌다. 괜스레 자존심에 상처를 받은 것이었다.) 그래서 그는 더 세게 벽을 두들기면서 말했다. 거, 웃풍 때문에 추울 텐데요! 엉덩이 시리지 않습니까?

"소용없어, 오빠."

보다 못한 여자가 박병철에게 말했다. 2주에 한 번꼴로 박병철을 상대해 주던, 청력이 조금 약한 여자였다.

"뭐가?"

박병철은 여자의 얼굴은 바라보지도 않은 채, 계속 벽을 두들기면서 건성건성 물었다.

"그 방에 미군 들어갔어."

여자는 누운 채, 담배를 한 개비 입에 물면서 말했다.

"미군?"

"그래. 가끔 오는 흑인 애 하나 있어. 이름이 뭐라더라? 윌리엄이라나, 뭐라나?"

박병철은 벽을 두들기던 손을 멈췄다. 그러나 시선은 계속 벽에서 떼지 못했다.

"근데…… 늘 저렇게 오래 해?"

"자식이 만날 고기만 먹어서 그런지 힘이 좋더라구. 지구력도 좋고."

여자는 고개를 왼쪽으로 돌려 담배 연기를 내뱉곤 슬쩍, 웃으면서 말했다. 박병철은 그 순간 왠지 몸 안에서 힘이 쏘옥, 빠져나가는 듯한 기분이 들었다. 그래서 그는 저도 모르게 그만 사정해 버리고 말았다.

"에이, 씨발. 그럼 안 되지. 애들 다 죽어 나가게……."

박병철은 여자의 몸에서 내려오며 풀죽은 목소리로 중얼거렸다. 그러자 여자가 박병철의 입에 담배를 물려 주면서 아무렇지도 않게 말했다.

"우린 괜찮아. 돈도 두 배로 주는걸, 뭘."

박병철이 반미주의자가 된 건 바로 그날 이후부터였다. 왠지 자신에게조차 명확히 설명할 순 없었지만, 그는 그날부터 미군이, 흑인이, 그냥 싫어졌다. 그래서 그는 그때부터 자신의 반미주의를 미군에 대한 승차 거부(당시 원주에 있던 미군 부대는 캠프 롱과 캠프 이글, 두 군데였다. 택시 업계로선 무시 못할 주요 고객들이었다.)로 충실히 실천하였다. 물론 미군들은 그 사실을 전혀 알지 못했다. 택시는 많았기 때문이었다.

"도대체 언제부터 그 사람들하고 어울리기 시작한 거야, 응? 나한텐 말도 안 하고 말이야."

박병철은 담배를 한 대 물며 주머니 속에 여러 겹으로 접혀 있던 그날 자 신문을 꺼내 들었다. 나복만의 이름이 보도된, 바로 그 지방신문이었다. 박병철은 그 신문을 기사 식당에서 읽은 후, 몰래 그 면만 찢어 갖고 나왔다. 코팅을 해 나복만에게 줄 생각이었다.

"내가 누구하고 어울렸다고 그래? 나, 갈 거야. 나 졸려."

나복만은 한 손으로 투닥투닥, 자신의 뒷목을 치면서 걸어가려 했다. 그러자 박병철이 그의 앞을 가로막았다.

"와, 이 새끼, 깡다구 센 거 좀 봐……. 야, 씨발 네가 지금 졸릴 때냐? 잠이 오냐, 잠이 와? 그렇게 엄청난 일을 저질러 놓고서?"

"뭐? 그 국가보안법인가 뭐가 때문에 너도 그러는 거야?"

나복만의 반문에 박병철은 잠시 굳은 듯 가만히 서 있었다. 나복만의 아무렇지도 않은 태도에 그는 더욱더 긴장했다.

"그거 나 아니야……. 뭔가 잘못됐겠지, 뭐. 우리가 도로교통법 말고 걸릴 게 뭐가 있다고……."

나복만은 그렇게 말한 후, 다시 몇 걸음 걸어갔다. 박병철이 낚아채듯 그의 팔뚝을 잡았다.

"너, 씨발 지금 국가보안법이 뭔지도 잘 모르는구나? 그렇지?"

박병철은 그렇게 말하면서 나복만의 눈을 바라보았다. 나복만은 그런 박병철의 눈을 보면서 끔뻑끔뻑, 잠에서 깬 소처럼 몇 번 두 눈을 감았다 떴다. 그러곤 천천히 고개를 끄덕거렸다. 나복만이 무언가 이상한 기분에 휩싸이기 시작한 것은 바로 그때부터였다.

*

자, 이것을 커피라도 한 잔 마시면서 들어 보아라.

그날 박병철이 '안전택시' 정비 창고 폐타이어 위에 앉아 해 준 이야기는, 나복만에겐 자못 심각하고 충격적인 것들이었다. 그 내용들은 우리가 이미 잘 알고 있는 것들이었지만 박병철의 입을 거치면서 다시 한 번 풍선껌처럼 부풀려졌고, 애인에게서 버림받은 씨름 선수의 팬티 고무줄처럼 길게 늘어나 버렸다. 부풀려지고 늘어나면 그다음엔 무엇이 오겠는가? 터지거나 끊어지는 것이 당연한 수순. 나복만이 심각해진 것은 바로 그 때문이었다.

사실 따지고 보면 그건 박병철의 잘못만은 아니었다. 박병철은 그저 누군가에게서 들은 이야기에 몇몇 추측과 과장만을 덧보탰을 뿐이었다. 그러니까 박병철이 아닌 다른 누구였다 하더라도 그 정도의 추측과 과장은 자연스럽게 덧보탤 수 있었을 거란 이야기이다. 문제는 당시의 상황이라는 것이, 추측과 과장의 여지가 있는 것은 여지없이 추측과 과장으로, 추측과 과장은 다시 사실과 진실로, 사실과 진실은 다시 수사와 체포로 연결되는, 뱀 꼬리 물기식 순환

구조였다는 데 있었다.(당시의 많은 언론들이 그와 같은 역할을 주도적으로, 때론 정보기관의 첨삭 지도를 받아 제대로, 화끈하게 해 주었다.) 나복만의 경운 이미 한 발 깊숙이 그 덫 속으로 발을 내민 처지였으니, 박병철의 입장으로선 추측과 과장을 그대로 옮기는 것 외에 달리 해 줄 수 있는 말이 없었다. 단, 그것이 남들보다 조금 더 감정적이고 즉흥적이고 집요했다는 게 박병철의 문제라면 문제였을 뿐. 일테면, 이런 것 말이다.

"네가 이 새끼야, 지금 도로교통법이 문제냐? 네가 도로랑 사귀길 하냐, 도로하고 한번 자 보길 했냐? 도로에서 자면 그냥 벌금 내면 끝이지만, 넌, 이 새끼야 지금 거의 국가를 강간한 셈이라고. 국가를 따먹은 거랑 진배없다니까. 그게 이 새끼야, 바로 국가보안법이야. 그게 어디 벌금으로 끝날 일이냐? 국가가 벌금으로 합의해 주겠냐고?"

뭐, 또 일테면 이런 것.

"이게 웬만한 사람들이라면 그러니까…… 겁이 나서 잘 서지도 않거든. 이건 씨발 걸리면 그대로 사형 아니면 무기징역인데, 이게 제대로 빳빳해지겠냐 이거지. 한데, 넌 세웠다, 이 말이야. 그게 대단하다는 거지."

거기다, 뭐, 또 일테면 이런 것까지.

"한데, 이게 왜 더 문제가 되느냐 하면 말이지, 이게 거의 미국을 따먹은 게 되는 셈이거든. 말하자면 미국 계집애를 건드렸다는 건데…… 그러니까 이 난리가 난 거지. 감히 미국을 따먹다니……. 네가 지금 그 사건에 연루된 거라고, 이 새끼야."

"아이, 진짜 아니라니까. 자꾸 내가 누굴 먹었다고 그래? 나, 안 먹었어."

나복만은 손사래까지 치면서 박병철의 말을 부인했다. 그러나 그의 목소리는 조금 떨리고 있었다.

"물론 넌 안 먹었겠지. 그냥 망이나 봤거나, 도망치는 걸 도와줬겠지. 그게 바로 지금 네가 받고 있는 혐의니까."

"글쎄 아니라구! 내가 알지도 못하는 사람들을 왜 도와?"

"너, 최기식 신부 몰라? 봉산동 그 파출소 앞에 있는 가톨릭 문화관인가 뭔가에 사는 최 신부."

"최 신부?"

나복만은 잠시 고개를 갸웃거리며 기억을 떠올려 보았다. '형제의 집'에 살 때 왔던 사람이었나? 그러나 아무리 기억을 되짚어 봐도 그런 이름은 떠오르지 않았다. 아니, 어쩌면 찾아왔을지도 모를 일이었다. 거긴 모르는 사람들이 많이, 수시로 드나드는 곳이었으니까.

"이걸 좀 자세히 보라구. 여기 분명 네 이름이 나와 있잖아. 왜 자꾸 신문을 안 봐? 너 주려고 내가 일부러 갖고 온 건데."

박병철은 나복만의 얼굴 앞으로 신문을 내밀었다. 나복만은 잠시 박병철의 눈치를 보다가 다시 신문을 읽는 척했다. 거기엔 분명 자신의 이름이 적혀 있었다. 그가 읽을 수 있는 글자는 오직 그것뿐이었다.

"나 진짜…… 이 사람들 모르는데……."

"괜찮아, 이 새끼야. 나, 박병철이야. 아무한테도 말 안 할 테니까 나한테만 살짝 얘기해 봐. 넌 거기서 뭔 일을 한 건데? 응?"

"아니, 나는 진짜……."

"야, 씨발, 아무것도 안 했는데 신문에도 나오고 형사도 찾아오고 그러냐? 너 진짜 친구한테까지도 이럴 거야?"

"아니, 그게 아니고…… 나는 정말 모르니까……."

나복만은 거의 울 것 같은 표정이 되어 버렸다. 그러곤 다시 한번 신문을 유심히 바라보았다. 신문 상단에 실린 흑백사진 속에는 신부 한 명이 형사들에게 둘러싸인 채 환하게 웃고 있었다. 분명 처음 보는, 한 번도 만나 본 적 없는 사람이었다.

"너, 정말 이 사람들 모른다, 이 말이지?"

박병철의 질문에 나복만은 말없이 고개만 끄덕거렸다. 솔직히 나복만은 자신이 없었다. 신문에 나온 다른 사람들의 이름을 제대로 읽을 수 없었기 때문이었다. 자꾸만 그 명단 속에 자신이 알고 있는 누군가가 들어 있을 것만 같은 불안감이, 나복만을 괴롭혔다.(A형 맞는 거 같다.) 그런 그의 옆에 앉아 박병철은 담배를 한 대 꺼내 문 채 손가락으로 계속 자신의 귀밑머리를 만지작거렸다. 무엇을 생각하거나 고민거리가 있을 때마다 그는 항상 자신의 빳빳한 귀밑머리부터 만지작거렸다. 하긴, 이 자식이 그렇게 엄청난 일에 연루되었다는 것도 좀 이상하고, 그렇다면…….

박병철은 좀 더 심각해진 목소리로 이렇게 말했다.

"그럼 말이야……. 어쩌면 너도 모르게 그 사람들하고 연결된 게 아닐까? 그 사람들이 너를 이용했다든지, 아니면 너한테 일부러 혐의를 뒤집어씌웠다든지, 뭐 그런 거 말이야?"

"이, 이용?"

"그래. 네가 진짜 그 사람들을 모른다면 그것밖에 더 있겠어? 그러니까 형사들도 너를 바로 구속하지 않고 일단 지켜보기만 하겠다는 거고……. 와, 씨발 그게 진짜 맞나 보다!"

박병철은 담배를 피우다 말고 다시 한 번 주먹을 불끈 쥐어 보였다. 입술을 꽉 다문 채 고개를 몇 번 끄덕이기도 했다.

"하지만 그 사람들이 나를 어떻게 알고 이용을 해?"

"너, 요새 그쪽으로 가는 손님들 태운 적 없어? 가톨릭 문화관이 아니더라도 봉산동 근처로 가는 사람 태운 적 없었냐고?"

박병철은 마치 취조를 하는 형사처럼 나복만을 다그쳤다.

"봉, 봉산동?"

봉산동은 '안전택시'가 위치한 단구동 쪽에서 바라보면 원주시 오른쪽에 위치한 동네였다. 즉, 우회전으로 갈 수 있는 동네였던 것이다.

"거, 거긴 몇 번 가긴 갔지."

나복만은 뒷머리를 긁적거리면서 말했다.

"수상한 사람 없었어? 너한테 뭐 이상한 말을 하거나, 뭘 부탁하는 사람 없었냐고?"

"글쎄……. 그게 뭐…… 내가 손님들 얼굴을 하나하나 다 기억하는 게 아니어서……."

"잘 생각해 봐, 새끼야. 네가 그걸 기억해 내야 나중에라도 선처를 받지."

나복만은 윗주머니에서 담배를 한 대 꺼내 물었다. 몇몇 사람의 얼굴이 떠오르긴 했지만, 누가 누구인지, 어디에서부터 어디까지 가는 손님이었는지, 또렷하게 떠오르지는 않았다. 그래서 그는 더 불안해졌다.

"한데, 말이야……."

박병철이 툭, 담배꽁초를 정비 창고 뒤쪽으로 던져 버렸을 때, 나복만이 말을 꺼냈다.

"내가 그 사람이 누구인지 모르고 그냥 태워 주기만 했어도, 그게 죄가 되는 거야? 난 정말 일부러 그런 사람들을 태운 적은 없거든. 돈도 다 받았고……."

나복만은 담배를 든 손으로 자신의 가슴을 툭툭 치면서 말했다.

"아이 나, 이 답답한 새끼 좀 봐요. 그러니까 내가 신문 좀 자세히 보라는 거야, 이 자식아. 여기 이, 이 보일러공은 뭐 걔네들이 누군 줄 알고 불을 때 줬겠냐? 걔네들이 누군 줄 알고 이부자리를 펴 줬겠냐고? 이건 그냥 걸리면 끝장인 거거든. 모르고 어깨만 툭, 부딪쳐도, 그래도 죄가 되는 거야. 그래서 국가보안법이 도로교통법보다 더 무섭다는 거 아니냐, 이 멍청아. 이건 쌍방 과실이라는 게 아예 없다니까."

박병철의 말에 나복만은 가슴 깊숙이 담배 연기를 빨아들였다가 내뱉었다. 그는 억울했다. 그러나 억울함보다는 두려움이 더 컸다. 자신이 알지도 못하는 죄였기 때문에 더 그랬다. 그것은 분명 '아는' 죄와는 다른 것이었다. 하나의 걱정이, 모든 것의 걱정으로 변화되고, 하나의 두려움이, 수십 가지의 두려움으로 연결되어 버리는 마법. 나복만은 비로소 그 올가미에 걸려들기 시작한 것이었다.

"그럼 난 이제…… 어떡하면 좋지?"

나복만은 자신의 무릎에 얼굴을 묻으며 말했다. 김순희의 얼굴이 잠깐 머릿속에 스쳐 지나가기도 했다. 자신의 처지를 그녀에게 설명해 주면…… 그땐 한 번 자 주지 않을까……? 그 와중에도 그는 잠시 그런 생각을 했다. 그랬더니 기분이 조금 더 울적해졌다.

"들어 봐. 그래도 아직 기회는 있는 거 같아. 형사들이 널 바로 체포하지 않고 지켜보겠다는 건 누군가 너한테 또 접근할 가능성이 있기 때문에 그러는 거거든. 누군가 너한테, 너도 모르는 사이에 뭘 맡겨 놨을 수도 있고……. 형사들은 그 순간만 노리는 건지도 몰라. 그걸 우리가 먼저 알아내는 거지. 우리가 먼저 죄가 될 만한 것들을 찾아내서 형사들한테 넘기면, 그땐 너도 무죄가 되는 거라고."

박병철은 나직한 목소리로, 주위를 몇 번 두리번거리면서 그렇게 얘기했다. 사실 그는 조금 가슴이 뛰었다. 자신이 어떤 거대한 사건(그러니까 신문에 나올 법한)에 끼어드는 것만 같았고, 또 그것을 해결할 수 있는 유일한, 오직 한 사람처럼 느껴졌기 때문이었다. 생에 단 한 번도 그랬던 적이 없었으니…… 그는 자신의 일이 아니었지만, 자신의 일처럼 흥분한 것이었다.(다시 한 번 말하지만, 그게 바로 박병철이었다.) 그러니까 그때까지만 해도 박병철은 전혀 예상하지 못했던 것이 맞았다. 그로 인해 자신에게 어떤 비극이 닥쳐오고, 또 어떤 결말이 기다리고 있었는지……. 비록 그 모든 게 스스로 자초한 일이었다 하더라도…….

박병철이 누군가에게 살해된 채 발견된 것은 그로부터 석 달이 흐른, 어느 토요일 아침의 일이었다.

2

자, 이것을 창문 활짝 열고 담배라도 한 대 피우면서 들어 보아라.

그해 꽃 피는 4월과 5월은 우리의 누아르 주인공이자 독재자이자 고3 학부형이기도 했던 전두환 장군에겐 지나치게 가혹한 사건들이 연속적으로 벌어진 시절이기도 했는데, 어쩌면 그 모든 것들은 그가 직접 신과 '맞짱'을 뜨는 과정에서 불가피하게, 혹은 사사롭게 겪을 수밖에 없었던 시련이었는지도 모른다. 물론 그는 우리가 이미 잘 알고 있듯이, 그런 시련들을 대범하게, 또 때론 부하 직원들에게 모두 떠넘기면서 잘 헤쳐 나갔지만 말이다.

우선 그해 4월 17일엔, 그러니까 원주 가톨릭 문화관 최기식 신부가 '부산 미문화원 방화 사건' 연루 혐의로 구속된 지 정확히 열흘이 지난 토요일엔 '한국 교회사회 선교협의회'란 단체에서 짧은 성명서 한 장을 발표해 우리 독재자의 꿈자리를 뒤숭숭하게 만들어 버렸다. '부산 미문화원 방화 사건에 대한 우리의 견해'라는 부제가 달린 성명서는 내외신 기자들에게 발송되어 워싱턴 레이건 행정부의 귀에까지 들어가게 되었는데, 그 내용인즉슨 주로 미국의 대한 (對韓) 정책에 대한 비판으로 이루어져 있었다. 미국의 암묵적인 용인 아래 한반도의 남쪽 도시 광주에서 군인들의 무차별적인 학살이 발생했고, 그 연장선상에서 '부산 미문화원 방화 사건' 또한 일어나게 된 것이라고 주장한 성명서는, 당시 주한 미국 대사인 워커와 주한 미군 사령관인 존 위컴의 본국 송환을 요구하는 내용으로 마무리되고 있었다.(그들이 주한 미국 대사와 주한 미군 사령관의 본국 송환을 요구한 까닭은, 그 두 사람이 언론에 대고 떠든 발언 때문이었다. 주한 미군 사령관은 광주 학살이 일어난 지 얼마 지나지 않은 시절에 콜롬비아 언론을 상대로 한 인터뷰에서 "한국인의 국민성은 들쥐와도 같아서 누가 지도자가 되든 그 지도자를 따라갈 것이며, 한국인에게는 민주주의가 적합하지 않다."라고 말했으며, 주한 미국 대사는 "한국의 반체제 인사들과 학생들은 철없는 애새끼들"이라고, 그냥 아무렇지도 않게 말해 버렸다.) 천주교 신부들과 개신교 목사들이 주축을 이루어 발표한 그 성명서가 우리 독재자의 마음을 더욱 어지럽힌 까닭은, 바로 그다음 주에 당시 미합중국 부통령이었던 조지 부시(그의 풀네임은 George Herbert Walker Bush이다. 그는 이후 미국의 41대 대통령에 당선되었으며, 그의 아들인 George Walker Bush는 미국의 43대 대통령을 지내게 된다. 세상 사람들은 통상 그를 '아버지 부시'라고 부르는데, 이는 자식 교육에 실패한 아버지의 대명사격으로도 통용된다.)의 순방이 예정되어 있었기 때문이다. 김포공항에서부터 청와대까지 겹겹이 환영 아치를 세워도 모자랄 판에, 이런 젠장, 형님네 나라를 모욕하다니. 우리의 독재자는 다음 날 급히 외무부 장관을 미국 대사에게 보내 "일부 지각없는 교직자들의 언동에 연연"하지 말 것을 부탁했고, 더불어 머리 숙여 사과했다.(그 자리에서 외무부 장관은 기자들을 향해 "신앙도 국가가 있어야 존재하는 것"이라고 일갈했는데, 그 말을 조금 풀어 설명하면 다음과 같은 것이었다. "신앙도 형님네 국가가 있고 난 다음에 존재하는 것!") 또한 성명서에 참여한 성직자들을 모두 대검찰청으로 불러들여 취조하기 시작했고, 동시에 '기독교 지도자협의회'란 듣도 보도 못한 단체를 통해 "그런 성명서는 모두 오해에서 비롯된 것이고, 한미 유대엔 아무런 변화가 없음을 확인"한다는 또 다른 성명서를 발표하게끔 만들었다.(아이러니하게도 그때 미국을 비판한 '한국 교회 사회 선교협의회' 소속 성직자들은 조지 부시 덕분에 구속만은 면할 수 있게 되었는데, 나라에 귀한 손님이 오는 마당에 국론 분열로 시끄러운 일을 만들 수 없다는, 각하의 위대한 관용이 베풀어졌기 때문이다. 그런 점에서 보면 조지 부시는 아들 교육을 빼면 종종 괜찮은 일도 했던 친구였다.)

4월 26일엔 다행히 조지 부시가 방한했다. 당시 워싱턴 정가의 실질적인 일인자였던 매사추세츠 출신의 이 노련한 정치가는 방한 일성으로 '양국 간의 전통적인 우호 협력'과 '주한 미군 불철수 원칙', '전두환 정권에 대한 미국의 확고한 지지' 등을 재차 강조, 성명서 때문에 가슴 졸이던 우리 독재자의 마음을 다독거려 주었다. 또한 그는 레이건 대통령의 친서를 손수 전달해 주기도 했는데, 이에 감격한 우리의 전두환 장군은 그에게 직접 샴페인을 따라 주며 "미국의 건국 이념과 나의 신념은 항상 동일하다."라는, 다소 말도 안 되는 건배사로 화기애애한 분위기를 연출하려 무던 애를 썼다. 우리의 독재자가 계속 웃는 표정을 유지하며 조지 부시가 뭘 잘 먹나 곁눈질로 바라보고 있던 바로 그 시점, 그런데 이런 젠장, 이번엔 경상남도 의령군에서 그의 뒤통수를 때리는 참혹한 사건이 벌어지고 말았다. 바로 의령군 궁류 지서 소속 우범곤 순경이 일으킨 총기 난사 사건이었다. 우범곤 순경은 조지 부시가 방문한 바로 그날 저녁, 지서에 보관 중이던 카빈총과 실탄 180발, 수류탄 일곱 개를 들고 나와 시장통과 우체국, 가정집 등에 무차별 난사, 주민 62명의 목숨을 한순간에 사라지게 만들었다.(주민들의 피해가 더 컸던 것은 범인이 바로 경찰이었기 때문이다. 사방에서 총소리가 들리고 수류탄을 든 범인이 대문 앞을 어슬렁거려도 주민들은 태연히 저녁 식사를 하면서 대피하지 않았다. 심지어는 범인에게 "어디서 공비 소탕 훈련하는가 보네?"라고 물어본 피해자도 있었다. 그는 범행 직후 자폭했다.) 그 사건의 여파가 컸던 것은 조지 부시에게 우리 독재자의 영도력에 어떤 심각한 결함이 있다는 인상을 강하게 심어 준 것과 동시에, 국민들에게도 전두환 정권에 대한 불신을 새롭게 환기시키는 역할을 충실히, 또 직접적으로 했기 때문이다. 우리의 독재자는 틈날 때마다 국민을 향해 법치를 강조했고, 공권력에 도전하는 그 어떤 세력도 용납하지 않을 것임을 윽박지르듯 말해 왔다.(물론 그것은 우리 누아르 정권의 기반 자체가 공권력에 있음을 자인한 꼴이지만.) 한데 우범곤 순경의 경우는 공권력 자체가 무고한 시민을 향해 무차별적인 폭력을 저지른 사건인지라, 우리의 독재자로 하여금 잠시 침묵하지 않을 수 없게, 입 닥치고 그저 넓은 이마나 긁적거리고 앉아 있을 수밖에 없게 만든 것이었다. 신문들은 전두환 정권이 들어선 이래 처음으로 정부를 비판해 대기 시작했고(물론 '경찰' 조직 자체에만 국한된 것이었지만), 하루아침에 부모를 잃은 고아들의 사연을 연일 보도해 국민들의 혈압을 약 6~8mmHg 정도 상승시키는 역할을 하기도 했다.

이래저래 전두환 장군에겐 위기 국면이었지만, 우리는 그의 또다른 명칭이 '누아르 주인공'임을 한시도 잊어선 안 된다. 우리의 누아르 주인공은 다시 한 번 수사로 사건을 해결해 나가기 시작했는데, 우선 그는 내무부 장관과 경찰청장, 경남도지사를 한꺼번에 직위 해제하면서 수사 인력의 일신을 도모하였다.(이때 새롭게 기용된 내무부 장관이 바로 노태우 장군이다. 그는 전두환 장군의 '베스트 프렌드'이자 함께 손을 꼭 잡고 쿠데타를 일으킨, 후에 전두환 장군의 바통을 이어받아 대통령에 당선된, 역시 사성장군 출신의 독재자였다.) 그리고 그는 곧장 사건의 원인을 공권력 남용 문제가 아닌, 한 개인의 문제로 축소시키는 난이도 높은 수사 기법을 동원했는데, 그래서 찾아낸 것이 바로 우범곤 순경의 애인이었다.(그녀 역시 사건 당일 숨졌다.) 즉, 사건 당일 우범곤 순경과 애인은 말다툼을 벌였고, 그로 인해 열 받은 범인이 사건을 일으켰다는 결론. 공권력보다는 역시 그놈의 연애가 말썽이라는 결론. 부모가 반대하는 연애는 하지 말자는 결론……. 사건의 원인이 그렇게 결론 내려지자마자 언론에선 다시 정부에 대한 비판 기사는 사라지고, 그 자리를 대신 우범곤 순경의 가족 관계와 애인의 가족 관계, 가족과 주변 사람들의 인터뷰(그러니까 "우범곤은 평상시엔 온순했으나 술만 마시면 포악한 성격으로 변했다."거나, "사람 인상이 마음에 들지 않아 결혼을 반대했다."라거나, "어릴 적부터 형한테 많이 맞고 자랐다."와 같은 뻔한 인터뷰들) 등으로 채우기 시작했다.(물론 사진과 실명을 그대로.) 그로 인해 우범곤 순경의 어머니와 하나뿐인 친형은 사는 곳에서 잠적, 행방을 감추어 버렸고, 우범곤 순경의 애인 가족 역시 망자의 장례조차 제대로 치르지 못하는 처지가 되어 버렸다. 하지만…… 그랬으면 된 거였다. 결론이 한 개인의 연애 문제이자 성격 문제이자 가족 문제였다면, 공권력은 이제 안전해지는 것이니까. 거기엔 이념이니 냉전이니 조지 부시니 하는 문제들이 끼어들 틈이 없는 것이니까, 그럼 된 것이었다. 그것이 바로 우리 누아르 주인공의 수사 기법이자, 통치 철학이었던 것이다.

하지만 시련은 그쯤에서 멈추지 않았다. 달이 바뀐 5월 4일엔, 그러니까 우범곤 순경 사건이 좀 잠잠해질 무렵엔, 이런 제기랄, 우리 독재자의 친척이 또 다른 사건을 일으키고 말았다. 친척이라고 하기엔 다소 복잡한, 그러니까 우리 독재자의 처삼촌의 처제였던 장영자가 남편 이철희와 함께 벌인 수천억 규모의 약속어음 사기 사건이었는데, 그 액수가 상상 이상이었다. 장영자와 이철희는 주로 중견 건설업체를 상대로 자금을 대출해 주고(물론 그 자금은 모두 은행에서 무담보 신용 대출로 받은 돈이었다.) 그 자금의 열 배 정도 되는 약속어음을 담보로 받아 두었는데, 그 약속어음을 약속과는 다르게 시중에 직접 할인, 유통시키면서부터 문제가 발생한 것이었다.

사고 금액은 총 7111억 원.(당시 쌀 한 가마니 가격은 4만 4000원이었고, 도시 근로자의 월평균 소득은 22만 원이었다.) 중견 건설업체 세 곳이 최종 부도 처리되고, 시중 은행장 두 명을 포함한 총 31명을 법정에 서게 만든 이 사건은 건국 이후 최고의 사기 사건으로 기록되면서, 그렇지 않아도 불황에 빠져 있던 국가 경제를 최악의 상황으로 몰고 가 버렸다. 실물경제 그래프는 가파르게 내리막으로 치달았고, 제2금융권과 사채 시장은 거의 마비된 채 움직일 기미를 보이지 않았다. 그리고 시중엔(사실 이게 좀 치명적이었는데) 이 사건의 배후에 우리 전두환 장군이 직접 개입되어 있다는 소문이 돌기 시작했다. 그도 그럴 것이 아무리 대통령의 친인척이라고 해도 은행에서 그런 막대한 자금을 무담보로, 그것도 거의 전화 한 통으로 대출해 주었겠느냐, 하는 것이 일반 시민들의 생각이었다. 무언가 다른, 더 커다란 힘이 있지 않았겠느냐, 시민들은 쉬쉬하면서 그런 말을 하고 돌아다녔다.

우리의 독재자 또한 그러한 소문을 들었는지, 사건 직후 발 빠르게 국무총리와 법무부 장관, 재무부 장관, 여당 사무총장 등을 한꺼번에 해임하면서 여론을 잠재우려 노력했지만, 오히려 그 발 빠른 해임이 소문을 더욱더 발 빠르게 확산시키는 역효과를 불러일으키고 말았다.(그러니까 "뭔가 켕기는 게 있는 모양이지." 같은 소문이 헛웃음과 함께 새롭게 추가된 것이다.) 소문은 하루하루 지날수록 시베리아 활엽수림처럼 무성해져 갔고…… 그래서 할 수 없이 우리의 전두환 장군은 그달 11일 언론과의 인터뷰를 통해 직접 '사건에 연루된 사람은 지위 고하를 막론하고 처벌하겠다. 나 역시도 문제가 있다면 조사를 받고 응당 처벌을 받겠다.'라는 요지의 말을 했지만…… 그래서 사람들은 또 한 번 웃고 말았다. 사람들은 아무도 그 말을 믿지 않았다. 수사관이 직접 자신을 수사하겠다니. 지문을 채취하다가 자기 지문이 나오면 '어, 이게 여기에서 왜 나왔지? 이상하네? 장갑이 너무 얇은가?' 하면서 쓱쓱 지우겠다는 뜻과 다를 바 없는 말이었기 때문이었다. 그래서 사람들은 그냥 계속 웃기만 했다. 수사도, 조사도, 처벌도, 모두 한 사람이 한다고 하니까, 다른 사람들은 딱히 할 일도 없었다. 그리고 모든 사람의 예상대로 우리의 누아르 주인공은 다른 때와는 달리 그냥 대충 사건 기록을 쓱 한번 훑어보는 것으로 수사를 마무리했다.(당연히 그는 무혐의였다.) 그런 다음 그는 곧장 다시 조지 부시가 전해 준 레이건 대통령의 편지에 답장을 쓰기 시작했다. 사람들이 비웃든 말든, 실업자가 거리를 떠돌든 말든, 제2금융권이 마비가 되든 말든, 어쨌든 레이건은 자신을 확고히 밀어 주겠다고 했으니까, 그것만 있다면 자신에게 닥쳐온 시련쯤 능히 극복할 수 있으니까, 그러면 안전한 것이니까……. 그는 답장을 쓰지 않을 수가 없었다.(그가 다시 바삐 편지를 쓴 이유는 그때 당시 방한했던 라이베리아 국가원수 '사무엘 도에'라는 친구 때문이기도 했다. 서른 살의 나이로, 그것도 중사 계급장을 달고, 역시 쿠데타로 집권한 '도에'는 미국으로 가는 길에 잠시 한국에 들러 우리의 독재자와 환담했는데, 그때 두 사람이 나눈 대화는 주로 미국과 레이건 대통령에 관한 것이었다. '도에'는 미국이 자신을 얼마나 예뻐하는지 우리 독재자에게 침을 튀기며 자랑했고, 잠자코 그 말을 듣기만 했던 우리의 누아르 주인공은, 그가 한국을 떠나자마자 곧장 펜부터 집어 들었다.) 그는 다시 한 번 편지에 "미국의 건국 이념과 나의 신념은 동일하다."라는 문장을 썼고, 뭔가 더 좋은 문장이 없을까 궁리하며 하루 종일 책상 앞에 앉아 있었다. 때는 꽃 피는 봄이었다. 시련 가득한 5월, 우리의 독재자는 때때로 다 떨어진 벚꽃들을 바라보며 계속 편지지만 붙잡고 앉아 있었다. 편지는 생각처럼 잘 써지지 않았다.

*

자, 이것을 화분에 물이라도 주면서 천천히 들어 보아라.

우리의 독재자가 신과 직접 '맞짱'을 뜨면서 원치 않던 시련을 겪고 있을 무렵, 우리의 또 다른 주인공 나복만은 자신의 죄를 찾기 위해, 자신이 알지도 못한 채 지은 죄와 혐의와 증거를 찾기 위해, 자신의 주변을 꼼꼼하게 살피면서 돌아다니고 있었다. 그는 자신의 택시 트렁크를 열어 밑바닥 볼트까지 모두 풀어 가며 무엇인가 찾아내려 애썼으며, 운전석 발판과 조수석 발판까지 모두 들어내어 혹 떨어진 것은 없는지, 또 도청 장치 같은 것은 없는지 살피고 또 살펴보았다. 더불어 그는 자신의 택시에 올라타는 손님들을 오랫동안 바라보았다가 그들이 내리고 난 다음 누런 갱지 뒷면에 몽타주를 그리듯 인상착의를 하나하나 스케치해 두기도 했는데, 평상시 누군가를 한 번도 그려 본 적 없는 솜씨인지라 사람들의 얼굴은 누가 누구인지 나복만 자신조차도 전혀 알아볼 수 없는 형상이되기 일쑤였다.(그의 그림을 본 박병철은 이렇게 말했다. "야, 이게 정말

71

사람이 맞긴 맞냐? 네 택시엔 소가 탔던 거냐?") 그래도 그는 포기하지
않고 계속 사람들을 스케치해 나갔으며, 손님들이 택시에서 내리고
난 다음에도 한참 동안 자리를 뜨지 않고, 그들이 사라진 골목길이
나 건물들을 지켜보며 서 있었다.

사실 나복만은 박병철과 회사 뒤편 정비 창고에서 얘기를 나눈
후에도 자신이 어떤 사건에 연루된 것인지 명확히 이해하지 못하고
있었다. 그게 맞았다. 그래서 원인을 알 수 없는 두려움에 빠져 금
방이라도 뚝뚝 눈물을 흘릴 것 같은 심정이 되긴 했지만, 또 한편
자취방으로 돌아와 김순희가 차려 놓은 밥을 남김없이 비우고 곧장
잠에 빠져들 수 있었던 것이다. 다 거짓말 같았고, 실감도 나지 않
았으며, 또 설혹 그렇다 하더라도 경찰들이 충분히 이해해 줄 것이
라는 믿음이, 두려울수록 상대적으로 더 커지기도 했던 것이다. 하
지만 잠에서 깨어나 박병철이 건네준 신문을(코팅하라고 건네준), 신
문 속 환하게 웃고 있는 최 신부라는 사람의 얼굴과, 그의 팔짱을
낀 채 무표정한 얼굴로 서 있는 형사들의 사진을 오랫동안 바라보
고 있자니, 어쩐지 그런 마음은 모두 사라지고 대신 최 형사가 자신
에게 했던 말, 늘 지켜보겠다는 말만 벽시계 속 뻐꾸기처럼 왼쪽 귀
에서 오른쪽 귀로, 다시 오른쪽 관자놀이에서 왼쪽 관자놀이로, 반
복적으로 울려 퍼져 나갔다. 행동을 똑바로 하라는 말과 주의 깊게
관찰하고 있다는 말, 그리고 '조인트를 깔 때' 났던 소리까지…….
　다음 날, 야간 운행을 마친 새벽 6시 무렵, 자취방으로 돌아오던
나복만은 핸들을 틀지 않고 곧장 봉산동 가톨릭 문화관 앞으로 택

시를 몰고 갔다. 도로 오른쪽에 면해 있는 가톨릭 문화관은 높은 담장과 플라타너스 가지들에 가려 건물은 보이지 않았다. 군청색으로 칠해진 정문은 굳게 닫힌 상태였고, 그 앞엔 신문 한 부와 우유병 두 개가 놓여 있을 뿐이었다. 나복만은 택시에서 내려 정문 앞쪽으로 조금 더 가까이 다가가 보았다. 그곳에서 그리 멀리 떨어지지 않은, 코너를 도는 길 안쪽에 봉산동 파출소가 환하게 불을 밝히고 있는 모습이 눈에 들어왔다. 의경 한 명이 국기 게양대 앞에 서서 허공에 대고 쌍절곤을 돌려 대고 있는 모습도 보였다.(그 시절엔 그런 친구들이 종종 있었다.) 그 모습을 보자마자 나복만은 걸음을 멈췄다. 제자리에 멈춰 선 채 계속 가톨릭 문화관 정문을 바라보았다. 분명 하루에도 몇 번씩 오가는 길이었다. 근처엔 공공 도서관도 있었고, 국민학교도 있었다. 또 닷새마다 장이 서는 민속 장터도 멀지 않은 곳에 있었다. 그러니까 그곳은 나복만뿐만 아니라 원주시 모든 택시 기사들이 종종 지나갈 수밖에 없는, 자주 손님들을 태우고 내려 주던 길목이었다. 한데 경찰에선 그 많은 택시 기사 중 오직 한 사람, 자신을 지목했다. 나복만은 그것이 못내 억울했지만, 그렇다고 자신의 혐의를 부인할 만한 그 어떤 증거나 기억도 가지고 있지 않았다. 그래서 그는 답답하고 두려웠다. 정문 안쪽으로 뛰어들어 가 누군가를 붙잡고 물어보고 싶은 마음도 들었지만, 그게 더 의심을 살 만한 행동 같았다.(그는 가톨릭 문화관 정문을 바라보면서도 계속 곁눈질로 주위를 살폈다. 뒤를 돌아보면 거기, 꼭 최 형사가 가죽점퍼 주머니에 두 손을 깊숙이 찌른 채 지켜보고 있을 것만 같았다.)

놀랍고 엉뚱한 것은, 바로 그 순간 나복만이 사랑에 빠져 버렸다는 사실이다. 물론 그 상대는 김순희였다. 어찌 그 순간에 그런 일이 벌어질 수 있는가, 묻는다면 딱히 논리적으로 해명할 말은 없지만, 분명 그 순간 나복만은 전에 없이 김순희가 그리워졌고, 보고 싶어졌고, 또 한편 그녀에게 미안해졌던 것이 사실이다. 그것은 이전까지 나복만을 휘감았던 그녀와 '자고 싶다'라는 열망과는 조금 다른 것이었는데, 그것을 포함해, 그들이 처음 불란서 주택 내 단칸방으로 이사 갔던 날 밤새 기도하며 울던 김순희의 뒷모습과, 단칸방 바로 앞 담벼락에 있던 백목련을 함께 바라보며 무심코 했던 말(나복만은 백목련을 보면서 '삶은 달걀'들이 줄줄이 늘어서 있는 것 같다고 말했고, 김순희는 다음 날 달걀 한 판을 사 와 모조리 삶아 버렸다.), 나복만의 회사 택시를 세차해 주면서 그녀가 흥얼거렸던 찬송가(그녀가 세차하면서 주로 불렀던 찬송가는 「정결하게 하는 샘이」라는 곡이었다. '죄 씻으라 하시네~ 죄 씻으라 하시네~' 하는)까지, 모두 한꺼번에 떠올랐던 것이다. 그런 감정들 앞에서 나복만은 당황하기도 하고, 가슴이 뛰기도 하고, 또 슬퍼지기도 했는데, 그는 그것이 '사랑'이라는 감정이었다는 것을 끝내 깨닫지 못했다.(그래서 그는 그 순간 결국…… 발기하고 말았다.) 냉정하게 바라보자면, 그것은 상황이 만든 사랑이긴 했지만, 그래서 상황이 악화되면 악화될수록 더 커질 수밖에 없는 것이었지만, 결과적으론 그를 움직이게 만든, 마지막까지도 포기하지 않고 행동하게 만든, 중요한 원인이 되어 버렸다. 그가 알았든 몰랐든, 상관없이.

나복만은 그 자리에 굳은 듯 멈춰 서서 담배 두 개비를 내리 피웠다.(그때까지도 그의 발기는 계속 지속되었다.) 그러곤 다시 택시에 올라탔다. 박병철의 말대로 다행히 아직 기회는 남아 있는 것 같았다. 누군가 찾아올 가능성도 있었고, 누군가 자신에게 뭘 맡겨 놨을 수도 있는 일이었다. 그렇다면 그가 해야 할 일은 명확해 보였다. 그는 원주국민학교 정문 앞에 다시 택시를 세우고, 그때 막 셔터를 올리고 있던 문구사 안으로 들어가 4B 연필 두 자루와 지우개, 갱지 한 묶음을 샀다. 그리고 그날 오후 태운 첫 손님부터 몽타주를 그리기 시작했다. 그가 읽고 쓸 수 있는 단어란 '통닭' '생닭' '영계' '오뚜기 튀김유' '호프' '경향신문' '매일경제' '안전택시'밖에 없었으니, 그것이 나복만에겐 최선의 길이기도 했다. 이제 그에겐 만나는 모든 택시 승객들이 의심스러운, 자신에게 어떤 죄를 뒤집어씌우기 위해 접근하는 잠재적 범죄자들일 뿐이었다. 더불어 이제 자신이 기댈 수 있는 사람은 박병철, 안전택시의 동료 기사이기도 한 박병철, 오직 그 한 사람뿐인 것만 같았다. 그래서 그는 늘 숙제 검사를 받는 어린아이처럼 그날 치 몽타주를 매일매일 박병철에게 보여 주었던 것이다.

박병철은 박병철 나름대로 나복만의 죄를 찾기 위해 부단히 노력했다. 시내를 운행하는 도중 나복만의 택시를 우연히 만나게 되면 거의 반사적으로 그의 뒤를 쫓아 액셀 페달을 밟았다. 길거리에서 손님들이 손짓을 해도 그는 못 본 듯 사람들의 옆을 스쳐 지나갔다. 그리고 나복만의 택시에서 내린 손님들이 들어가는 건물과 집 들의 주소를 꼼꼼히, 날짜별로, 수첩에 기록했다. 덕분에 박병철 역시 사납금을 채우지 못하는 날들이 하루 이틀 늘어 갔지만, 그것 때문에 관리 상무에게 몇 번 불려 가기도 했지만, 그는 개의치 않았다. 어느 정도 선까지 수입은 마이너스를 그릴 것이라 이미 예상했기 때문이었다. 하지만 그것들을 한꺼번에 만회해 줄 어떤 기회가 반드시 찾아올 것이라고, 그는 믿고 있었다. 그래서 그는 계속 나복만의 뒤를 쫓고 또 쫓기만 했다. 며칠이 지난 다음부턴 아예 퇴근 후 나복만의 자취방으로 찾아가 그날 그가 만났던 사람들과 그날 갔던 장소들, 심지어는 그날 점심에 먹었던 음식들까지도 직접 하나하나 점검해 나가기 시작했다. 그는 나복만의 자취방에서도 항상 선글라스와 검은 가죽 장갑을 벗지 않았는데, 말을 하면서도 눈길은 계속 화장대 위 거울에 비친 자신의 모습 쪽으로 향해 있었다. 선글라스를 이마 위로 올려 써 보기도 하고, 또 콧잔등 아래로 내려 써 보기도 하면서, 그는 나복만이 더듬더듬 하는 말들을 수첩에 옮겨 적었다. 그러면서 그는 자신이 얼마 전 개봉한 영화 「아벤고 공수군단」의 '남궁원'을 약간 닮은 것 같다는 생각을 하기도 했다. 물론 선글라스를 썼을 때의 일이지만, 아무튼 그래서 그의 가슴은 또 한 번 살짝 뛰기도 했다.

박병철은 또한 나복만 몰래 김순희의 뒤를 밟기도 했다. 박병철에겐 김순희 역시 충분히 의심스러운 인물이었는데, 그건 나복만에게서 지금까지 단 한 번도 그녀와 섹스를 해 본 적 없다는 충격적인 고백(그에겐 분명 충격적인 사실이었다.)을 들은 다음부터였다. 아니,

도대체 그게 말이 되는 소리냐, 친구한테 뭐 그런 것까지 속이냐, 박병철은 짜증을 냈지만 나복만의 대답은 한결같았다.

"나도 몇 번 하려고 했는데…… 키스만 된다고 해서……."

박병철은 처음엔 입을 쩍 벌린 채 그냥 웃기만 했지만, 그다음부 턴 김순희를 의심하기 시작했다. 함께 산 지 벌써 1년 가까이 지났 고 결혼까지 약속한 사이인데도 몸을 허락하지 않는다는 것은 다 른 어떤 의도를 갖지 않고는 불가능한 일이다. 사랑 없이 어떤 목적 때문에 같이 사는 것이다. 자기들이 무슨 해와 달도 아니고 마냥 바라만 보고 산다는 게 가당키나 한 일이냐…… 박병철은 그렇게 단정해 버렸다. 그리고 그렇게 생각하자마자 김순희의 모든 것들이 의심스러워졌다. 나복만에게서 들은 바에 따르면 처음 그에게 운전 면허를 권유한 것도 김순희였고, 택시 기사가 되면 동거를 하겠다 고 제안한 것도 김순희였다. 뿐만 아니라 김순희는 나복만이 극구 말렸음에도 불구하고 매일매일 연두색 포니 택시의 세차까지 도맡 아 한다고 했다. 그녀가 고아 출신이라는 것도 의심스러웠고, 그녀 의 직업이 전화교환양이라는 것도 의심스러웠고(박병철은 전화교환 양들이 자신이 모르는 어떤 통신 수단을 이용, 다른 누군가와 은밀하게 접 선할 수 있다고 생각했다. 하지만 그 시절 전화교환양들의 주된 업무는 시 외전화를 서로 연결해 주는 일이었다.) 심지어는 그녀가 교회에 열심히 나가는 것도 의심스러웠다.(그는 천주교와 개신교의 차이를 제대로 알 지 못하고 있었다. 뭐, 둘 다 십자가를 세우고 있으니 번지수만 약간 다르 다고 생각했다. 신부나 목사나 헤어스타일은 모두 엇비슷하니까, 최 신부 와도 어떤 연관이 있지 않을까, 생각한 것이었다.) 그래서 그는 김순희가

77

타고 다니는 출근 버스와 퇴근 버스를 조용히 뒤따르기 시작했다.

하지만 그렇게 해서 그가 알아낸 것은 그리 많지 않았다. 김순희는 항상 제시간에 출근했고, 또 제시간에 퇴근을 했으며, 누군가를 따로 만나는 일도 없었다. 그때 막 시내에 하나둘 생기기 시작한 카바레에 출입하는 일도 없었고, 혼자 야산을 올라가는 일도, 은행에 가서 돈을 찾는 일도 없었다. 그녀는 오직 집과 우체국, 그리고 교회와 슈퍼만 부지런히 오갔을 뿐인데, 그 시간들도 거의 매일 일정했다. 슈퍼에서 사는 물품들도 하루는 콩나물, 하루는 두부, 하루는 시금치, 하루는 빨랫비누, 그리고 다시 또 하루는 콩나물 하는 식으로 별다를 게 없었다.

그래도 박병철은 끈질기게 김순희의 뒤를 밟으며 무엇인가 증거를 잡으려 애를 썼지만(그는 꼭 한 번만이라도 관설동 우체국 안으로 들어가 그녀의 책상을 뒤지고 싶었다.) 그러나 얼마 가지 못해 되레 그 자신이 김순희에게 발각되어 뜻하지 않은 말을 듣는 처지가 되고 말았다.(새벽 기도를 위해 교회에 가던 도중, 김순희는 갑자기 발길을 돌려 자신의 뒤를 쫓고 있던 박병철의 택시 앞으로 뚜벅뚜벅 걸어왔다. 그러곤 조수석 문을 열고 택시에 올라탔다. 김순희는 예전부터 박병철의 얼굴을 잘 알고 있었다. 그녀가 몇 번 술상을 봐 준 적도 있었기 때문이었다. 박병철이 아무리 선글라스로 눈을 감추고 있다 하더라도 그의 독특한 톱니바퀴 헤어스타일은 먼 곳에서도, 아무리 어두운 곳에서도 확연히 돋보였다. 그 사실을 박병철만 모르고 있었다. 그날 김순희는 박병철의 얼굴을 보지 않고 택시 앞 유리창만 바라본 채, 기왕 교회까지 가실 거 좀 태워 달라고 말했다. 박병철은 당황하고, 또 한편 난감했지만, 그녀의 부탁대로 택시를 몰고 갔다. 무언가 변명할 거리를 생각해 내려 애썼지만, 딱히 떠오르는 말이 없었다. 그래서 그들은 아무 말도 없이 교회 앞까지 갔다. 교회 앞에 도착한 후에도 한참 동안 말없이 조수석에 앉아 있던 김순희는 조용한 목소리로 이렇게 말했다. "전 이미 하나님 앞에서 오직 한 사람하고만 결혼하기로 맹세한 몸이에요." 그 말을 끝으로 김순희는 택시에서 내렸고, 교회 건물 안으로 총총 사라졌다. 멀거니 김순희가 사라진 교회 십자가 네온사인을 바라보던 박병철은 거칠게 핸들을 돌리며 혼잣말로 중얼거렸다. "씨발, 저것도 정상은 아니네.")

하지만 박병철의 그 모든 노력들이 다 쓸모없었던 것은 아니어서, 나복만과 박병철은 새로운 단서 하나를 찾게 되었다. 다음 날 김순희를 찾아가 현재 나복만에게 벌어지고 있는 모든 일을 소상하게, 또 조금 과장해서 늘어놓은 박병철은 그 자리에서 그녀로부터 수상한 서류 봉투에 관한 이야기를 듣게 되었다. 4월 2일경, 그녀가 나복만의 택시를 세차해 주면서 발견한, 조수석 아래 떨어져 있던 서류 봉투. 보내는 사람과 받는 사람의 주소가 모두 적혀 있던, 그러나 발송되지 않은 서류 봉투. 그것에 대해 나복만과 박병철이 처음 알게 된 것이었다.

*

자, 이것을 화장실에 한 번 다녀온 후 계속 들어 보아라.

김순회가 나복만의 택시에서 발견한 서류 봉투는, 그러나 이미 그땐 그녀의 손에서 떠나 버린 상태였다. 김순회가 직접 퇴근하는 길에 원래의 주인에게 되돌려 주었기 때문이었다.

"아 참, 답답하네. 아, 그걸 돌려주면 어떡해요?"

박병철은 자신의 머리카락을 조심조심 쓸어 올리면서 말했다.

"우표가 안 붙어 있었거든요. 우표만 붙어 있었어도 그냥 제가 보내 주었을 텐데…… 무게가 꽤 나가서 우표도 여러 장 붙여야 하는 거고…… 또 그게 당연한 거니까……."

김순회는 나복만의 얼굴을 슬쩍슬쩍 살피면서 말했다. 자신이 뭔가 엄청난 잘못을 저지른 것만 같아 그녀는 평상시 버릇 그대로 속으로 '우리 주 예수 그리스도'를 찾았다.

"안에 뭐가 들어 있는지 봤어요? 서류 봉투를 열어 봤냐고요."

그녀는 잠시 망설이다가, 살짝 고개를 끄덕거렸다.

서류 봉투 안에는 5학년 남자아이가 쓴 3월 달 일기가 하루도 빠짐없이 8절지 크기의 종이에 등사되어 있었다. 휘발유 냄새가 밴 그 종이들을 몇 장 훑어보다가, 김순회는 다시 서류 봉투 안으로 집어넣었다. 받는 주소는 그때 막 단구동에 새로 들어선 선아아파트로 되어 있었고, 보내는 사람은 단구국민학교 5학년 3반 담임 선생님으로 되어 있었다. 단구국민학교는 관설동 우체국에서 그리 멀지 않은 곳에 있었기 때문에 그녀는 직접 교무실로 찾아가 서류 봉투를 되돌려 주었다. 5학년 3반 담임 선생님이 자리를 비워 교무부장에게 대신 전해 주었지만, 그녀로선 할 일을 다 한 셈이었다.

"일기? 그럼 뭐 별거 아니잖아?"

나복만은 박병철을 바라보면서 물었다. 박병철은 선글라스를 벗지 않은 채 미간을 찡그리고 한동안 침묵했다. 담배 한 개비를 새로 꺼내 물어 다 태울 때까지 그는 귀밑머리를 계속 만지작거리기만 했을 뿐 말이 없었다. 그리고 거기에서 또 몇 분이 흐른 후, 그는 길게 한숨을 내쉬면서 말했다.

"아, 씨발, 이거 보통 일이 아닌 거 같은데."

나복만과 김순희는 거의 동시에 박병철을 바라보았다. 그런 후 다시 서로의 얼굴을 쳐다보았다.

"아무래도…… 난수표인 거 같아……."

"난, 난수표?"

"아닌데, 그건 분명 그냥 아이가 쓴 일기였는데……."

김순희는 말끝을 흐리면서 고개를 갸웃거렸다. 박병철이 바로 말을 받았다.

"아, 씨발, 상식적으로다가 그게 말이 됩니까? 선생이 뭐 한다고 애새끼 일기를 등사까지 해서 우편으로 부쳐요, 부치길? 그게 겉은 일기로 위장되어 있지만, 분명 무슨 암호인 게 틀림없다, 이거예요."

"에이, 그래도 선생님이 무슨 난수표까지……."

나복만은 고개를 숙이고 있던 김순희를 슬쩍 바라본 후 작은 목소리로 그렇게 말했다.

"이 자식아, 그래서 내가 너한테 신문 좀 보면서 살라고 하는 거야. 매일 미터기만 뚫어져라 보지 말고 신문 좀 보라고, 이 답답한 자식아. 선생들 중엔 뭐 좌경 세력들이 없는 줄 알아? 매일 잡혀 오는 사람들 중에 꼭 한 명씩 끼어 있는 게 선생들이야. 걔네들이 그중 제일 독한 놈들이라고."

박병철의 말에 나복만 또한 김순희와 마찬가지로 고개를 숙였다. 그래서 그들은 박병철에게 취조를 받고 있는 듯한 모양새가 되어 버렸다. 김순희는 아예 두 눈을 감은 채 기도를 하기 시작했다.

"그러면…… 내가 그냥 경찰서에 가서 그대로 신고를 할까? 서류 봉투 같은 게 내 차에 있었다고……?"

"아니야, 아니야. 가만있어 봐."

박병철은 선글라스를 벗어 후후 입김을 분 다음 소매에 닦았다.

"지금쯤 난수표고 뭐고 다 없앴을 게 분명해. 너한테 된통 다 뒤집어씌울 수 있다, 이 말이야."

"그럼, 어떡하지?"

"어떡하긴 뭘 어떡해? 그놈만 쫓아야지. 학교도 알고 몇 반 담임인 거까지 알았으니까 이제 다 잡은 거라고. 넌 그냥 나만 믿고 가만히 마음의 준비만 하고 있으면 돼. 내가 다 알아서 해 줄 테니까."

박병철은 그렇게 말하면서 다시 한 번 화장대 위 거울을 바라보았다. 선글라스를 쓰고 담배를 문 자신의 모습은 아무래도 '남궁원'보다는 같은 시기 개봉한 영화 「불새」의 '이영하'를 더 많이 닮은 것 같았다. 영화 포스터에는 '이영하' 사진 아래 이런 문구가 새겨져 있었다. "검은 우수의 얼굴로 등장한 그는 누구인가?" 검은 우수? 그건 딱 내가 아니던가. 박병철은 선글라스를 더 깊숙이 눌러쓰며 그런 생각을 하고 앉아 있었다.

같은 시각, 단구국민학교 5학년 3반 담임인 김상훈은 밤늦도록 퇴근하지 않은 채 교실 앞쪽 자신의 책상에 앉아 있었다. 그는 책상 위에 원고지를 펴 놓고 만년필로 또박또박 편지를 써 나가고 있었다. 책상 주위론 함부로 구겨진 폐지들이 여러 장 널브러져 있었고, 재떨이엔 허리가 반으로 접힌 담배꽁초들이 수북이 쌓여 있었다. 그는 벌써 두 시간째 편지의 한 문장을 두고 고민하고 있었는데, 그러나 그것이 생각처럼 잘 써지지가 않았다. 그래서 그는 종종 고개를 돌려 어두운 유리창을, 자신의 모습이 반사된 교실 유리창을 바라보았다. 병희 어머니라고 해야 하나, 아니면 그냥 경아 씨라고 해야 하나? 사랑한다고 써야 하나, 온 마음으로부터 아끼고 있다고 써야 하나? 그는 쉽게 결정을 내릴 수가 없었다. 그래서 그는 다시 한 번 책상 서랍에 넣어 둔 병희의 일기를, 5학년 3반 반장이기도 한 곽병희의 일기 등사본을 찬찬히 읽어 나가기 시작했다.

3

　자, 이것을 감자 칩이라도 우물거리면서 한번 들어 보아라.

　그해 신학기 첫날인 3월 2일부터 그달 말일까지, 단구국민학교 5학년 3반 반장 곽병희의 일기 속에는 총 스물한 번에 걸쳐 담임 교사인 김상훈의 이름이 나왔다. 그것은 일기를 쓰지 않는 토요일과 일요일을 빼면(김상훈은 아이들에게 일기를 종례 시간에 쓰게 했다. 그리고 일기장을 집으로 갖고 가지 못하게 모두 걷었다. 그는 아이들 일기를 부모가 봐선 안 된다는 독특한 교육 방침을 가지고 있었다. 그래서 덕분에 아이들 일기는 모두 김상훈 혼자만 볼 수 있었다.) 거의 매일 등장한 것이나 다름없었는데, 그의 이름이 나온 문장들은 대개 다음과 같은 것들이었다.

　4학년에 이어 김상훈 선생님이 또 한 번 우리 반 담임 선생님이 되셨다. 아이들과 나는 모두 힘껏 박수를 치며 기뻐했다. 우리는 정말로 기뻤다. 정말, 거짓말이 아니고, 정말 정말 기뻤다.

오늘 김상훈 선생님은 나를 반장으로, 김미영을 부반장으로 임명하셨다. 4학년 때도 나와 김미영은 반장과 부반장을 했다. 2년 연속 반장을 맡으니 어깨가 무거웠다. 김상훈 선생님은 우리 학교 보이스카우트 단대장이시기도 하다. 나는 거기에서도 6학년 형들을 제치고 2조 조장이 되었다. 선생님은 내게 친절하게 밧줄 매듭 묶는 법을 가르쳐 주시기도 했다. 선생님은 내 어깨에 손을 올리신 후, 7월 전북 무주에서 열리는 세계 잼버리 대회에 함께 참가하자고 말씀하셨다. 나는 너무 기뻐 대답도 제대로 못하고 가만히 서 있기만 했다. 잼버리 대회라니, 그럼 이제 내게도 미국 친구가 생기는 것일까? 제인이나 크리스티나 같은 아이들과 국제 펜팔을 하게 되는 것일까? 그렇다면 어서 빨리 영어 공부부터 시작해야겠다.

어제는 엄마와 함께 김상훈 선생님을 모시고 학성동 대원각이라는 중국집에서 저녁을 먹었다. 나는 자장면을, 엄마와 김상훈 선생님은 팔보채와 맥주를 드셨다. 엄마가 선생님 말씀 잘 듣고 따르라고 해서, 나는 아버지처럼 믿고 따르겠다고 큰 소리로 대답했다. 엄마와 선생님은 아무 말씀 없이 나를 보고 가만히 웃기만 하셨다. 김상훈 선생님은 맥주를 여러 병 드셨다. 진짜로 나는 김상훈 선생님을 아버지처럼 여기고 있다. 요새는 아버지보다 선생님하고 있는 시간이 더 긴 것 같다. 아버지는 비상이 걸려 집에 들어오지 않는 날들이 더 많아졌다. 아버지 얼굴을 본 지는 벌써 일주일이 넘었다. 아버지는 매번 비상 중이었다.

지난 토요일엔 엄마가 학교에 오셨다. 엄마는 선생님께 드릴 김치를 챙겨 오셨다고 했다. 김상훈 선생님은 몸이 불편한 홀어머니와 단둘이 지내신다고 했다. 엄마는 김상훈 선생님이 식사라도 제대로 챙겨 드실지 걱정이라고 했다. 그래서 나도 문득 걱정이 되었다. 선생님이 식사를 제대로 못하셔서 편찮으시면 우리 반은 어찌 될까? 우리 학교 보이스카우트는 누가 이끌까? 잼버리 대회는 누구와 가게 될까? 미국 친구는? 제인이나 크리스티나는? 그만큼 김상훈 선생님은 나에게 기둥과 같은 분이시다. 나는 그 기둥 아래에서 오랫동안 머물고 싶다.

사실 그것은 열두 살짜리 사내아이의 평범한, 그 누구라도 쓸 수 있는, 숙제와도 같은 일기에 지나지 않았지만, 그러나 김상훈에게는, 그리고 후에 그 일기를 손에 넣게 된 나복만에게는, 그것이 그리 간단하게 다가오지만은 않았다. 둘 모두 일기의 행간과 행간 속에 숨은 어떤 의미들을, 어떤 진실들을, 자의적으로, 때론 필사적으로(물론 이건 나복만의 경우에만 해당되는 말이지만) 해석하려 들었기 때문이다.

그러니까, 김상훈의 경우는 이런 식이었다. 김상훈은 곽병회의 일기를 읽어 나가는 내내 보름 전 병회 어머니와 대원각에서 만났을 때, 그때 탁자 아래에서 몰래 맞잡은 손의 감촉을 떠올리고자 애를 썼다. 그리고 다시 며칠 후 김치를 들고 찾아온 경아 씨와 함께, 아이들이 모두 돌아간 교실에 앉아 했던 말들과 둘이 나누었던 짧은 포옹을 생각해 보았다. 그러면서 김상훈은 곽병희가 어렴풋이나마 선생님과 어머니의 관계를 눈치채고 있는 것은 아닐까 추측했다. 그렇지 않고선 이렇게 매번 일기에 선생님의 이야기를 쓸 수 없을 것이다. 열두 살 정도면 이미 많은 것을 알 나이이니……. 그런 추측과 해석이 거듭되자 김상훈에게는 어떤 용기 같은 것이 새롭게 생겨나기도 했다. 그래서 그는 다시 책상 앞에 바투 앉아 한 자 한 자 글씨를 써 나가기 시작했다. 하지만…… 역시 호칭 부분이 계속 걸렸다. 병희 어머니냐 경아 씨냐, 그는 그 둘 사이에서 계속 갈팡질팡, 마음을 잡지 못한 채 원고지를 찢고, 줄을 북북 긋고, 자신도 모르게 담뱃재를 떨어뜨려 화들짝 놀라기를 반복했다. 그러다가 그는 문득 스스로에게 이런 질문을 던져 보기도 했다. 이것은 협박 편지인가, 그도 아니면 순수한 연서인가? 그는 쉽사리 대답을 하지 못했다. 그것을 정하지 못해 한 문장도 쓸 수 없었다는 것을, 호칭도 정하지 못했다는 것을, 비로소 깨닫게 된 것이었다. 병희 어머니와 경아 씨 사이의 거리는 그에겐 그만큼 커다란 것이었다. 김상훈은 자신이 그런 거리를 느끼고 있다는 점에 대해서 당황했고, 그래서 잠시 두 손으로 마른 얼굴을 쓸어내려 보기도 했다. 이것은 무엇인가? 그는 고민했다. 내가 정말 사랑에 빠지기라도 했단 말인가? 그는 원고지에서 조금 물러나 다시 담뱃불을 붙였다. 교실 안은 이미 뿌연 연기로 가득 차 있었다.

김상훈은 자신이 정말 사랑에 빠진 것은 아닐까 생각했지만, 그러나 그에겐 좀 가혹한 말이지만, 그건 그냥 협박 편지가 맞았다. 곽병희의 집으로 일기 등사본을 부친 것도(택시에 놓고 내리는 바람에 실행에 옮기진 못했지만), 곽병희를 4학년에 이어 다시 반장에 임명한 것도, 사실 다 같은 의미였다. 그러니까 '이래도?' '이래도?' 같은 질문이 포함된 협박.

에둘러 말할 것도 없고 숨길 것도 없이, 단구국민학교 5학년 3반 담임 교사인 김상훈과 그 반 반장 곽병희의 학부형 김경아는 벌써 1년 가까이 부적절한 관계를 맺어 온 사이가 맞았다. 그게 사실이었다. 그저 단순히 손만 맞잡고 포옹만 한 사이는 또 아니었고, 그 밖의 여러 가지 접촉과 뒤섞임과 불가능할 것 같은 자세들과 크리넥스 티슈를 함께 나누어 쓴 사이가 맞았다. 아니, 어떻게 그런 관계가 가능하냐, 확실히 알아보고 하는 말이냐, 교육자에 대한 심각한 명예훼손 아니냐, 따져 묻는다면 당신 역시 순진하고 아름다운 한 포기 채송화 같은 사람이라고 말할 수밖에……. 당신은 몰랐겠지만, 김상훈은 김경아 이전에도 이미 몇 차례 학부형들과 부적절한 관계를 맺어 온 전력이 있는 사람이었다.(그런 관계는 김경아를 만나는 그 시기에도 계속, 따로, 이어지고 있었다. 말하자면 욕망의 삼각형, 사각형, 오각형 구도.) 그로 인해 4년 전에는 교육청으로 수신자 불명의 투서가 날아들어 장학사 두 명과 계장 한 명에게 각각 30만 원(다시 한 번 말하지만 그때 당시 쌀 한 가마니 가격은 4만 4000원이었다.)과 20만 원이 든 봉투를 돌려 겨우 입막음을 한 과거가 있는 교사이기도 했다.(이런 말은 굳이 하지 않으려 했지만, 그때 당시 장학사 중

한 명은 김상훈에게 이런 말을 건네기도 했다. "거, 그래도 어린 여학생들을 건드린 것보단……. 뭐, 어쨌든 학부형들은 다 성인이지 않소, 안 그래요? 핫핫핫.") 오해를 피하기 위해서 한 가지 밝혀 둘 사실은, 김상훈은 돈을 바라고 학부형들에게 의도적으로, 버릇처럼 접근했던 것은 아니라는 점이다. 물론 용돈 조로 몇만 원씩 받아 쓴 적은 있었지만(밥값이나 여관비 또한 항상 여자들이 부담했지만), 그건 다른 촌지들과 성격이 비슷한, 말 그대로 용돈일 뿐이었다. 그러니 그것보다는 오히려 김상훈의 독특한 성적 취향과, 과거에 대한 자기 보상 심리(혹은 자아의 방어기제)가 결합되어 반복적으로 나타난 일이라고 말하는 편이 더 맞을 것이다. 당시 막 서른다섯 살이 된 김상훈은 또래 남자들의 성적 취향과는 달리, 조금 통통하고 살집이 있는 여자들에게 눈과 마음이 한꺼번에 쏠렸다. 특히 그는, 자신의 허리 사이즈보다 작은 정장 치마를 어찌어찌 꽉 조여 입은 여자들을 볼 때마다, 그래서 허리선 아래가 볼록 튀어나온 여자들을 볼 때마다 거의 환장할 지경에 이르렀는데, 안타깝게도 학부형들은 대개 그런 패션으로 학교에 찾아오곤 했다.(김경아의 경우도 예외는 아니었다.) 그때마다 그는 학부형들의 배가 마치 자신의 목이라도 된 것처럼 어서 빨리 버클을 풀어 지퍼를 내려 주고 싶은 강한 충동에 휩싸였다. 대개의 관계는 바로 거기에서부터 시작된 게 맞았다. 반주를 곁들인 식사 대접을 받다가, 몇 번의 자연스러운 스킨십, 한잔 더 하자며 카바레로 갔다가 블루스까지……. 종종 순서가 바뀌거나 차례를 건너뛸 때도 있었지만 결과는 언제나 비슷했다. 버클을 툭 푼 다음, 거의 원형에 가깝게 복구된 학부형의 배를 쓰다듬어 주는 것, 그것이 김상훈의 최종 목표이자 욕구였다. 뭐, 이런 놈이 다 있나 싶지만, 그게 사실이었다.

  물론 김상훈에게도 이해가 가는 구석이 아주 없는 건 아니었다. 일테면, 그가 열세 살 때부터 뇌졸중으로 쓰러진 홀어머니를 대신해 소년 가장 역할을 도맡아 했다는 것, 그 이전에는 꽤 부유한 집안의 외아들로 같은 반 친구들의 부러움을 받으며 성장했다는 것, 그러다가 한순간 모든 것이 멈춰 버리고 말았다는 것(건설업을 하던 그의 아버지는 교통사고로 사망했다. 사고 당시, 그의 아버지가 몰던 '코로나' 조수석에는 낯선 여자가 타고 있었다. 그의 어머니가 뇌졸중으로 쓰러진 것은 바로 그 때문이었다.), 이후 고학으로 검정고시와 교육대학을 졸업하고 교사로 정식 발령을 받기 전까지 계속 인쇄소에서 식자공의 조수로 일했다는 것, 그러면서도 종일 누워만 있는 어머니의 똥오줌을 다 받아 냈다는 것, 교사가 된 이후에도 점심시간엔 항상 집에 들러 어머니의 기저귀를 갈았다는 것, 뭐 그 정도 구석이 있을 수 있을 것이다. 그리고 더불어 그가 집에서도 마루에 3인용 삼각 텐트를 쳐 놓고 그 안에 들어가 잠을 잔다는 것과, 주말에는 자주 텐트를 들고 치악산이나 백운산 같은 인근 야산에 올라가 야영을 한다는 것(그는 그 때문에 일당제 가정부를 고용하기도 했다. 몇 번은 그와 관계를 맺고 있던 학부형들이 그 일을 대신해 주기도 했다.), 지도와 나침반만 지닌 채 산에 올라갔다가 몇 번 길을 잃은 적이 있었다는 것 정도가 더 있을 것이다. 그러니까 뭐냐, 간단하게 요약하자면, 교사라는 직업과 병든 어머니를 돌보고 있다는 점을 제외하면

완벽하게 다시 열세 살로 되돌아갔다는 것, 다시금 열세 살의 삶을 살고 있다는 것, 그것이 바로 당시 김상훈의 현재였다. 물론 그렇다고 해도 뭐, 이런 놈이 다 있나, 하는 생각엔 변함이 없지만…….

김경아와의 관계만 해도 그랬다. 김상훈과의 관계가 반년 넘게 지속되던 어느 날, 김경아는 김상훈에게 정식으로 이별을 통보했다. 더 이상 이런 식으론 살 수 없다는 것이, 공직에 있는 아이 아빠 때문이라도 만남을 지속할 수 없다는 것이, 김경아의 입장이었다. 김경아는 두려워 죽겠다며 뚝뚝 눈물을 흘리기까지 했다.

그때 김상훈의 반응은 이런 것이었다.

"그래요? 그럼 뭐 할 수 없죠."

김상훈은 분명 그렇게 말했다. 분명 그렇게 말해 놓고서, 다시 곽병회의 담임을 자발적으로 맡았으며, 학부모 면담을 핑계로 김경아를 대원각으로 불러냈고, 김치가 떨어졌다며 곽병회 편에 쪽지를 보내기도 했다. 그래도 계속 김경아가 예전처럼 정장 치마의 버클을 풀지 않자, 곽병회의 일기 등사본을 집으로 보내려고 했고(김상훈이 보기엔 그것만큼 그 둘 사이를 적나라하게 보여 주는 게 없었다.), 다시 일기 등사본과 함께 편지를 보내려 하고 있는 것이었다. 그러니, 그것은 협박 편지가 맞았다. 자신의 요구를 들어 달라고 징징거리는, 열세 살짜리의 협박 편지.

그러니까 그때까지만 해도 김상훈은 후에 그 편지가 어떤 결과를 불러올지 전혀 예상하지 못했던 게 맞았다.(하긴, 그가 어찌 알 수 있었겠는가.) 곽병회의 아버지가 경찰이라는 것은 알고 있었지만, 그가 바로 원주경찰서 정보과장 곽용필 경정이라는 것까지는 자세히 알지 못했으며, 밤늦게까지 교실에 남아 편지를 쓰고 있는 자신의 모습을 며칠 뒤부터 누군가가 오랫동안 지켜보게 되리라는 사실 또한 까맣게 모르고 있었다. 그는 그저 왜 편지가 잘 써지지 않을까, 정말 내가 사랑에 빠진 건 아닐까, 만 계속 고민하면서 앉아 있었다. 뭐, 하여간, 그는 열세 살이 맞았으니까. 사랑과 협박의 경계도 알지 못하는, 욕구와 욕망, 충동의 차이도 제대로 분간 못하는 열세 살, 엄마를 찾아 계속 이 학부형 저 학부형의 버클을 풀어 준 열세 살이 맞았으니까……. 모르는 게 당연했다.

*

자, 이것을 발톱이라도 깎으면서 한번 들어 보아라.

최기식 신부도 서울로 압송되었고, 부산 미문화원 방화 사건 용의자들도 모두 구속 수감되어 이제 좀 한가해지겠거니 생각했던 원주경찰서 정보과 소속 형사들은, 그러나 계속 정시에 출근하고 정시에 퇴근하는 생활을 하지 못하고 있었다. 이유는 간단했다. 매일 오전 9시에 진행되는 정보과 내부 회의에 참석한 치안본부 소속 대공과 요원이 던진 짧은 질문 때문이었다.

"한데 말입니다, 문부식은 왜 하필 원주 교구로 왔을까요? 부산에서 가까운 대구 교구도 있고, 청주 교구도 있고, 대전 교구도 있는데, 왜 다 제쳐 두고 원주까지 왔을까요? 이게 좀 궁금하지 않습니까?"

궁금하면 네가 직접 알아봐라, 이 자식아. 정보과 소속 형사들은 모두 그렇게 말하고 싶었지만, 그러나 그 말을 입 밖으로 꺼내는 사람은 아무도 없었다. 대신 언제나처럼 곽용필 경정이 나섰다.

"에 또, 우리도 그 점에 대해서 의구심을 갖고…… 계속 가톨릭 농민회 쪽과 교구 성당 쪽을 면밀하게 관찰할 생각으로……."

곽용필 경정은 의자에서 엉덩이를 약간 든, 그래서 허리를 앞으로 조금 숙일 수밖에 없는 어정쩡한 자세로 말했다. 그의 만성 치루염은 갈수록 악화되고 있었다.

대공과 요원은 쓰고 있던 선글라스를 약간 위로 치켜 쓰며 물었다.

"어떻게요? 구체적인 액션, 구체적인 플랜이 필요하지 않습니까? 그래야 저도 상부에 보고를 할 테고……."

곽용필 경정은 이마에 흐르는 땀을 훔치며 대답했다.

"에 또, 그러니까 구체적으로 조를 짜서 미사에도 참석하고, 24시간 미행도 할 작정이었습니다."

회의에 참석했던 정보과 형사들은 아연실색, 일제히 곽용필 경정을 바라보았지만, 이내 다시 고개를 숙이고 펴 놓은 수첩만 내려다보았다. 뭐, 그건 곽용필 경정의 잘못도 아니었으니까, 그의 뜻만은 아니었으니까. 정보과 형사들은 모두 곽용필 경정을 이해했다. 그리고 모두 손쉽게 정시 출근, 정시 퇴근의 꿈을 포기해 버렸다.

대공과 소속 요원은 단호하게 말했다.

"위에서도 원주 때문에 골머리를 썩고 있다는 걸 유념하시기 바랍니다. 하나님까지 새빨갛게 물들이면 나중에 어떻게 하려고 이럽니까? 하나님도 긴급 체포할 거예요? 잘합시다."

회의는 그렇게 끝났다.

대공과 소속 요원은 "왜 하필 원주 교구로 왔을까요?"라고 물었지만, 사실 그도, 곽용필 경정도, 정보과 소속 형사들도, 모두 그 이유에 대해선 잘 알고 있었다. 그건 사건의 주동자인 문부식이 직접 제 입으로, 후에 항소이유서를 통해 실토한 사실이기도 했다.

저는 예전부터 원주 교구 교구장인 지학순 주교님을 존경해 왔고, 지난겨울엔 원주 교구 문화관에서 2박 3일 정도 머문 적도 있었습니다. 사건이 예상보다 커지고 두려운 마음이 들자, 제일 먼저 지학순 주교님이 떠올랐습니다. 그래서 원주로 갔습니다.

쫓기는 사람 입장에서 평소 존경하던 성직자를 떠올리고, 그의 품에 기대고자 했다는 문부식의 답변은 지극히 상식적이고 평범한 수준의 것이었다. 하지만 문제는 정부 당국이나 안기부, 경찰에선 결코 그렇게 생각하지 않았다는 데 있었다. 최기식 신부의 윗선이 따로 있지는 않았을까, 보다 윗선에서 적극적인 역할을 했기 때문에 반체제 인사들이나 학생들이 원주 교구로 모인 것은 아니었을까, 하는 것이 정부 당국의 의구심이었다.(물론 그 핵심엔 '지학순' 주교가 있었다. 전 정권 시절에도 긴급조치 위반 혐의로 투옥된 전력이 있던 '지학순' 주교는, 이후에도 계속 천주교정의구현사제단과 함께 겁도 없이, 정권과 미국에 대한 비판 발언을 서슴지 않고 해 오고 있었다. 그러니 뭔가? 정권의 입장에서 보면 하루빨리 수감해야 할 대상 1순위였던 것이다.) 하지만 뚜렷한 물증이 나오지 않았다. 문부식이 원주 교구 가톨릭 문화관에 숨어들었을 무렵, 지학순 주교는 한국에 있지도 않았다.(그는 그 기간 동안 필리핀에 머물고 있었다.) 최기식 신부 또한 지학순 주교에겐 따로 보고조차 하지 않았다고 했다. 다른 사람의 경우, 대충 조서 조작하고, 욕조에 머리 몇 번 담갔다가 뺀 다음, 지금 저 옆방에 네 애인이 잡혀 와 있다, 네가 지금 제대로 실토하지 않으면 네 애인 속옷이 어찌 될지 장담할 수가 없다, 여기 이 사람이 지시하고 공작금 준 거 맞지, 하는 식으로 옭아맬 수 있었지만(실제로 문부식은 남산 대공분실에서 그런 대접을 받았다고 한다.) 상대는 다른 사람도 아닌 '지학순' 주교였다.(1974년, '지학순' 주교가 긴급조치 위반 혐의로 15년 형을 선고받았을 때, 로마 교황청과 전 세계 주교단에서는 한국 정부에 대해 강력한 항의 성명을 발표하기도 했다. 결국 당시 독재자 박정희는 '지학순' 주교를 그 이듬해 특별사면 형식으로 석방하고 말았다.) 완벽한 증거나 혐의를 잡기 전까진 절대 연행하거나 구금할 수도 없는 사람, 그렇다고 가만 놔두자니 하나님까지 자꾸 세뇌시켜 버릴 것만 같은 사람……. 그러니 어쩌겠는가? 그저 원주경찰서 정보과 소속 최 형사 같은 사람들만 휴일도 모두 반납한 채, 난생처음 성당 주일 미사에 참석해 옆 사람들을 따라 "천주께 감사", "또한 사제와 함께"를 웅얼거리며 계속 앉았다 일어나기를 반복할 수밖에……. 그러면서 또 한편 미사 내내 수첩을 펴 들고 "국가와 정권은 다르다."라거나, "묶인 사람에게 해방을 주고, 눈먼 사람을 눈

뜨게 하고, 억눌린 사람에게 자유를 주도록 노력하는 것이 교회의 본원적 사명이다." 같은 지학순 주교의 주일 미사 강론을 받아 적을 수밖에. 물론 평일엔 주교 보좌신부를 24시간 내내 밀착 감시하는 역할을 따로 수행해야 했고…….(후일담이지만, 최 형사는 성당 밀착 감시 2년 만에 정식으로 천주교 원동성당에 신도로 등록했고, 그 이듬해엔 '힐라리오'라는 세례명까지 받게 되었다. 그는 자신이 감시했던 주교 보좌신부에게 엉엉, 큰 소리로 울면서 고해성사를 하기도 했다.)

그런 와중에 한번은 또 이런 일도 있었다. 일일 보고를 위해 잠시 본서에 들른 최 형사는 경찰학교 동기이자 원주경찰서 강력 1팀 소속인 박 형사에게서 조그마한 매출 장부 하나를 건네받게 되었다.

"뭔데, 이게?"

최 형사는 매출 장부를 한 손으로 후르륵, 훑어본 후 물었다. 자질구레한 숫자들이 빽빽하게 적혀 있는, 금전출납부 형식의 장부였다.

박 형사는 최 형사의 한쪽 팔을 끌고 복도 구석으로 가서 말했다.

"우리 팀에서 말이야, 엊그제 종로기획 애들 몇 놈을 잡아 왔거든."

'종로기획'이라면 최 형사뿐만 아니라, 원주 시민 대부분이 잘 아는 원주 대표의 향토 조직폭력 단체였다.(몸은 비록 강원도에 있지만, 마음만은 종로를 지향한다, 가 그들 모토였다.)

"거기에 중간 보스급 한 놈도 포함되어 있었는데, 그 장부가 그놈한테서 나온 거야."

최 형사는 다시 한번 매출 장부를 앞뒤로 살펴본 후 물었다.

"한데 이걸 왜 나한테 갖고 와? 나 지금 바빠 죽겠단 말이야."

박 형사는 턱으로 장부를 가리키며 말했다.

"거, 맨 뒷장 좀 봐 봐."

최 형사는 잠깐 박 형사의 얼굴을 바라본 후, 뭔가 심각한 사건이 벌어지고 있다는 것을 직감했다. 그는 장부의 맨 뒷장을 펼쳐 보았다. 그리고 그곳에 누군가 휘갈겨 쓴 '자본 운동의 원리'라는 메모를 보게 되었다.

자본 운동의 원리

무상 원조 → 유상 원조 → 공공 차관 → 민간 차관 → 간접 투자 → 직접 투자(종속 완성)

단, 자원과 원료의 부재 시 매판적 가공이나 노동력을 통한 수탈 → 종속 구조 심화

"어어, 이게…… 이게 뭐야?"

최 형사는 장부에서 눈을 떼지 않은 채 물었다.

"수상하지? 글씨체는 분명 그놈 게 맞는데…… 아니, 무슨 깡패 새끼가 운동권 애들 말을 장부에 적어 놓고 다니나 해서……."

그래서 박 형사는 고민 끝에 최 형사에게 먼저 장부를 보여 준 것이라고 했다. 담벼락이나 화장실에 낙서만 잘못 해도 국가보안법 위반 혐의로 체포 및 구금되는 시국인지라, 이렇게 직접적인 증거가 나온 이상 그냥 넘어갈 수 없다는 것이 박 형사의 판단이었다. 아

무리 상대가 깡패이고, 폭력에 관한 법률 위반 혐의로 체포되었다고 해도, 국가보안법에 저촉이 되면 그쪽으로 먼저 넘겨야 하는 것은 아닌지, 최 형사가 판단해 주기를 바랐던 것이다.

하지만 막상 조사실에서 최 형사, 박 형사와 마주친 장부 주인은 외형상으론 국가보안법 용의자(이게 좀 추상적이긴 하지만 당시엔 분명 그런 전형적인 외형이 존재했다. 그러니까 뿔테 안경에 목과 눈썹을 가리는 긴 생머리, 그리고 조금 헐렁하고 낡은 사파리 재킷까지. 물론 절대적인 것은 아니다.)와는 조금 거리가 있는 모습이었다. 그는 짧은 머리를 포마드로 발라 모두 뒤로 넘겼으며, 남색 양복에 넥타이, 조끼까지 갖춰 입고 있었다. 말투 역시 그는 다른 국가보안법 용의자들과는 조금 달랐다.

"아이 참, 형님들. 아가들 조금 훈계했다고 이렇게 잡아들이시면 이 땅의 도덕은 도대체 누가 지키라는 겁니까? 네?"

최 형사는 아무 말 없이 장부의 맨 뒷장부터 펼쳤다. 그리고 물었다.

"이거 네 거 맞지? 이것도 네가 쓴 거야?"

장부 주인은 잠깐 허리를 숙여 메모를 내려다보았다. 그러곤 말 없이 고개를 끄덕거렸다.

"너, 이거 뭔 소리인지 알고나 쓴 거야?"

최 형사가 묻자, 장부 주인은 바람 빠지는 소리를 내며 짧게 웃었다. 그러곤 말했다.

"아이 참, 형님도⋯⋯. 거, 종속이론 아닙니까, 종속이론."

순간적으로 최 형사와 박 형사의 눈이 조사실 책상 위에서 마주쳤다. 최 형사는 다시 장부 주인을 바라보았다.

"그래 맞아, 종속이론. 한데, 이걸 왜 여기에 적어 놓았냐, 이 말이야."

장부 주인은 잠시 짧게 한숨을 한 번 내쉰 후, 수갑 찬 두 손을 책상 위로 올리며 최 형사 쪽으로 좀 더 가까이 다가앉았다. 그리고 말했다.

"형님들, 제가 이래 봬도 밑에 거느리고 있는 동생들만 서른 명이 넘습니다. 걔네들을 제가 어떻게 다 일일이 동생으로 삼았는지 아십니까? 그게 바로! 그 원칙이 바로! 이 종속이론이다, 이 말 아닙니까? 동생들에 대한 제 나름의 관리 원칙! 법에도 전혀 위반되지 않는!"

장부 주인은 두 손으로 책상을 탁탁 내리치면서, 다소 길게, 자신의 조직 관리 및 확장에 대해서 최 형사와 박 형사에게 설명해 주기 시작했다.

"자, 예를 들어 여기 이제 막 시내에 당구장을 개업한 동생이 하나 있다고 칩시다. 당연 처음엔 장사가 잘 안 되죠. 당구장이 시내에 한두 개 있는 것도 아니고, 경쟁도 나름 치열하고, 또 결정적으로 제가 가지 말라고 지시하면, 그러면 뭐 한동안 파리만 날리는 거죠. 그때 제가 손님으로 몇 번 그곳을 찾아갑니다. 그리고 은근슬쩍 제가 운영하는 커다란 당구장 이야기도 흘리는 거죠. 술자리도 몇 번 가지면서 친분을 쌓다가…… 그러니까 여기서부터가 진짜 중요한데요, 한 10만 원 정도 그냥 슬쩍 찔러 주는 겁니다. 절대 빌려 주는 게 아니고요, 그냥 주는 거지요. 어려울 텐데 보태 써라, 뭐 이런 말을 하면서 말입니다. 그럼 그 동생은 이건 뭐 완전히 감동의 도가니에 휩싸이는 거죠. 내 손을 잡고 눈물 흘리는 동생들도 여럿 있었으니까요. 여기까지가 바로 무상 원조 단계다, 이 말입니다."

장부 주인은 최 형사에게 담배 한 대를 청했다. 최 형사는 잠시 머뭇거리다가 담배 한 대를 건넸다. 그의 이야기는 계속되었다.

"한데 말입니다, 이 무상 원조라는 게 원래 아무런 해결책이 안 되는 거거든요. 배만 더 고프게 하는 거죠. 그러면 알아서 그쪽 동생 먼저 돈 좀 더 융통해 달라고 부탁을 해 온다, 이 말입니다. 어쨌든 월세는 내야 하니깐요. 그럼 이제부턴 정식으로 빌려 주는 단계가 시작되는 겁니다. 말하자면 유상 원조의 단계가 시작되는 거죠. 이자는 좀 싸게……. 물론 그래 봤자, 장사는 계속 안 되지요. 우리 쪽에서 여전히 손님들을 꽉 틀어잡고 있으니까, 게임 자체가 안 되는 거예요. 그럴 때 또 제가 슬쩍 동생을 찾아가서 훈수를 두는 겁니다. 그러지 말고 다이를 몇 대 더 들여 놓고 큐대도 더 장만하고 그래라, 그래야 장사가 된다. 그러면 십중팔구 동생은 그럽니다. 형님, 제가 그러고 싶어도 자본이 없어서……. 그럴 때 이제 제가 다시 은행 대출과 사채를 알아봐 준다, 중고 다이도 알아봐 준다, 제안하는 거지요. 이 지점이 바로 공공 차관과 민간 차관의 단계다, 이 말입니다. 사실, 그게 말이야 은행 대출이고 사채지, 다 제 돈 아니겠습니까? 중고 다이도 우리 당구장에 있던 거고. 그러면 이제 그 시점부터 손님을 슬슬 그쪽으로 푼다, 이겁니다. 그때부터 장사도 제법 되기 시작해요. 한데, 그러면 뭐합니까? 버는 족족

사채 이자 내기도 바쁜데……. 그러면 또 제가 나타나서 정 어려우면 이자 대신 당구 다이 하나당 나오는 수입의 70퍼센트를 받는 거로 하자, 이렇게 제안하지요. 동생 입장에서야 선택하고 말고 할 것도 없는 제안이지요. 이건 뭐 은인이 내놓은 제안이니까……. 이게 바로 간접 투자, 직접 투자의 단계다, 이 말입니다. 저야 뭐 우리 쪽 당구장에 와서 대기하는 사람들 그쪽으로 보내 주는 거니까 손해볼 게 없지요. 빌려 준 원금도 그대로 남고, 동생은 거의 종업원 신세가 되고, 순익은 순익대로 나는 거니까, 이거야말로 좋은 투자 방식이다, 이 말입니다. 뭐 동생한테 전혀 협박하거나 주먹을 쓰지도 않습니다. 그냥 가만히 몇 번 찾아가기만 하는 겁니다. 그러면 동생이 알아서 예의범절을 지키거든요. 물론 수 틀리면 원금도 확 회수해 버리고 손님도 다 끊어 버리면 되니까, 이건 그냥 말 그대로 저절로 종속이 된다, 이 말입니다. 그게 바로 제가 동생들을 관리하는 원칙이다, 이 말씀입니다."

장부 주인의 설명이 끝난 다음, 한동안 최 형사와 박 형사는 말을 하지 못했다. 장부 주인은 당당했고 또 거칠 게 없어 보였다. 당구장과 당구장 사이의 종속이론이라니, 이걸 국가보안법으로 걸 순없을 것 같았다.

최 형사가 물었다.

"좋아, 다 좋은데, 이걸 누구한테 배운 거냐, 이 말이야? 이 종속이론을 네가 스스로 생각해 낸 건 아니잖아?"

"아, 그거요? 그거 우리 종업원 아이한테 배웠다는 거 아닙니까? 자식이 대학물을 먹어서 그런지 아는 것도 많고 계산도 빨라서……."

"그 자식 지금 어디 있는데? 이름이 뭐야?"

최 형사는 장부 주인의 말을 끊으면서 물었다.

"그 자식이요? 그거야……. 그거야 저도 모르죠. 한 4년 전쯤인가, 두 달 조금 넘게 우리 가게에서 일한 아이인데……. 왜요, 그 자식한테 무슨 일이라도 생겼습니까?"

장부 주인의 말을 듣고 최 형사는 길게 한숨을 내쉬었다. 그러곤 한참 동안 장부 주인을 노려보다가 북, 소리 나게 장부의 뒷장을 찢어 버렸다.

최 형사는 박 형사보다 먼저 조사실을 빠져나오면서 말했다.

"저 새끼, 폭력에다가 갈취까지 추가해서 넣어 버려."

조사실에선 다시 "아니, 그러면 이 땅의 도덕은 누가 책임……" 운운하는 장부 주인의 목소리가 흘러나왔지만, 최 형사는 뒤돌아보지 않았다. 최 형사는 찢은 장부의 맨 뒷장에 코를 한 번 크게 푼 다음, 쓰레기통에 넣어 버렸다.

사건은 그렇게 종결되었다.

*

자, 이것을 세탁기라도 한 번 돌리고 와서 계속 들어 보아라.

원주경찰서 소속 정보과 최 형사가 주교 보좌신부에 대한 24시간 밀착 감시를 계속 진행하고 있을 무렵, 박병철 역시 단구국민학교 5학년 3반 담임 김상훈에 대한 자발적 감시를 조금 멀리 떨어진 곳에서(그는 처음에 김상훈을 상당히 두려워했다.) 택시 안에 탄 채, 어디서 본 것은 있어서 운전석 의자를 뒤로 바짝 넌 채, 충실하게 이행하고 있었다. 그는 감시를 위해 중앙시장에 나가 쌍안경과 휴대용 카세트를 따로 구입해 오기도 했는데, 그러나 그것들을 쓸 일은 그리 많지 않았다.(그는 택시 안에 앉아 쌍안경으로 김상훈이 있는 5학년 3반 교실을 관찰하려 했지만 셀로판지를 붙인 유리 때문에 잘 보이지도 않았거니, 번번이 5학년 3반 교실보다는 그 바로 옆에 붙어 있는 5학년 4반 여자 담임 선생님 쪽으로, 자신도 모르게, 왕왕, 방향을 틀고 말았다. 휴대용 카세트는…… 건전지도 끼우지 않은 채 그대로 방치되었다.) 대신 그는 택시 안에 앉아 사실 감시란, 졸음과 싸우는 일이라는 것을 체험을 통해, 그러니까 꾸벅꾸벅 졸면서, 깨닫게 되었다. 그리고 화들짝 잠에서 깰 때마다, 아이 씨, 도청 장치가 필요한데, 도청 장치가 필요해, 라고 웅얼거렸다. 모든 게 자신과 김상훈 사이의 거리가 너무 멀기 때문에, 그래서 자꾸 졸 수밖에 없는 것이라고 생각했다. 말이 없으니까, 말을 들을 수 없으니까……. 그러면서 한편 그는 처음으로 자신이 괜한 짓을 하고 있는 것은 아닐까, 의심을 품기도 했다. 영화 속 주인공들처럼, 형사들처럼, 누군가를 은밀하게 감시하는 것까지는 좋은데…… 이건 뭐 너무 지루한 일이니까, 자꾸 졸음만 쏟아지니까……. 그런 의문들이 하루 이틀 쌓이다가 감시 사흘째 되는 날부터는 건성건성, 시간이 날 때마다 아예 택시에서 내려 운동장까지 걸어 들어가 철봉에 매달린 채, 자신을 다 노출시킨 채, 김상훈을 감시하게 되었다. 그래도 뭐…… 아무도 그를 신경 쓰지 않았으니까, 감시는 감시였다.

　그런 박병철이 다시 초심으로 돌아가게 된 것은 감시 일주일째를 막 넘어섰을 무렵부터였다. 이전엔 제대로 보이지 않았던(당연, 감시를 소홀히 했으니까.) 김상훈의 의심스러운 행동과 수상스러운 활동 반경이 하나둘 그의 눈에 들어오기 시작한 것이었다. 그것은 물론 김상훈의 입장에선(또한 다 알고 있는 우리들의 시선에선) 지극히 자연스러운 패턴이자 일상에 지나지 않는 행동들이었지만, 무언가 미리 확신을 가진 채 쫓는 사람의 시선에선, 그저 확신의 나머지 조각을 꼭 끼워 맞춰 주는, 틀에 딱 들어맞는 증거이자, 숨겨져 있던 요철 조각으로 다가온 것이었다. 그래서 그는 처음 얼마 동안은 분명 확신했고, 그것을 나복만에게도 매일매일 낱낱이, 아니 조금 과장되게 말해 주었던 것이다.(어쨌든 그의 성격은 변함없이 'UN 안보리' 같았으니까.)
　일테면, 이런 식으로.
　"내가 볼 땐 말이야, 이 새끼가 어떤 간첩단의 일원인 게 분명해. 일주일에 두 번씩 여자들을 만나는데, 이 여자들이 보통 수상한 게 아니거든. 나이도 많고, 늦은 저녁인데도 커다란 잠자리 선글라스를 쓰고……. 아마 고정간첩들인 거 같은데…… 여관에서 무슨 접선이나 모의를 하는 거 같아."
　또 일테면, 이런 식.
　"이 자식이 말이야, 간첩이 확실한 게, 점심시간마다 항상 다른 선생들하고 같이 밥을 안 먹고 혼자 집으로 가거든. 그래서 한번은 내가 궁금해서 이 자식 집 담을 몰래 넘어 들어가 안을 들여다봤거든. 아, 근데 글쎄 마루에 커다란 텐트가 쳐져 있는 거야. 그게 뭐겠어? 이 자식이 밤마다 거기 들어가서 대남 방송을 듣는다는 거지. 점심시간에 집에 가는 것도 무슨 지령을 받으러 가는 거고."

거기다 또 일테면, 이런 식까지.

"내가 장담하는데 이 새끼, 이거 틀림없어. 그것도 아주 거물급인 거 같아. 이 새끼가 말이야, 주말마다 나침반하고 지도를 들고 혼자 야산에 올라가거든. 그리고 꼭 하룻밤을 자고 내려오는 거야. 이게 뭐겠어? 이게 다 공비들 침투 루트 확보하고 개척하는 거, 그거 아니겠어? 이 새끼 이거 분명하다니까!"

박병철이 그렇게 말할 때마다 나복만의 반응은 항상 똑같았다.

"그럼, 지금 당장 신고하는 게 낫지 않을까?"

그때 당시 나복만은 자신 때문에 수고하는 박병철을 위해 사납금도 대신 내 주고 있는 처지였다. 하지만 그 역시 여전히 좌회전이 잘되지 않는 통에(그래도 처음보다 많이 좋아진 상태였다. 눈을 질끈 감으면 겨우 가능한 수준이었다.) 통장에 모아 두었던 돈을 차곡차곡 까먹고 있는 중이었다. 김상훈이 간첩이든 아니든, 나복만으로선 그저 경찰로부터 받고 있는 자신의 혐의를 하루빨리 벗고 싶은 마음, 오직 그 마음뿐이었다.

"아니야, 아니야. 아직은 부족해. 이제 겨우 윤곽만 그리고 있을 뿐이라고. 내가 이 자식이 만나는 인간들 모두 수첩에 적어 놓고 있으니까 조만간 때가 올 거야. 결정적인 순간에, 그때 덮쳐야 해. 분명 너하고도 무슨 연관이 있지 않겠어? 너를 한 번 더 찾아올 수도 있는 거고……. 잘 들어 봐. 이건 공이 크면 클수록 네 죄가 작아지는 거야. 간첩이 아니고 간첩단 같은 것을 발본색원해야……."

박병철은, 김상훈이 한 번 더 나복만을 찾아올 것이라고 예상했지만, 그러나 정작 김상훈을 눈앞에서 만난 사람은 박병철, 바로 그 자신이었다. 그 또한 박병철의 허술하고 눈치 없는 미행의 결과이긴 했지만(주말 오후, 김상훈은 퇴근하자마자 교문 바로 옆에 세워져 있던 박병철의 택시에 오른 것이었다. 박병철은 그때 까무룩 잠이 들어 있었다.) 그는 재빠르게 그것 역시 하나의 기회라고, 김상훈을 최대한 가까운 곳에서 살펴볼 수 있는 찬스라고 생각했다. 어쨌든 상대방은 자신의 정체 자체를 모르는 처지가 분명했으니까.

그때 김상훈은 예전 자신이 일했던 우산동 인쇄소에 가는 길이었다. 그는 한 달에 한 번가량, 자신에게 학비도 대 주고, 생활비도 보태 주었던 식자공을 찾아가 식사를 함께하곤 했다. 그에겐 하나밖에 없는, 아버지와도 같은, 경력 30년의 식자공 겸 인쇄소 사장이었다. 밥을 먹은 다음엔 항상 대여섯 시간씩 인쇄소에 머물면서 활판 짜는 일이나 식자대 정리하는 일을 거들곤 했다.

박병철은 가급적 말을 하지 않고 가만히 룸 미러를 통해 김상훈을 지켜볼 작정이었지만, 그러나 그는 또 그러질 못했다. 그는 평소와 달리 목소리를 낮춰 느릿느릿 김상훈에게 물었다.

"상지대 앞 인쇄소라고 하셨죠?"

김상훈은 말없이 고개만 끄덕였다. 인쇄소라는 말을 듣는 순간, 박병철의 머릿속에는 자동적으로 삐라나 문건, 난수표 같은 단어들이 떠올랐다.

"선생님 같으신데, 인쇄소엔 무슨 일로……?"

김상훈은 창밖을 내다보며 짧게 대답했다.

"그냥, 일을 좀 거들러 가는 겁니다."

"일이요? 인쇄소로 말이지요……?"

박병철은 핸들을 잡고 있던 왼손을 허벅지에 쓱쓱 문질렀다. 그리고 잠시 속도를 늦추었다가 다시 김상훈에게 말을 걸었다.

"거, 학교에도 등사기가 다 있을 텐데…… 무슨 중요한 일인가 보죠?"

"개인적인 일이라서요."

"개인적이라……? 개인적인 일이라, 이 말이지요?"

박병철은 김상훈에겐 들리지 않을 정도의 작은 목소리로 그렇게 몇 번 혼자 중얼거렸다. 그리고 다시 택시가 군인극장 앞 로터리에 멈춰 섰을 때, 아예 고개를 돌려 김상훈을 바라보면서 물어보았다.

"한데, 그게 어떤 개인적인 일인지……?"

김상훈이 목소리를 높인 건 바로 그때였다.

"기사 양반, 내가 지금 좀 피곤하거든요. 우리 그냥 조용히 갑시다, 네?"

김상훈의 말에 박병철은 잠시 그를 말없이 바라보다가 다시 고개를 앞으로 돌렸다. 그러면서 또다시 혼자 이렇게 중얼거렸다.

"그렇죠, 피곤하시겠죠……. 피곤하실 겁니다……."

김상훈은 혼자 무슨 말인가 계속 중얼거리는 박병철의 뒤통수를 한 번 노려본 후, 아예 두 눈을 감아 버렸다. 그러면서 그는 생각했다. 왜 세상 모든 택시 기사들은 이렇게 손님들만 만나면 말을 걸지 못해 환장하는 것일까? 그것도 직업병일까? 그는 두 눈을 감은 뒤에도 계속 미간을 찡그린 채 앉아 있었다.

그날, 박병철은 우산동 상지대 앞 공터에 택시를 세운 채, 무려 여섯 시간 동안 김상훈이 들어간 인쇄소 주변을 기웃거렸다. 인쇄소 안에선 여섯 시간 동안 계속 철거덕, 철거덕, 활판인쇄기 돌아가는 소리만 들려왔지만, 박병철에겐 그것만으로도 충분했다. 그땐 분명 박병철에게 확신이 있던 시기였으니까…….

그 확신이 다른 쪽으로 방향을 튼 것은 그로부터 불과 며칠이 흐른 뒤의 일이었다.

*

자, 이것을 윗몸일으키기라도 몇 번 하고 나서 계속 들어 보아라.

후에, 그러니까 2년 후에, 과실치사 및 시체 유기 혐의로 경찰에 체포된 김상훈은, 그해 5월 초순부터 박병철이 집요하게 자신을 협박해 오기 시작했다고 진술했다. 그 협박의 내용은, 그러나 그때까지 나복만이 알고 있던 내용과는 조금 다른(아니, 많이 다른) 내용으로, 국가보안법이나 이적 행위에 대한 법률 위반이 아닌, 오로지 불륜, 불륜에만 집중되어 있었다고 했다. 김상훈은, 자신이 감당할 수 없을 만큼 많은 돈을 박병철이 요구했고, 또한 수시로 교무실로 전화를 걸어와 관련 사실을 언론에 폭로하겠다며 위협했다고 말했다. 뿐만 아니라, 자신과 관계를 맺어 오던 여자들에게도 이루 말할 수 없는 폭언과, 성적 수치심을 불러일으킬 만한 언행을 일삼으며 따로 돈을 요구했다고 진술했다. 그러다…… 결국 우발적으로 사건을 저지르게 된 것이라고, 그는 열세 살 어린아이처럼 팔뚝으로 눈물을 훔치며 선처를 구했다.

김상훈의 진술이 사실이라면 박병철은 그해 4월 하순부터, 그러니까 김상훈을 감시하기 시작한 지 2주 정도가 지난 뒤부터 어떤 사실을 깨닫고 방향을 다른 쪽으로 튼 것이 틀림없다. 그리고 그 분기점은 아마도 그즈음의 어느 날, 그가 교사들이 모두 퇴근한 단구 국민학교 5학년 3반 교실에 숨어 들어가 김상훈의 책상 서랍에 들어 있던 서류 봉투, 그러니까 곽병희의 한 달 치 일기와 김경아에게 보내는 편지가 들어 있는, 예전 나복만의 택시에 떨어져 있던 그 서류 봉투를 훔쳐 나온 직후가 가장 유력할 것이다.(후에 나복만은, 박병철이 실종된 직후, 그의 자취방 비키니 옷장에서 그 서류 봉투를 찾아냈다. 물론 그는 그것을 계속 난수표로만 생각했다).

한데, 왜……? 한데, 왜 박병철은 나복만에게조차도 진실을 말해 주지 않은 것일까? 진실은커녕 왜 사태를 더 부풀리고, 나복만의 죄과를 더 무겁게, 더 단단한 방향으로 몰아간 것일까? 그로 인해 나복만이 어떤 행동과 선택을 하게 될지, 그는 정녕 몰랐던 것일까?

물론 여러 가지 추측이 가능할 수 있을 것이다. 돈을 혼자 다 챙기고 싶어서 그랬던 것일 수도 있고, 일을 그르칠까 염려돼서 그랬던 것일 수도 있다. 또 나중에 어떤 문제가 생기면 거기에 대한 알리바이 성격으로(그러니까 간첩인 줄 알았다고 잡아떼기 위해서), 나복만을 이용하기 위해서, 그래서 그랬던 것일 수도 있다. 또…… 아니, 어쩌면 박병철은 나중에 돈을 다 받아 내면, 그때 나복만에게 진실을 말하려고 했을지도 모른다. 그에게도 돈을 나눠 줄 생각이 있었는지도 모른다. 어쨌든 나복만 때문에 미행도 할 수 있었고, 김상훈의 허물도 잡아낼 수 있었으니까. 사람이란 누구나 자세히 들여다보면 모두 하나씩, 한 가지씩 죄를 지니고 있다는 사실을 깨닫게 된 것도 나복만 덕분이었으니까. 하지만 그 모든 것을 침묵으로 돌린 채 박병철은 사라져 버렸다. 그리고 나복만은 그로부터 몇 년이 지난 후에야 겨우, 간신히, 그 사실을 알게 되었다. 그땐 이미 나복만은 이전 삶으로부터 너무 멀리 떠나와 다시 돌아갈 수도, 돌이킬 수도 없는 처지에 놓여 있었다. 그래서 그는 무덤덤하게, 아무런 감정의 동요 없이, 그 사실을 받아들이게 되었다.

　　문제는…… 그때 당시 박병철이 나복만에게 했던 거짓말들이었다. 어떤 사실을 알아 버렸기 때문이었을까? 그래서 그 사실을 감추려고 그랬던 것일까? 아니, 어쩌면 박병철은 평소 습관 그대로 신문에서 본 것을, 그저 생각나는 대로, 머릿속에 떠오르는 대로, 대충 말해 버린 것인지도 모른다. 어쨌든, 진실을 감추어야만 했으니까. 그러기 위해선 더 큰 거짓말이 필요했으니까……. 그래서 그는 나복만과 지학순 주교를, 서로 생면부지인 두 사람을, 둘도 없이 밀접한 관계로 만들어 버렸다. 물론 그 두 사람의 의지와는 아무런 상관없이.

일테면, 이런 식으로.

"음, 거 상황이 좀 심각해······. 아무래도 네가 제대로 잘못 걸린 거 같아."

"왜? 또 무슨 일이 있어? 그 사람이 사라지기라도 한 거야?"

박병철이 김상훈을 감시하고 있던 그 무렵에도, 나복만은 4B 연필을 들고 자신의 택시에 올라타는 사람들을 계속 스케치하고 있었다. 그리고 밤이 되면 항상 박병철을 찾아가 그 그림들을 보여 주었다.(박병철은 그 그림들을 건성건성 살펴보았다. 나복만의 그림 실력은 처음보다 많이 나아졌지만, 이미 그것들은 박병철의 관심에서 멀어진 후였다.) 당시 나복만의 가장 큰 걱정거리는 그 사람이 갑자기 사라지는 것, 김상훈이 낌새를 채고 종적을 감추는 것, 그래서 자신의 혐의가 계속 이어지는 것이었다.

"아니, 아니 그 사람이 문제가 아니고····· 네가 지학순 주교하고 무슨 관계가 있는 거 같아."

"지학순 주교·····? 그 사람이 누군데?"

"지학순 주교도 몰라? 거, 신문 좀 봐라, 신문. 거, 원주의 대표적인····· 아니다, 아니다, 됐다. 내가 너한테 무슨 말을 하니······. 아무튼 그런 사람이 있어. 그 사람도 경찰한테 쫓기는 사람이야. 거의 대표적으로다가······."

"대표적으로다가······? 한데, 그 사람이 나하고 무슨 관계라고?

나, 정말 그 사람 모르는데?"

나복만은 박병철 쪽으로 무릎걸음으로 더 가까이 다가가면서 말했다. 당연, 그는 지학순 주교를 알지 못했지만, 그러나 그땐 그 누구도 알지 못한다고 자신 있게 말할 수 있는 처지가 못 되었다. 최기식 신부도, 문부식도, 김상훈도, 그는 모두 알지 못했지만, 결과적으로 모두 자신과 연관되어 있는 사람들이었으니까. 모두 그렇다고 하니까……. 거기에 또 한 사람이 추가된 것뿐이었다.

"그 양반이 널 무지하게 좋게 본 모양이야. 아랫사람들한테도 모두 네 택시만 이용하라 그러고……. 보아하니 널 무슨 연락책으로 쓴 거 같아."

"연락책?"

"그래, 연락책. 무슨 문건 같은 것들을 다 네 택시를 이용해서 주고받은 거 같아."

"그게 확실한 거야?"

"응, 내가 그 국민학교 선생이 쓴 무슨 문건 하나를 봤거든. 거기에 네 택시 넘버하고 회사 이름이 적혀 있더라고. 그걸 인쇄소에서 은밀하게 찍어 내고 있는 걸 내가 봤어. 뭐 그럼 말 다 한 거지."

박병철의 말을 듣고, 나복만은 한참 동안 고개를 숙인 채 말없이 앉아 있었다. 그는 담배를 한 대 꺼내 물었고, 그리고 한숨처럼 길게 연기를 내뿜었다.

박병철은 그런 나복만의 등을 두드려 주면서 말했다.

"너무 걱정하지 마. 내가 조만간 확실한 증거를 찾아낼 테니까. 그리고 설령 너한테 무슨 문제가 생겨도 내가 다 증인이 되어 줄 테니까."

나복만은 박병철의 말을 다 듣고도, 그러고도 오랫동안 말을 하지 않았다. 그리고 담배 한 대를 더 피운 후, 이렇게 물었다.

"한데 그 지학순 주교라는 사람 말이야……. 그 사람은 왜 날 무지하게 좋게 봤을까? 내가 그 사람한테 뭘 어쨌다고?"

"그거야, 뭐……."

박병철은 바로 답변을 해 주지 못했다. 잠시 뭔가를 생각하는 표정을 짓기도 했다.

"그거야, 뭐 너를 꼭 알아서 그렇다기보다…… 네 부모님하고 잘 알고 지내던 사이이거나, 먼 친척이거나, 뭐 그래서 그럴 수도 있는 거지."

"난, 고아라니까."

나복만은 아무 생각 없이 그렇게 말해 놓고 나서, 퍼뜩 일곱 살 때 헤어졌던, 그때는 이미 얼굴조차 희미해져 버린 어머니를 떠올렸다. 더불어 자신이 태어나기 6개월 전 단신으로 월북을 해 버렸다는 아버지의 이야기까지…….

그래서…… 나복만이 그 순간, 어쩌면 그 모든 일들은 이미 오래전부터, 자신이 태어나기 훨씬 전부터 쭉 이어져 왔을지도 모른다는 생각을 했는가 하면, 그건 또 아니었다. 나복만은 아주 잠깐, 얼굴도 알지 못하는 자신의 아버지를 속으로 원망했고(그는 속엣말로 짧게 욕을 하기도 했다.), 그리고 딱 한 번만이라도 어머니를 만나 봤으면 좋겠다는 생각을 스치듯 했을 뿐이었다. 그것이 전부였다. 그리움이나 애정 때문에 어머니를 만나고 싶었던 것은 아니었다. 그

113

저 자신이 사는 모습을, 단칸방이지만 따뜻한 이불이 깔려 있는 거처와, 결혼할 여자도 있고, 번듯한 직장도 있는 자신의 현재를 보여 주고 싶었을 뿐이었다. 보여 주고만 싶었을 뿐, 같이 살고 싶다는 생각은 하지 않았다. 딱, 거기까지만이었다……. 그만큼 그는 자신이 지금까지 이루어 놓은 모든 것에 만족하고 있었다. 때때로 그는 그 모든 것들이 다 기적처럼 여겨질 때가 많았으니까.

하지만 그것이 전부는 아니었는지, 나복만은 그로부터 며칠이 지난 어느 날 오후, 그때까지 단 한 번도 떠올려 본 적 없던 경기도 가평까지 회사 택시를 몰고, 충동적으로, 달려가 보기도 했다. 그는 더듬더듬 기억을 되짚어 '현리'라는 지명까지는 생각해 냈으나, 그래서 그곳 작고 허름한 버스 터미널 앞까지 가 보았으나, 그러나 그것이 전부였다. 그 이상 그의 손에 잡히거나 눈에 익은 풍경은 찾아볼 길이 없었다.(그는 어머니의 이름조차 알지 못했다.) 함석지붕을 얹은, 대문 옆에 커다란 대추나무가 있던 집에서 산 기억은 어렴풋이 났지만, 주변에 그런 집은 눈에 띄지 않았다. 골목도, 사람들도, 나무들도, 그에겐 모두 낯설기만 했다. 그래서 그는 터미널 옆 약국 시멘트 계단에 앉아 지나다니는 사람들의 얼굴을 오랫동안 그저 바라보기만 했다. 그의 옆에는 할머니 한 분이 흙바닥에 주저앉아 머리에 이고 온 고사리와 버섯을 팔고 있었다. 할머니의 정수리 부위는 머리카락이 모두 빠져 있었고, 손목은 싸리나무 가지처럼 가늘었다. 할머니는 터미널에 버스가 도착할 때마다 양손에 각각 고사리와 버섯을 한 움큼씩 움켜쥐고 지나다니는 사람들을 향해 내밀었다. 하지만 할머니의 바람과 달리 고사리와 버섯을 사는 사람은 없었다. 사람들은 모두 골목길 안쪽으로 바삐 걸어가거나 곧장 다른 버스로 갈아탔다. 나복만은 그런 할머니를 무덤덤한 눈빛으로 바라보다가 괜스레 조금 우울한 기분에 사로잡혔는데, 그 마음의 뿌리가 어디인지 알 수 없어, 그것에서 어떻게 빠져나와야 하는지 알 수 없어 계속 주머니 속 1000원짜리 지폐를 꺼내 헤아리기만 했다. 화가 나기도 하고, 할머니가 불쌍하기도 하고, 어머니가 보고 싶기도 했지만, 결과적으로 그가 그날 현리 버스 터미널에서 마지막으로 떠올린 사람은 안전택시의 관리 상무였다. 어머니를 만나러 왔든 고향을 찾아 왔든, 또 우울해서 왔든 불안해서 왔든, 어쨌든 기록에 남는 것은 운행 거리뿐이었다. 그것만이 나복만에게 던져진 유일한 진실이었다. 그래서 그는 할머니 옆에 어정쩡한 자세로 서서, 버스에서 내리는 사람들에게 "장거리 가실 분!" "장거리 나가시는 분!" 하며 말을 걸기 시작했다. 슬쩍슬쩍 자신의 뒷모습을 바라보는 할머니의 시선이 느껴졌지만, 그럴수록 나복만은 목소리를 더 높여 사람들의 시선을 끌었다. 다행인지 불행인지 몰라도 그것이 나복만을 우울에서, 마치 핀셋으로 집어 올리듯, 빠져나올 수 있게 해 주었다. 우울보단 미터기가 먼저였으니까……. 우울은 미터기로 잴 수도, 금액으로 바꿀 수도 없는 것이었으니까……. 그리고 그날 저녁 무렵, 간신히 가평까지 나가는 육군 중위를 태우고 현리 버스 터미널에서 벗어나면서 나복만은 어떤 확고한 믿음 같은 것을 마음속에 다시 한번 단단히 일깨웠는데, 택시 운전도, 김순희도, 불란서 주택 내 네 평짜리 단칸방도, 모두 온전히 그의 곁에 남아 있을 거

라는, 남아 있게 만들 거라는 다짐 같은 것이었다. 그는 가평역에서
육군 중위가 내리자마자 곧장 그의 얼굴부터 스케치했고, 저녁도
굶은 채 쉬지 않고 원주로 되돌아왔다. 그리고 다시 아무 일도 일어
나지 않을 거라는, 아무것도 빼앗기지 않으리라는 희망으로, 그게
당연하다는 생각으로, 다음 날 오전 일찍부터 핸들을 잡고 거리로
나왔다. 나복만 인생에서 가장 오랫동안 핸들을 잡았던 시기가 있
다면 바로 그때부터 박병철이 실종된 5월 중순까지였는데, 그는 그
2주 남짓한 시간 동안 하루에 열아홉 시간 이상을 택시 안에서만
머물렀다. 발밑의 감각도 사라지고, 신호등이 두 개로 보일 만큼 두
눈은 충혈되어 갔지만, 택시 지붕이 사라지고 자신의 몸이 붕 허공
으로 떠오르는 것 같은 느낌에 사로잡힐 때도 있었지만, 그는 핸들
에서 손을 떼지 않았다. 그는 왠지 그래야만 할 것 같았다. 그것만
이 자신에게 벼락처럼 쏟아진 모든 혐의에서 벗어날 수 있는 유일
한 길인 것만 같았다. 그리고 결정적으로 그는 그것밖에 알지 못했
다. 그래서 그는 그렇게밖에 할 수 없었다⋯⋯. 그가 조금만 더 빨
리 아래 김상훈에 대한 법원의 판결문을 보았더라면, 그것을 읽을
수만 있었더라면, 상황은 충분히 회복 가능한 방향으로 흘러갔을
지도 모를 일이었다. 하지만 그는 그것을 보지 못했고, 또한 읽지도
못했다. 그래서 그는 생의 끊어진 다리 너머 저쪽으로 한 발 한 발,
걸어가고 말았다. 박병철의 최후에 대해선 아무런 생각조차, 예상
조차 하지 못한 채⋯⋯.

여기, 김상훈에 대한 1심 법원의 판결문을 따로 요약해서 기록해

둔다.

  일건 기록에 의하면 피고인 김상훈은 강원도 원주 단구국민학교
5학년 3반 담임으로 재직 중인 자로서 1982년 5월 19일경부터 학교
에 휴직계를 내고 잠적한 사실이 있는데, 같은 해 7월 15일 강원도
원주시 반곡동 소재 야산에서 피해자 박병철의 시신이 발견된 후
같은 해 8월 11일 경찰로부터 유력한 용의자로 지목되어 지명수배
를 받아 오다가 1984년 3월 12일 숨어 지내던 강원도 원주시 우산
동 소재 상지인쇄소 대표 권용출의 권유로 자수에 이르게 되었고,
같은 달 14일 검찰로 송치되어 1984년 3월 15일 최초로 피고인에게
피해자와의 관계 및 위 사건 발생 무렵의 행적 등에 대한 진술서를
작성하게 하였으며(이하 1회 진술서라 한다.) 다시 위 자백 사실에 대
한 확인 녹음을 하고 이어서 두 가지 수정 사항과 사건 경위를 내용
으로 하는 자술서를 작성하게 하였고(이하 2회 진술서라 한다.) 수정
된 내용으로 같은 날 14시경과 16시경 두 차례에 걸쳐 자백 녹음을
진행하였는데 다음 날 오후 4시경 실시된 피고인과 변호인의 접견
시 피고인은 처음에는 범행이 계획적인 것이라고 시인하다가 다시
우발적인 것으로 부인하였고, 같은 달 16일 판사로부터 피고인에 대
한 구속영장이 발부된 후 3월 17일 실시된 제2회 피의자 신문조서
작성 시에는 다시 이 사건 범행을 계획적인 것으로 자백하였다가 같
은 날 실시된 피고인과 상지인쇄소 대표 권용출의 접견 이후 또다시
종래와 같은 주장 아래 이 사건 범행을 우발적인 것으로 부인하기
시작하여 1984년 3월 21일자로 작성된 6통의 진술서와 3월 25일자

피고인에 대한 제3회 피의자 신문조서를 작성함에 있어서는 이 사건 범행을 우발적인 것으로 주장하고 있고 당 법정에 이르러서도 검찰에서 자백한 일이 있음을 시인하나 당시의 자백은 허위로 꾸며서 진술된 것이라 주장하고 있으므로 이 사건 범행 자백 진술 부분의 임의성과 신빙성 및 피고인의 자백 진술이 녹취된 녹음테이프에 대한 검증조서와 피고인의 자백 진술이 기재되어 있는 검사가 작성한 실황 조사서의 각 기재 부분 등을 차례로 검토하기로 한다.

1. 피고인의 자백의 임의성

피고인의 변호인은 피고인이 이 사건 범행을 자백하게 된 것은 피고인이 1984년 3월 14일 최초로 검찰청에 송치된 이래 만 62시간에 걸쳐 한 번도 자리에 눕지 못하고 의자에 앉은 채 겨우 1~2시간 정도 불가항력으로 조는 것을 허용받았을 뿐 거의 잠을 못 잤을뿐더러 수사기관의 물리적 폭행에 따르는 육체적 고통과, 밀실에서 타인과 격리된 상태에서 계속 조사를 받고 앞으로 꾸며서라도 자백을 하지 아니하면 더욱 심한 고문을 당하게 될 것이라는 점에 대한 공포, 또한 경찰보다도 훨씬 상급 기관인 검찰에 의하여 범인으로서 증거가 하나씩 만들어져서 자신이 어쩔 수 없이 계획적인 범죄자가 되어 가고 있으며, 그렇다면 마음씨 좋은 검사님에게 잘 보여서 동정을 받는 것이 가장 좋은 길이라는 판단으로, 검사님을 의지하고 믿음으로써 주어진 환경에서 빨리 벗어나고 싶었던 심리 상태 등에 의해 결국 자백한 것으로써 임의성이 전혀 없는 것이라고 주장하고 있다.

그러므로 살피건대 피고인의 법정에서의 진술에 의하면 피고인이 1984년 3월 14일 검찰청으로 송치되어 검사 2명으로부터 그때까지의 피고인의 진술 중 모순점 및 의문점 등에 관한 집중적인 추궁을 받은 후 그날 밤에는 30분 정도밖에 자지 못하였고 그다음 날 밤에도 약 2시간 정도밖에 자지 못한 사실이 있고 위와 같은 조사 과정에서 수사관 4명이 3월 15일 낮에 피고인을 엎드려 놓고 다리를 뒤로 꺾고 머리카락을 잡아 쥐고 젖힌 적이 있었고, 검사가 신문 도중 손가락을 펴서 당수식으로 옆구리와 가슴을 쿡쿡 찔러 쥐어박는 등 행동을 취한 일이 있으며 3월 16일 범행 현장으로 되어 있는 장소로 나가 실황 조사 후 선생 대접을 못하겠다며 이유 없이 피고인을 약간 구타한 일은 있으나 그 이외에 폭행을 가한 일은 없다는 것이고, 피고인 스스로 검찰에서의 추궁에 밀려 자백을 하였고 진술서를 작성하거나 진술 조서 작성이나 녹음에 임함에 있어 검사로부터 그 내용에 관하여 이래라저래라 관여당한 바가 없음을 자인하고 있을 뿐만 아니라 피고인이 잠을 푹 잤다고 시인한 3월 18일 밤 다음 날인 3월 19일 실시한 피의자 신문 시에도 피고인이 스스로 이 사건 범행을 계획적으로 저질렀다고 자백한 이상 피고인의 이 사건 범행 자백은 임의성 없는 상태에서 이루어졌다고 볼 수는 없다 할 것이다.

2. 피고인의 이 사건 범행의 동기, 피해자 살해 장소 및 경위, 방법 등에 대한 진술 검토

피고인은 최초 자백 시 1982년 5월 2일경부터 피해자 박병철이 학교 교무실로 전화를 걸어와 학부형들과의 불륜 사실을 잘 알고 있다며 노골적으로 금품을 요구하며 협박하기 시작했다고 진술하였으며, 같은 달 7일경 최초로 피해자와 단구동 소재 벌떼다방에서 만나 현금 30만 원을 건네고 무마하려 했으나 피해자가 돈을 확인하고 "지금 나하고 장난하자는 거냐."라고 소리치며 돈 봉투를 집어 던지자 "그럼 도대체 얼마를 원하느냐."라고 물으니 "개인택시 한 대 뽑을 정도는 되어야지 않겠느냐."라기에, 그게 정확히 얼마냐고 다시 물으니 현금 500만 원 정도라고 말해 그 정도는 지금 내 형편상 마련해 줄 수가 없다고 하자, "그럼 당신 형편을 내가 만들어 주겠다."라며 다방을 나간 적이 있는데, 그 이후 증인 한정희, 이수정, 조선희, 김경아 등 피고인과 관계를 맺고 있던 여자들이 차례차례 전화를 걸어와 피해자 박병철로부터 전화를 받았다며 "누구 맞아 죽는 꼴 보고 싶어서 그러냐."라거나 "죽으려면 혼자 죽지 왜 나까지 끌어들이는 거냐."라거나 "선생이 선생다워야 할 거 아니냐."라거나 "혹시 같은 패거리 아니냐."라는 말과 함께 피고인의 제일은행 통장으로 각각 100만 원씩 송금하기에 이르렀고, 피고인은 자신의 돈 100만 원을 포함하여 도합 현금 500만 원을 마련한 뒤 피해자 박병철에게 남들의 눈도 있고 하니 강원도 원주시 원인동 소재 자신의 집에서 만날 것을 약속하고 피해자를 기다리던 와중 도무지 이 협박이 쉽게 끝날 것 같지 않다는 생각과 함께 피고인에게 전화를 걸어 욕을 했던 여자들에 대한 배반감이 더해져 피해자 박병철을 목졸라 죽일 결심을 하고 따로 밧줄을 마련해 두었다가, 피해자가 돈이 든 종이 가방을 들고 피고인에게 "앞으로도 종종 만나자."라는 말을 하고 뒤돌아서는 순간 둔기로 머리를 내리치고 준비해 둔 밧줄로 목을 졸랐다고 진술하였으나, 3회 진술 시부터는 입장을 번복해 피해자 박병철이 돈을 다 건네받고도 돌아가지 않고 "거, 선생님은 어떤 기술로 그렇게 많은 여자들과 관계를 맺었냐."라거나 "제가 비법 하나 가르쳐 드릴까요?"라거나 "오래 하려면 말을 많이 하라."라는 등의 말을 계속하면서 제집처럼 이곳저곳을 뒤지고 돌아다녔는데, 마침 어두운 안방에 뇌졸중으로 거동도 하지 못한 채 누워만 있던 피고인의 어머니 황순녀를 피해자 박병철이 보지 못하고 황순녀의 둔부에 걸려 그 자리에 넘어졌고 피해자 박병철이 황급히 자리에서 일어나며 "아이, 씨발 깜짝이야! 뭐야, 누구야!"라고 소리치며 황순녀의 다리를 걷어찼는데, 그 모습을 보고 격분한 피고인 김상훈은 "우리 엄마다, 씹새끼야!"라고 소리치며 마루 텐트 옆에 있던 밧줄로 우발적으로 피해자의 목을 졸라 살해했다고 진술하였으며, 다시 4회 진술 시에서는 좀 더 구체화하여 밧줄은 피고인이 보이스카우트 단대장으로서 늘 집 안에 보관해 왔던 것이며, 여자 증인들에 대해서는 다른 어떤 배반감도 들지 않은 상태였으며 단지 피해자가 자기 어머니의 다리를 걷어찬 것에 화가 나 "우리 엄마다, 씹새끼야! 누가 우리 엄마 때리래!"라고 소리를 지르며 범행을 감행하였다고 진술했음을 알 수 있다……(후략)

*

자, 이것을 양치질이라도 한 번 하고 와서 계속 들어 보아라.

1982년 8월 11일, 그러니까 김상훈이 박병철에 대한 살인 혐의로 지명수배를 받을 즈음, 대법원에서는 문부식과 김은숙, 최기식 신부 등 부산 미문화원 방화 사건(이때부터 대개 줄여서 '부미방' 사건이라고 부르기 시작했다.)에 연루된 사람들에 대한 최종 선고가 내려졌다. 문부식과 김현장(이 사람에 대해선 따로 보충 설명이 필요하다. 문부식의 학교 선배였던 김현장은, 문부식과 그 일행들에게 의식화 교육을 하고 범행을 지시한 수뢰 혐의로 체포되었다. 허나, 후에 문부식의 항소이유서를 살펴보면 김현장은 '부미방' 사건에 대해서 사후에 알게 되었다고 한다. 일테면 이런 식. "형, 나 부산 미문화원에 불 질렀어요." "뭐야? 어쩌자고?")은 사형을, 김은숙과 이미옥은 무기징역을, 유승렬, 최인순, 김지희는 각각 징역 15년 및 자격정지 15년을, 최충언은 징역 단기 5년, 장기 7년 및 자격정지 7년을, 박정미는 징역 4년 및 자격정지 4년을, 최기식 신부와 보일러공 문길환, 서점 주인 김영애는 각각 징역 3년 및 자격정지 3년을 선고받았다. 법원은 검찰의 공소 사실을 거의 그대로 인정하였고, 검찰의 구형 내용과 별반 차이도 없는 형을 선고하였다. 잘 짜여진 각본처럼, 그것을 연기하는 노련한 배우들처럼, 판사들은 목소리를 잔뜩 낮춰 형을 선고하였고, 다시 언론들은 그것을 고스란히 받아 적어 "폭력적인 방법으로 국가 변란을 야기하는 극단적인 세력들은…… 이 사회에서 영원히 괴리시킬 수밖에 없다는 법원의 고뇌 어린 결정" 운운하는 사설을 싣기도 했다.

하지만 그 이듬해부터 법원의 고뇌 어린 결정을 뒤엎는 전두환 장군의 특별한 은전이 연이어 베풀어져 판사들뿐만 아니라 각 언론 사의 논설위원들까지도 머쓱하게 만들었는데, 그에 따라 최기식 신 부는 형 집행 1년 만에 특별사면 형식으로 대구교도소에서 석방되 었고, 문부식과 김현장은 사형에서 각각 무기징역으로 감형되었다. 청와대 대변인은 "건전한 사회 기강 확립을 위해 엄벌에 처하는 것 이 당연하나, 관용과 아량으로 국민적 화합을 이룩하려는 전두환 대통령의 따뜻한 배려로" 특별감형 및 사면이 이루어졌다고 발표했 다.(하지만 그 이면에는 각각 그다음 해 예정되어 있던 바티칸 교황의 방 한과, 자수한 사람들까지 사형을 시키면 과연 누가 자수를 하겠느냐는 일 반 국민들의 정서가 만만치 않게 작용한 것으로 알려져 있다.)

그리고 다시 세월이 흘러 전두환 장군이 권좌에서 물러난 직후 인 1988년 2월, 문부식과 김현장은 징역 20년으로 감형되었다가, 그해 12월 21일, 성탄절 특사 형식으로 구속된 지 7년여 만에 비로 소 석방되기에 이르렀다.(청주교도소에서 석방된 문부식의 첫 일성은 "광주 학살 원흉 전두환을 처단하라."라는 구호였다.)

김상훈은…… 그의 주장 그대로 우발적인 범행으로 인정돼 대법 원에서 징역 7년 형을 선고받은 다음 원주교도소에서 만기 복역하 였다. 그는 출소 이후, 다시 상지인쇄소에서 식자공으로 일했으며, 3년 후에는 아예 상지인쇄소를 물려받게 되었다. 그는 그 와중에 결혼도 하게 되었는데, 상대는 예전 그와 관계를 맺었던 학부형 중

한 명인 조선희였다.(그녀는 곽병희가 2년 연속 반장을 할 때 함께 부반
장을 맡았던 김미영의 엄마이기도 했다. 그녀는 김상훈이 복역하던 와중
사망한 그의 어머니의 장례를 혼자 치르기도 했다.) 그는 이후 경찰이나
검찰에 불려 다니는 일을 겪지 않은 채, 쭉 지형을 뜨고, 활판인쇄
기를 돌리며, 조용히 살아갔다. 모든 것을 잊은 채, 허리를 잔뜩 수
그려 활자들만 바라본 채.

　그리고 나복만은…… 우리의 나복만은…… 진짜 죄를 짓게 되
었다.

4

자, 이것을 잠깐 듣지 말고 읽어 보아라.

어느 정도 사건이 마무리되고 난 이후인, 그러니까 1987년 어느 늦여름 오후, 김순희는 예전 직장 동료로부터 뜻밖의 편지 한 통을 받게 되었다. 2년 가까이 관설동 우체국에서 전화교환양으로 함께 근무했던, 그녀보다 세 살 아래의 박 양에게서 온 그 편지에는, 자신도 이제 추석이 되기 전에 결혼을 한다며, 상대는 언니도 얼굴을 잘 아는 사람으로 같은 우체국에서 근무하던 키가 유난히 작은 집배원이라는 말, 그래서 어쩔 수 없이 이제 직장을 그만두게 되었다는 말 등이 적혀 있었다. 그리고 아울러 두 달 전쯤 언니 앞으로 온 편지가 한 통 있는데 그것도 함께 동봉한다는 말이 쓰여 있었다. 김순희는 그 편지를 무표정한 얼굴로 모두 읽은 후, 편지 봉투 안에 들어 있던 반으로 접힌 또 다른 편지 한 통을 꺼내 보았다. 발신인

란엔 아무것도 적혀 있지 않고 오직 수신인란에만 마치 국민학교 2학년 학생이 힘들게 쓴 듯 삐뚤빼뚤 글자가 적혀 있는 그 편지를 보자마자, 김순희는 그것이 누구에게서 온 것인지 대번에 짐작할 수 있었다. 그래서 그녀는 그 편지를 바로 개봉해 보지 못했다. 그녀는 심지어 그 편지를 들고 곧장 경찰서로 가야 하는 것은 아닐까, 잠시 고민하기도 했다. 하지만 그녀는 그러지 않았다. 그녀는 오후 내내 편지 봉투에 적혀 있는 글씨만 바라보다가 그날 자정 무렵, 책상에 스탠드를 켜고 앉은 다음, 길게 숨을 한 번 내쉰 뒤 천천히 편지를 개봉했다. 그리고…… 그 편지로 인해 그녀는 오랫동안 혼자 울고, 또 혼자 가슴 먹먹해지는 시간을 보내야만 했다. 그것 이외에 그녀가 할 수 있는 일은 거의 없었기 때문이었다.

당시, 김순희는 고아원 시절부터 쭉 자라 왔던 원주를 떠나 서울 바로 아래 수원 권선구에서 살고 있었다. 그녀가 원주를 떠난 것은 1982년 겨울의 일이었는데, 그때는 그녀가 직장에서 해고된 지 5개월 정도 지난 시점이기도 했다. 그 5개월 동안 그녀는 월요일부터 주일 저녁까지 교회 예배실 안에서만 내내 머물렀다. 그렇다고 그녀가 예배실에서 기도를 하거나 찬송가를 부르거나 성경책을 읽었던 것은 아니었다. 그녀는 그저 입술을 반쯤 벌린 채 강대상 뒤에 있는 십자가만 멀거니 쳐다보면서 앉아 있었다. 처음 교회에 나온 신도들은 그녀를 오랫동안 중병을 앓아 온 사람으로 착각하기도 했다. 예배 시간엔 침을 줄줄 턱 아래로 흘리더라는 말이 교회 내에 떠돌기도 했다. 하지만 그 누구도 그녀에게 말을 걸진 않았다.

모두 그녀가 어떤 사건에 연루돼 경찰서에 연행되었다가 보름 만에 풀려났다는 사실을 잘 알고 있었기 때문이었다. 보다 못한 교회 청년부 담당 부목사는 그녀를 그때 막 수원에 개원한 감리교 재단 소속 한 장애인 아동 복지시설의 보조 교사로 추천했다. 김순희가 열여섯 살일 적부터 알고 지내던 부목사는(그때 부목사는 대학부 총무를 맡고 있었다.) 5개월 전 그녀 주변에서 일어난 일들에 대해 어렴풋이나마 알고 있었고, 그녀가 자신의 의지와는 무관하게 사건에 휘말리게 되었다는 사실 또한 잘 알고 있었다. 하지만 그렇다고 해서 그녀를 적극적으로 변호하고 나설 수도 없는 일이었다. 교회 장로 중 한 명은 노골적으로 그녀가 좌경분자와 연계된 위험인물이며, 교회에 부담이 된다고 말하기도 했다. 그런 날들이 이어지던 어느 하루, 부목사는 김순희에게 아무런 동의도 구하지 않은 채 교회 신도에게 빌린 자동차 트렁크에 그녀의 단출한 이삿짐을 실었다. 그리고 그녀를 조수석에 태우고 곧장 수원으로 향했다. 영동고속도로를 달리면서 부목사는 김순희에게 많은 말을 했지만(주로 너에게 지금 필요한 건 하나님 사업에 몰두하는 일이다, 너에게 무슨 일이 일어났든 그건 다 하나님의 뜻이요, 시험이다, 신앙의 힘으로 이겨 내야 한다, 같은 말들이었다.) 그녀는 아무 대답 없이 무연히 창밖만 내다보았다. 크리스마스를 앞둔 고속도로 주변 풍경은 흡사 이제 막 생산된 스테인리스 표면과도 같아 살짝 손만 대도 쩡, 소리를 내며 오랫동안 울릴 것 같았다. 그 시절 그녀에게 부목사의 말은, 아니 다른 어떤 사람들의 말도 모두 그와 같았다. 쩡, 쩡, 쩡. 그녀가 5개월 전 원주경찰서 지하 조사실에서 들었던 바로 그 소리. 쩡, 쩡, 쩡…… . 그녀는 그때처럼 아무런 대답도 할 수 없었다.

　다행히 부목사의 예상은 그리 틀리지 않아서 그녀는 장애인 아동 복지시설에 머물면서(숙소 또한 시설 내에 있었다.) 차츰차츰 예전의 김순희로 다시 돌아갈 수 있게 되었다. 그곳은 도무지 무언가를 멀거니 쳐다보면서 앉아 있거나, 두 손을 가만히 쉬게 놔둘 수 없는 곳이었다. 그곳엔 다운증후군이나 자폐증, 소아마비 같은 중증 장애를 지닌, 어쩌면 그래서 버려진 아이들만 스물네 명이 모여 살고 있었다. 아이들을 돌보는 교사는 김순희를 포함해 모두 네 명. 그녀는 그곳에 도착한 첫날부터 커다란 물통 세 개에 가득 들어 있던 기저귀들을 모두 손빨래해야만 했다. 그리고 다음 날부터 아직 젖병을 떼지 못한 일곱 명의 아이들한테 분유를 타 주고, 기저귀를 갈아 주고, 턱받이를 해 주고, 걸음마 떼는 연습을 도와주고, 설거지를 돕고, 이불 빠는 일을 해야만 했다. 처음 일주일 동안은 때때로 기저귀를 개키다가, 혹은 걸레질을 하는 도중 멍하니 창밖을 바라보는 일이 잦았는데, 그때마다 아이들이 그녀 곁으로 다가와 불현듯 뺨을 때리거나 소리를 지르곤 했다.(한 다운증후군 아이는 그녀의 귀에 대고 계속 "마!" "마!" 소리치곤 했다.) 그런 소리들을 들을 때마다 그녀는 무언가에 덴 사람처럼 소스라치게 놀라곤 했지만, 결과적으로 그것이 도움이 되었다. 열흘 정도 지난 다음부턴 그녀가 자청해서 야간 당직을 서기도 했고, 화장실 청소와 하루 종일 침대에서 누워 지내는 소아마비 아이들의 목욕을 전담하기도 했다. 동료 교사들과도 서서히 말을 하기 시작하면서 예전처럼 성경을 대학 노트에 베껴 적는 일도 다시 시작했다. 후에 그녀의 동료 교사들은 당시를 회고하면서 김순희에 대해 짧게 이런 평을 내리기도 했다. 밤이나 낮이나 잠깐이라도 딴생각을 하지 않으려고 애쓰는 사람, 봉사가 아니라 자기 몸을 학대하려고 노력한 사람······.

1984년 봄부터 김순희는 야간 시간을 이용해 고졸 검정고시 학원에 다닐 수 있게 되었다. 교사도 새로 두 명이 충원되었고, 그해 1월부터 수원 시내에 있는 한 대형 교회와 자매결연을 맺어 자원봉사자들의 손길이 부쩍 늘었기 때문에 가능한 일이었다. 그녀는 학원에서도 마치 성경을 베껴 적듯 모든 교과목의 참고서와 문제집을 닥치는 대로 연습장에 옮겨 적었는데, 그 덕분인지는 몰라도 학원을 다니기 시작한 지 만 2년째 되던 1986년 가을, 시험에 합격할 수 있었다. 그리고 내친김에 그해 겨울 학력고사에 응시, 수원에서 가까운 오산 변두리에 있는 한 신학대학교 기독교교육과 야간 과정에 입학하게 되었다. 그녀는 그 기간 동안 오로지 시설과 학원, 시설과 학교만 오갔을 뿐, 다른 개인적인 외출은 일절 하지 않았다. 1985년 추석 연휴 기간 동안에는 다른 동료 교사들을 모두 집으로 돌려보내고 혼자(주방 일을 돕는 아주머니 한 명이 있었지만) 시설을 지키기도 했다. 그래서였을까? 그녀는 그 시절 동안 원주 생각은 거의 하지 않고 지낼 수 있었다. 때때로 부목사가 시설로 안부 전화를 걸어오기도 했지만, 그때뿐이었다. 부목사라는 사람만 양각으로 돋아났을 뿐, 배경은 모두 암흑인 느낌이었다. 마치 이쪽과 저쪽으로 반듯하게 잘린 나무처럼, 끈이 풀린 검은 커튼이 갑자기 쏟아져 내려와 무대와 객석을 반으로 나눈 것처럼, 그녀는 그렇게 과거와 단절한 채 살아갔다.

한데 편지가, 편지가 도착한 것이었다……. 보지 말아야 한다면서도, 읽어선 안 돼, 읽어선 안 돼, 계속 중얼거리면서도, 그러나 그녀는 저도 모르게 편지의 겉봉을 조심조심 가위로 오려 나갔다. 자신의 귓가에서 다시 쩡, 쩡, 거리는 그해 겨울의 스테인리스 소리가 들려오는 것도 모른 채, 그녀는 과거로, 과거로 돌아가고 있었다.

연습장을 북, 찢어 편지지 대용으로 쓴 편지에는 다음과 같은 짧은 문장들이 적혀 있었다.

순희 씨,
내가 많이 미안하고, 또 미안합니다. 내가 지금 쓸 수 있는 말은 이게 전부입니다.

겉봉투와 똑같은 글씨체로 괴발개발 적혀 있는 그 편지를 읽은 김순희의 첫 감정은 허탈함이었다. 이게, 이게, 정말 전부란 말인가? 그녀는 연습장 뒷면과 편지 봉투 안을 다시 한 번 꼼꼼히 확인해 보았다. 심지어 그녀는 겉봉투에 붙어 있던 우표까지, 그 아래 무언가 혹 적어 놓지 않았을까 하는 심정으로, 침을 살짝 묻혀 떼어 내 보기도 했다. 그러면서 그녀는 생각했다. 이럴 순 없지 않은가? 그렇게 단 한마디 말도 없이 사라진 사람이, 5년 동안 단 한번도 연락 없던 사람이, 이제 와서 겨우 한다는 소리가 미안하다는 말뿐이라니. 그래선 안 되는 거 아닌가? 그녀는 다시 그 문장들을 바라보고 또 바라보았다. 그러자 천천히 천천히 허탈함은 사라지고 두려움만이, 쩡, 쩡, 거리면서 울리는 소리들만이, 그녀 주위에 남게 되었다. 까맣게 잊은 줄 알았던 원주경찰서 지하 조사실 풍경과, 형사의 손에 쥐어진 지시봉과 볼펜들, 그리고 옆방에서 들려오던 소리들까지⋯⋯. 그래서 그녀는 서둘러 스탠드를 끄고 편지를 지퍼식 성경책 안에 넣어 두었다. 그러고도 마음이 놓이지 않아 책장 뒤편 작은 틈새에 성경책을 밀어 넣었다. 쩡, 쩡, 거리는 소리는 더욱더 커져만 갔고, 그녀는 이불을 머리 위까지 덮어쓴 채 동그랗게 몸을 말아 누웠다. 그제야 그녀의 눈에서도 눈물이 흐르기 시작했다. 미워하고 싶고 또 원망하고 싶은데, 두려움 때문에 자꾸 멈칫멈칫하고 서둘러 불을 꺼야 하는 자신의 처지가 서글퍼서, 그 마음이 안타까워서, 그녀는 오랫동안 소리 죽여 울기만 했다. 우는 것조차 두려워 어금니를 꽉 깨물면서, 딸꾹질을 쉼 없이 해 대면서, 그녀는 계속 공벌레처럼 몸을 말기만 했다.

그런 밤들이 나흘 연속 이어졌다. 그녀는 두려워하면서도 계속 총채를 이용해 책장 뒤편에 있던 성경책을 꺼냈고, 스탠드를 밝힌 채 편지를 읽어 나갔다. 문장들은 이미 그녀 머릿속에 모두 들어앉아 있었으나, 그러나 그녀는 그것을 계속 확인하고 또 확인했다. 두려움은 여전했으나 쩡, 쩡, 거리는 소리는 첫날보다 많이 작아졌고, 대신 그 자리를 나복만의 목소리가, 그럼 갔다 올게, 라고 말하던 그의 마지막 목소리가 차지하게 되었다. 그리고 편지가 도착한 지

닷새째 되던 날 밤……

　다른 날과 마찬가지로 편지를 읽은 후 자리에 누웠던 김순희는, 무언가 오랫동안 잊었던 것을 갑자기 깨달은 사람처럼 황급히 자리에서 일어났다. 그리고 방금 전 책장 뒤편으로 밀어 넣었던 성경책을 힘겹게 다시 꺼낸 후, 책상 의자에 앉았다. 그녀는 이미 읽고 읽고 또 읽었던 나복만의 편지를, 마치 처음 보는 사람처럼 한 자 한 자 손가락으로 짚어 가면서 천천히 소리 내어 읽어 나갔다.

　순희 씨,
　내가 많이 미안하고, 또 미안합니다. 내가 지금 쓸 수 있는 말은…….

　거기까지 읽고 난 후, 김순희는 왼손으로 자신의 입을 틀어막은 채, 어깨를 들썩거리면서 울기 시작했다. 그녀의 손가락은 '쓸 수 있는'이라는 글자에서 멈춰 있었다. 그 말이 주는 온전한 뜻을, 의미를, 비로소 그녀가 깨닫게 된 것이었다. 나복만이 오랫동안 안간힘을 다해 숨겨 온 비밀을, 기어이 그녀가 알게 된 것이었다……. 그래서 그녀는 편지를 받은 이후 처음으로, 큰 소리로 엉엉 울 수 있게 되었다.

자, 이것을 다시 읽지 말고, 목운동이라도 한 번 하고 나서 계속 들어 보아라.

1982년 5월 16일 이후, 그러니까 박병철이 아무런 말도 없이 사라진 이후부터, 나복만의 삶은 과연 어떻게 변했을까? 그는 과연 어떤 선택을 하게 되었을까? 지금부터 우리가 살펴볼 이야기는 바로 그 직후의 일들이다.

사실 그것을 미리 예상해 보기란, 어쩌면 경품 응모율을 높이기 위한 비타민 제조회사의 퀴즈 문제를 푸는 것만큼이나(신문 상단에 빤히 답을 준 뒤, 우리 제품은 과연 몇 퍼센트의 순수 비타민 C를 함유하고 있을까요, 따위를 묻는 퀴즈) 쉽고 간단한 일일지 모른다. 지금까지 우리가 봐 왔던 바로 그 나복만이 맞는다면, 작은 일에도 깜짝깜짝 놀라고 쉽게 불안에 떠는(Rh- A형일 확률이 높은) '안전택시' 1년 차 신입 기사 나복만이 맞는다면, 그가 할 수 있는 선택이란 오직 한 가지뿐이었다. 그러니까 그가 갑작스럽게 한미 관계의 불평등을 뼈저리게 깨닫고 직접 그것을 해소하기 위한 한 방편으로써 택시를 몬채 그대로 원주시 핵심 요지에 위치한 주한 미군 부대인 '캠프 롱' 정문을 향해 돌진한다거나, 한국 민주주의 발전에 걸림돌은 다름 아닌 우리의 누아르 주인공과 같은 군부독재자들에게 있다는 정치적 각성 아래, 원주 시내 곳곳을 돌아다니며 시민들의 총궐기를 촉

구하는 삐라를 뿌린다거나, 또 그 모든 것의 원인이 바로 분단 체제에서 오는 어쩔 수 없는 콤플렉스와 한계에 있다는 냉엄한 상황 인식 아래, '서울에서 평양까지 택시 요금 2만 원' 같은 민중가요를 직접 작사한다거나 하는 일들은, 그런 일들은 전혀 일어나지 않았다는 뜻이다. 그는 박병철이 사라지기 이전에도, 또 박병철이 사라진 이후에도, 오로지 자신의 택시 운전과, 김순희와, 불란서풍 주택 내의 네 평짜리 단칸방만을 지키고자 애썼던 사람이었다. 그것만이 그의 선택의 기준이었고, 그것만이 유일한, 그가 지킬 만한 가치였다. 그랬으니…… 박병철이 사라진 지 닷새째 되던 날(그때 이미 박병철의 몸은 비료 가마니에 둘둘 감긴 채, 반곡동 인근 야산 기슭 아래에서 서서히 썩어 가고 있었다.), 그가 자신의 택시를 몰고 직접 원주 경찰서 정문을 넘은 것은, 어찌 보면 당연한, 하등 이상할 것도 없는, 그의 유일한 선택의 결과였는지도 모른다. 더군다나 그때 나복만은, 박병철의 자취방 비키니 옷장에서 서류 봉투를 찾아내 간직하고 있던 처지였다.(나복만은 박병철이 사흘 연속 회사에 무단결근하고 자취방에도 돌아오지 않자 제일 먼저 비키니 옷장부터 뒤졌다. 그 방엔 그것 이외에 다른 세간붙이는 없었기 때문이다.) 증거도 있고, 친한 친구마저 실종된 상황이니 망설일 이유 같은 것은, 다른 것을 돌아볼 여유 같은 것은 전혀 없었다. 자신에게 어떤 문제가 있는지, 그것 때문에 그동안 경찰서에 가는 것을 얼마나 두려워했는지, 그런 것은 염두에 두지 못한 채, 그저 자신에게 있는 작은 것들을 지키기 위해, 고아였던 자신이 그동안 애써 쌓아 올린 모든 것을 빼앗기지 않기 위해, 서류 봉투와 그때까지 그가 그려 온 몽타주(철심으로 단단하게 묶은)를 양손에 들고 원주경찰서 정보과를 찾아간 것이었다.(사실 나복만은 박병철이 사라진 이후, 며칠 밤을 계속 잠도 제대로 이루지 못한 채 뜬눈으로 보내야 했다. 잠을 이루지 못한 채, 그는 이런 생각 저런 생각을 하면서 뒤척거렸는데, 그때 잠깐, 얼마 동안만이라도 원주를 떠나 어디 다른 지방에 가서 숨어 있는 게 어떨까, 그러다가 잠잠해지면 돌아오는 게 어떨까, 하는 고민을 하기도 했다. 하지만 그는 이내 그런 생각들을 접고 말았는데, 그때마다 관리 상무의 얼굴이 떠오르고, 개인택시 면허 발급 기준이 하나님의 음성처럼 어두운 천장에서 울려 퍼지고, 매달 말일인 월세 내는 날이 다가왔기 때문이었다. 그리고 그는 그런 고민의 와중에도 은근슬쩍 바로 옆에서 자고 있던 김순희의 가슴을 더듬기도 하고 또 더 아래쪽으로 손을 뻗다가 번번이 제지를 당하기도 했는데, 그게 참, 그런 상황에서도 그러고 싶었을까, 생각이 들다가도, 한편으론 또 그런 상황이니까 더더욱 그러고 싶었을지 모른다는 공감이…… 아니, 이해가…… 아니 아니, 모든 남자들이 다 그런 것은 아니지만 뭐 그럴 수도 있다는 가능성이…… 아니 아니, 하여간 이상한 짓을 반복해서…… 김순희를 불편하게 만들었다. 어쩌면 그래서 김순희는 나복만에 대해서 끝까지, 그러니까 그가 직접 경찰서로 찾아 들어간 직후까지도, 아무런 걱정을 하지 않았는지 몰랐다. 이건 뭐, 평상시와 다를 바가 없었으니까. 걱정을 하는 것 같긴 했지만, 그러면서도 계속 한 번만 하자고 했으니까, 한 번만 달라고 졸라 댔으니까……. 그러니, 그녀는 아무런 예감도 하지 못한 채, 그를 그렇게 떠나보낸 것이었다. 잘못될 것이라는 생각은 하지 못한 채, 그날도 여느 날과 마찬가지로 그의 택시 시트 이곳저곳을 열심히 물걸레질해 준 후…… 그를 보낸 것이었다.)

한데, 한 가지 이상하고 이해되지 않는 점은, 나복만이 원주경찰서에 들어가기 바로 직전, 원동성당으로 지학순 주교를 찾아갔다는 점이다. 물론 원동성당이 원주경찰서로 가는 로터리 바로 옆에 위치해 있다고는 해도(그러니까 왼쪽으로 핸들을 돌리면 원동성당, 오른쪽으로 틀면 원주경찰서로 향하는 쌍다리 입구이다.), 성당이라는 곳이 그 누구라도 쉽게 찾아갈 수 있는 곳이라고는 해도, 그의 느닷없는 방문은 세월이 오랫동안 흐르고 또 흐른 뒤에도 여전히 풀리지 않는 의문으로 몇몇 사람들의 머릿속에 남고 말았다. 물론 그런 나복만의 행동을 충동적으로, 혹은 욱하는 마음으로 해석한다면 이해 못 할 것도 없지만, 당시 그가 지학순 주교 대신(지학순 주교는 그때 '한국 교회사회 선교협의회'의 성명서 발표 파동 탓에 서울 대검찰청 청사에서 사흘째 조사를 받고 있었다.) 만났던 주교 보좌신부에게 했던 이런저런 말들을 되새겨 보면, 또 그것만이 전부는 아니었다는 것을 쉽게 알 수 있다.

그날, 원동성당 내 가톨릭 청년회 간사실에서 커다란 원목 탁자를 사이에 두고 주교 보좌신부와 단둘이 마주 앉은 나복만은 대뜸 이런 말부터 꺼냈다.

"저기…… 제가 바로 나복만인데요……. 저, 잘 아시죠? 안전택시에 근무하는……."

40대 초반의, 배가 좀 튀어나온 주교 보좌신부는 처음에는 건성건성, 연신 손수건으로 이마에 흐르는 땀을 닦으며 나복만의 말을 들었다. 그는 다음 달 중순에 개최할 예정인 '최기식 신부 석방 촉

구 기원 미사' 준비와, 지학순 주교가 검찰 조사 직후 언론에 배포할 보도자료 준비 때문에 서울 대교구에서 이틀 밤을 꼬박 지새운 다음, 막 원주로 내려온 참이었다.

"아, 네. 우리 교구 소속이신가요?"

주교 보좌신부는 신도들 앞에선 담배를 피우는 일이 거의 없었지만, 그날만은 예외적으로 졸음을 쫓기 위해 저도 모르게 입에 담배를 물었다.

"아니, 그런 게 아니고……. 저, 아실지 모르겠지만…… 제가 바로 그 연락책이었는데……."

나복만은 계속 출입문 쪽을 돌아보면서 작은 목소리로 말했다. 그제야 주교 보좌신부는 나복만을 찬찬히 바라보았다. 조금 큰 키에 삐쭉 마른 어깨와 팔, 충혈된 두 눈과 노란색 택시 회사 유니폼까지, 아무리 봐도 처음 보는 얼굴이 맞았다.

"그게 무슨 말씀이신지……? 연락책이라는 게 무슨 뜻인지 저는……."

"제 택시 넘버가 강원 3나에 7989번인데, 혹시 주교님한테 무슨 말씀 못 들으셨어요……? 제 택시만 이용하라는 문건 같은 것도 있다고 들었는데……."

"글쎄요. 저희는 택시를 이용할 일이 워낙 없어 놔서……."

주교 보좌신부는 신중한 사람이었다. 교구는 여러 사람들이 자유롭게 드나들 수 있는 곳이었고, 또 그만큼 지학순 주교를 감시하는 눈길도 많은 곳이었다. 주교 보좌신부는 벌써 오래전부터 자신을 담당하는 원주경찰서 형사가 성당 근처에 배치되어 있다는 것을 알고 있었고, 청년회 쪽과 농민회 쪽에도 당국에서 심어 놓은 '프락치'들이 여러 명 있다는 사실을 잘 알고 있었다. 그는 신도들 앞에서 가급적 말을 아꼈고, 자신의 마음을 드러내지 않으려 애썼다. 그것만이 지학순 주교를 위하는 길이라고 여겼다.

나복만은 한동안 말없이 주교 보좌신부를 바라보다가, 다시 자신의 손톱을 연신 물어뜯었다. 그리고 얼마 지나지 않아 이런 말을 꺼냈다.

"신부님은 잘 모르실지 몰라도…… 주교님이 절 무지하게 좋게 보셨거든요. 아마도 그래서 그러시는 거 같은데…… 그래도 앞으론 그러지 말라고 전해 주세요……. 저는 그러니까 개인택시 면허도 따야 하고, 또 미군 애들도 많이 태울 수밖에 없고, 결혼도 해야 하거든요……. 아무리 저희 부모님을 잘 아신다고 해도 이러면…… 저도 곤란해질 수밖에 없거든요……. 그래서 그럴 수밖에 없는 거니까 이해해 달라고…… 죄송하다고 꼭 전해 주세요."

주교 보좌신부는 나복만의 말을 가만히 듣고 있다가, 어느 순간부터 도통 정리가 되지 않아 머릿속이 복잡해졌다. 말을 끊고 차근차근 되물으려 했지만, 그러나 나복만은 그럴 틈을 주지 않았다. 그는 그 말을 끝으로 바로 자리에서 일어나 꾸벅, 인사를 한 뒤 출입문 쪽으로 걸어갔다. 그리고 문을 열고 밖으로 나가려다가 말고 다시 뒤돌아 말했다.

"그래도 어쨌든 주교님은 원주에서 대표적으로다가 쫓기시는 몸이니…… 제가 말한다고 해서……."

나복만은 말을 채 끝맺지 못하고 다시 한 번 고개를 숙여 인사를 한 후, 문밖으로 나갔다. 그러곤 곧장 서류 봉투를 들고, 곽병희의 일기와 수백 장의 몽타주를 들고, 원주경찰서 정보과로 향했다. 원주경찰서로 가는 동안 그의 택시는 신호등 한 번 걸리지 않고 쭉쭉, 잘만 앞으로 달려 나갔다.

*

자, 이것을 허리를 뒤로 활처럼 꺾어 스트레칭 한 번 한 다음, 계속 들어 보아라.

우리의 누아르 주인공 시절은 예지력 넘치고 날카로운 분석력과 판단력을 지닌 각종 요원들과 형사들이 전국 각지에 넘쳐나던 시기이기도 한데(바야흐로 형사들의 시대, 누아르의 시대가 만개한 것이었다.), 그들은 일단 자신들의 손에 넘어온 사람들이라면, 그 사람이 학생이든 직장인이든 가정주부든 성직자든, 단 한 명도 빠뜨리지 않고 자신의 죄를 인정하게 만드는, 아니 그 이상의 죄를 자백하게 만드는, 능숙하고 능란한 취조 기술을 보유하고 있었다. 그 취조의 힘은 대개 물과 전기와 그들의 성기와 주먹과 발끝에서 나왔는데, 어떤 사람에겐 그중 한두 가지만 쓰기도 했고, 또 어떤 사람에겐 그것들 모두를 한꺼번에, 여러 번에 걸쳐 사용하기도 했다. 그러니 그것들이야말로 우리의 누아르 주인공 시대를 가능케 했고, 또 번영케 했던 '5원소(물과 전기와 성기와 주먹과 발끝)'라고 해도 큰 무리는 없을 것이다.('7원소'를 말하는 사람들도 있는데, 그들은 거기에 수건과 밧줄을 추가했다.)

5원소의 사용 실례는 문부식을 비롯한 무수히 많은 사람들의 공판 기록과 최후 진술서 등에 잘 나타나 있는데(이상한 것은 판사들과 검사들만이 그것을 '읽지 못했다'는 것이다.) 지방 경찰서마다 조금씩 특색은 달라도 큰 틀에선 마치 누군가 대강당에 모아 놓고 가르쳐 준 것처럼, 사용 교범이 별도로 배포된 것처럼, 별다른 차이가 없었다.

우선 물의 경우는, 상처가 남지 않는다는 이유로 가장 광범위하게 사용되었는데, 어떤 경찰서는 수건을 사용했고, 또 어떤 경찰서는 화끈하게 머리끄덩이를 잡고 바로 욕조로 다이렉트 잠수시키는 방법을 애용했다는 점에서 그 차이가 있다.(수건 사용이 더 많았다. 특히 노란색 로터리 창립총회 기념 수건.) '예비' 피의자를 의자와 의자 사이에 놓인 철봉에 거꾸로 매달아 놓은 다음, 얼굴에 수건을 씌우고 그 위에 주전자나 샤워기를 사용해 물을 붓는 이 취조 기술은, 그 사람이 고교생이든 대학생이든 수영 선수든 원양어선 선원이든, 시작한 지 5분도 지나지 않아 자신의 죄를, 없던 죄까지도 모두 인정하게 만들었는데, 그 순간 그들이 경험한 것은 대부분 물속에서 치솟는 거대한 불길이었다. 처음 얼마 동안은 코에서 노린내와 신내가 진동을 하고, 속이 메스꺼워 더 이상 버티기 힘들 지경에 이르면 바로 그때부터 코와 목과 두 눈에서 불기둥이 일렁거렸고, 온몸에선 땀이, 마치 모든 땀구멍이 한꺼번에 열리기라도 한 듯, 쏟아지기 시작했다. 그러면 동시에 죄가, 없던 죄마저도, 기어이 생겨 버리고야 마는 것이었다.

　전기는 대부분 물 다음 코스로 사용되는 경우가 많았는데, 온몸에 땀이 흐른 뒤라 전기가 더 잘 통한다는 이점 때문에 그랬다. 이 경운 대부분 '칠성판'이라는 자체 개발한 각목 침대(아래쪽으로 비스듬하게 경사가 진 모양이다.)에 '예비' 피의자를 밧줄로 묶고(온몸을 발가벗긴 상태에서) 발목과 발등에 붕대를 여러 번 감은 다음, 새끼발가락과 그다음 발가락 사이에 전기 접촉면을 끼워 전류를 온몸 구석구석으로 퍼져 나가게 하는 방식으로 이루어졌다.(통상 007 가방을 들고 전국 각지로 돌아다니는 소수의 전문가에 의해 주도되기도 했다.) 전기의 경우 또한 외상을 거의 남기지 않고 치명적인 내상만 입힌다는 점에서 선호되었는데, 하지만 종종 회음부가 터져 피가 흐르거나, 발등이 새까맣게 타 버리는 사람들도 생겨나곤 했다.(물론 그들은 그 경우에도 별다른 신경을 쓰지 않았다.) 물이 사람들로 하여금 불의 환영을 불러일으킨다면, 전기는 일정한 패턴 없이, 마구잡이로, 불규칙적이고 무질서한 환영들을 만들어 내는 편이었는데, 어떤 사람들은 불 인두를 보기도 했고, 또 어떤 사람들은 낭떠러지 아래로 떨어지는 자신의 모습을 보기도 했으며, 또 일부 사람들은 머리카락 긴 여자가 바로 자신의 얼굴 앞에서 사정없이 목을 조이는 모습을 보기도 했다. 또한 사람들은 핏줄이 뒤틀리고 머리가 빠개질 듯한 통증이 밀려올 때마다 비명을 질러 대곤 했는데, 그 바람에 금세 목이 쉬어 버리기도 했다. 그러면 요원들과 형사들은 다시 목이 트이는 알약을 삼키게 해서…… 그래서 그들이 자신의 죄를 인정하게끔, 완성하게끔 도와주기도 했다.

그리고 성기와 주먹과 발끝은…… 당신이 상상한 것 그대로, 때론 그 이상으로, 빈번하게 사용되곤 했다. 따로 묶을 필요도 없고, 칠성판이나 별도의 도구가 없어도 사용 가능했으니, 더 많은 곳에서, 아무 거리낌 없이 휘둘러진 것이었다. 그래…… 그렇게 된 것이었다.

*

자, 다들 인상 좀 펴고 이것을 계속 들어 보아라.

하지만 아무리 막돼먹은 독재자의 시대라고 해도, 또 누아르의 시대라고는 해도, 그러나 제 발로 경찰서를 찾아온 사람에게 코와 입에 물을 붓고, 온몸에 전류를 흐르게 하고, 형사의 성기를 만지게 하고, 주먹과 발끝으로 닥치는 대로 모든 것을 짓밟고 짓뭉개는, 그런 취조 방식을 적용하는 일은 좀처럼, 아니 드물게라도 일어나는 법이 없었다. 그 경운 반대로 언론에 인터뷰를 주선해 주거나, 혹은 정기적으로 현찰을 건네면서 더 많은 사람들을 밀고하게끔, 자발적으로 형사 역할을 수행하게끔 만드는 게 일반적이었는데, 그래서 그랬는지 몰라도 조사의 방식 또한 다른 경우와는 사뭇 달라서, 설렁탕도 배달시켜 주고, 커피도 배달시켜 주고, 맞담배도 피우면서, 나긋나긋한 분위기 속에서 진행되는 경우가 많았다.(심지어는

다방 레지 언니들도 함께 조사실에서 질문을 하고, 질문도 받는 화기애애한 분위기가 연출되는 경우가 잦았다. "오빠 여기 왜 온 건데?" "어머, 어머, 그랬구나." 하는 식으로.) 그러니…… 우리의 나복만 또한 설렁탕도 대접받고, 커피도 마시고, 맞담배도 피운 다음, 다시 택시를 몰고 집으로 돌아오는 게 당연한 수순이었다. 나복만 역시 설렁탕이나 커피까지는 아니더라도, 형사가 권한 담배를 한 대 피우면서, 그래 그동안 얼마나 마음고생이 심했느냐, 이제 우리가 다 알아서 할 테니 너무 걱정하지 말고 집에 돌아가 있어라, 라는 식의 위로와 격려를 받지 않을까, 마음 한편 기대를 품고 경찰서를 찾아간 게 사실이었다.

하지만…… 안타깝게도 나복만은 그런 대접을 받지 못했다. 대접은커녕, 그는 원주경찰서 지하 1층에 있는 정식 조사실이 아닌, 건물 뒤편 전경 내무반 근처에 있는 자재 창고 안으로 질질 최 형사에게 멱살이 잡힌 채 끌려가, 그곳 콘크리트 바닥에 무릎을 꿇고 앉아 조사 아닌 조사를 받는 신세가 되고 말았다.(솔직히 나복만은 좀 어리둥절했다. 쭈뼛쭈뼛 예전에 한 번 들어가 본 적 있던 정보과 문을 열고 들어가서, 때마침 일일 동향 보고서 작성을 위해 열심히 타자를 치고 있던 최 형사에게 서류 봉투와 몽타주를 내밀며 "이걸 좀 신고하려고 왔는데요……."라고 말했을 뿐인데, 자신은 분명 그 말밖에 하지 않았는데, 그 이후론 상황이 급작스럽게 변해 버리고 말았다. 봉투 속 서류들을 잠시 훑어보던 최 형사는 어디론가 급히 다녀왔고, 그다음엔 곧장 그의 멱살을 잡고 허름한 창고로 이동했다. 그러니, 나복만으로선 그 모든 것이 그저 어리둥절할 수밖에.) 물론 그 모두는 최 형사로부터 서류 봉투를 건네받은 곽용필 경정이 직접 지시한 사항이기도 했다.

자재 창고 안에서의 취조는 주로 최 형사가 맡았다. 곽용필 경정은 최 형사에게서 몇 발짝 떨어진 허름한 나무 의자에 걸터앉아 가만히 나복만을 바라보기만 했다. 처음 서류 봉투 속 자신의 아들의 일기와 맨 뒷장에 포함된 김상훈의 편지를 다 읽은 뒤에도, 곽용필 경정은 그러나 좀처럼 분노나 배신, 자책이나 회한 같은 감정은 들지 않았다. 그 대신 그는 자신이 어떤 음모에 휘말려 들었다는 생각이 들었고, 그래서 최대한 조용히, 말이 새어 나가지 않는 방향으로 (최 형사와 단둘이서만) 신속하게 일을 처리하기로 마음먹었다. 아내와 아들의 담임을 단죄하는 것은 그다음 일이었다. 배후가 누구일지, 누가 장난을 치는 것인지, 그것을 알아내는 게 우선이었다. 그래서 그는 겁먹은 눈으로 끔뻑끔뻑 최 형사를 쳐다보는 나복만을 바라보면서도 속으론 계속 누구일까, 누가 자신의 약점을 잡으려 드는 것일까, 오직 그것만을 고민했다. 문부식 일당이 하필 원주로 잠입해 오는 바람에, 그리고 최기식 신부가 사건에 연루되는 바람에, 한 달이 넘도록 집에도 제대로 들어가지 못한 상태였고, 또 지금도 계속 그런 상황이었지만, 덕분에 곽용필 경정은 연말 단행될 정기 인사에서 유력한 총경 진급 대상자로 거론되고 있었다. 아마도 그것 때문이 아닐까? 말단 순경에서부터 시작해 악착같이 야간 대학과 대학원까지 졸업하면서 경력을 쌓고, 또 아랫사람들 보기 민망할 정도로 윗선들과 요원들에게 고분고분 머리를 숙이면서 여기까지 올라왔는데, 아마도 그것을 못마땅하게 여긴 사람들이 장난을 치는 게 아닐까……. 곽용필 경정은 거의 그렇게 확신했다.

하지만 본격적인 취조가 시작되자마자 상황은 정반대로, 곽용필 경정이 전혀 예상치 못한 방향으로 엉뚱하게 흘러가고 말았다.

최 형사는 무릎을 꿇은 나복만의 눈높이에 맞춰, 허리를 조금 아래로 숙인 상태에서 물었다.

"너 이 새끼야, 여기가 어딘 줄 알지? 너 지금부터 묻는 말에 똑바로 대답해야 해!"

나복만은 두 눈을 아래로 내리깐 채 고개만 끄덕였다.

"너, 이거 여기로 왜 갖고 온 거야? 누구 부탁으로 정보과로 이걸 갖고 온 거야? 응?"

"저는 그냥…… 신고하려고……."

나복만의 말이 채 끝나기도 전에 최 형사가 뺨을 한 대 내리쳤다. 그러곤 곧바로 나복만의 복부를 오른발로 걷어찼다. 나복만은 배를 움켜쥔 채 앞으로 고꾸라졌고, 뒤에선 "살살 해라, 살살 해." 라는 곽용필 경정의 목소리가 들려왔다.

"일어나, 이 새끼야."

최 형사는 나복만을 다시 일으켜 앉혔다. 나복만의 노란색 택시 기사 유니폼 한가운데엔 최 형사의 발자국이 선명하게 찍혀 있었다.

"너 이 새끼야, 저기 뒤에 계신 분이 누군 줄이나 알아? 누군 줄이나 알고 네가 지금 이러는 거야, 응? 어서, 더 큰일 나기 전에 불어, 이 새끼야! 누구야, 누가 너한테 이런 일 시킨 거야?"

"저기, 그게…… 그러니까……."

"그래도 이 새끼가!"

최 형사의 손이 또다시 위로 올라갔다. 나복만은 반사적으로 어깨를 움찔거리며 흘끔 곽용필 경정을 바라보았다.

"저는 정말 아무것도 몰랐거든요……. 그 사람들이 저를…… 저도 모르게 끌어들인 건데……."

"그러니까 이 새끼야, 그 사람들이 누구냐고!"

나복만은 잠깐 뒤통수를 긁적거린 후 말했다.

"그러니까 그게…… 그러니까 그게…… 지학순 주교님이라고……."

나복만의 입에서 지학순 주교의 이름이 튀어나오자마자, 곽용필 경정과 최 형사의 눈이 동시에 마주쳤다. 곽용필 경정은 자리에서 일어나 최 형사 바로 앞까지 다가왔다.

"누, 누구? 지, 지학순 주교?"

곽용필 경정이 묻자, 나복만은 말없이 고개를 끄덕였다.

"그, 그 사람이 이걸 왜 너한테 줘? 그, 그 사람한테서 이게 나왔다고?"

"그게 저도 나중에 알았는데…… 그분이 저를 무지하게 좋게 생각하셔서…… 택시도 항상 제 택시만 이용하라고 하시고……."

곽용필 경정은 잠깐 천주교 쪽에서 조직적으로 자신을 음해하려고 이러는 것이 아닐까, 생각하기도 했다. 최기식 신부를 구속한 것에 앙심을 품고……. 그렇다면 그건 단순히 진급 경쟁자들 사이의 암투와는 차원이 다른 문제였다.

146

"이 새끼가 지금 뭐라고 헛소리를 하는 거야!"

최 형사가 다시 나복만의 가슴을 걷어찼다.

"누가 누굴 좋게 생각해, 이 새끼야!"

최 형사는 곽용필 경정이 슬쩍 팔을 잡아끌 때까지 계속 넘어진 나복만의 몸 위로 발길질을 해 댔다. 나복만은 두 팔을 올려 얼굴을 가린 채, 이리저리 자재 창고 바닥을 굴러다녔다.

곽용필 경정은 최 형사를 창고 구석으로 데려가서 귓속말로 물었다.

"쟤, 저거 왜 저러는 거 같아? 저게 도대체 뭔 소리야?"

최 형사는 나복만 쪽으로 침을 한 번 뱉고 나서, 나복만도 다 들으라는 듯 큰 소리로 말했다.

"왜 그러긴 빤하지 않습니까? 저 새끼, 저거 지금 돈 바라고 저러는 거예요. 딱 보면 모르시겠어요, 과장님? 돈 더 뜯어내려고 지학순 주교 이름 파는 거라고요. 지금 여기서 지학순 주교가 왜 나옵니까, 지학순 주교가…… . 제깟 게 뭘 안다고…… . 그냥 어쩌다 택시에서 주운 거 갖고 저러는 거라구요."

사실, 최 형사는 나복만의 얼굴을 잘 기억하고 있었다. 그가 예전 자신의 실수로 인해 지방신문 두 군데에 이름이 실린, 바로 그 택시 기사라는 것 또한 잘 알고 있었다. 하지만 그는 그런 사실을 곽용필 경정에겐 보고하지 않았는데, 어쩌면 이 모든 일의 시작이 최 형사, 바로 자신에게 있을지 모른다는 찜찜함 때문이었다. 그래서 그는 오직 '돈'으로, 오직 '돈' 때문인 것으로 나복만을 몰아갔다.

"저기 말이야…… . 그럼 그냥 얼마 줘 버리는 게 어떨까?"

곽용필 경정이 다시 작은 목소리로 최 형사에게 말했다.

"과장님!"

"조용히, 조용히…… 그냥 조용히 해결하자고. 시끄러워져 봤자 좋을 거 하나 없잖아."

곽용필 경정은 담배를 한 대 꺼내 물면서 나복만을 바라보았다. 나복만은 바닥에 엎드린 채 가슴에 손을 대고 쿨럭쿨럭 마른기침을 해 대고 있었다.

곽용필 경정과 최 형사는 나복만에게로 다가갔다.

"너, 이런 거 들고 현직 경찰 간부를 협박하는 게 얼마나 큰 범죄인 줄 아니?"

곽용필 경정은 나복만의 머리 앞에 쭈그리고 앉아, 서류 봉투를 들어 보이면서 말했다.

"에, 또 그러니까…… 이런 걸 바로 공무 집행 방해라고 하는 거거든. 너, 그게 뭔 줄이나 알아?"

곽용필 경정이 말을 하는 도중, 최 형사는 나복만의 옆구리를 발끝으로 툭툭 차며 "일어나, 이 새끼야. 엄살 피우지 말고."라고 말했다. 나복만은 한 손으로 바닥을 짚고 일어나, 다시 무릎을 꿇었다.

"돈이 필요해서 그래?"

곽용필 경정은 지갑에서 만 원짜리 지폐 다섯 장을 꺼냈다가, 다시 세 장만 나복만의 무릎 위에 내려놓았다.

"택시 기사가 손님들 태워서 돈 벌 생각을 해야지, 이런 걸로 요행을 바라면 쓰나."

곽용필 경정은 나복만의 뺨을 가볍게 두 대 톡톡, 건드렸다. 나복만은 자신의 무릎에 놓인 지폐와 곽용필 경정의 얼굴을 번갈아 가며 바라보았다.

"한데, 넌 어떻게 내가 여기 근무하는 줄 알고 이쪽으로 온 거야? 서류 봉투엔 집 주소밖에 없는데? 정말 누가 시킨 거 아니야?"

"저는 그러니까 그게……."

나복만은 곽용필 경정의 손에 들린 서류 봉투를 보면서 말했다.

"나, 난, 난수표는 경찰에 갖고 가서 신고를 해야 하는 거니까, 그래서……."

최 형사와 곽용필 경정의 눈이 다시 한 번 마주쳤다.

"저거 때문에 제 친구도 없어져서…… 그래서……."

나복만은 고개를 숙인 채 거의 울먹거리는 목소리로 말했다.

곽용필 경정은 들고 있던 서류 봉투에서 다시 자신의 아들 일기와, 김상훈의 편지를 꺼내 후루룩, 빠르게 페이지를 넘기며 훑어보았다. 그리고 그것을 다시 나복만의 얼굴 앞으로 내밀었다.

"너 지금 이게 난수표라는 거야? 이게 난수표라고?"

곽용필 경정의 목소리가 커졌다. 그는 나복만이 쉽게 물러서지 않는 것에 당황했다. 돈을 더 줘야 하나? 그는 목소리를 높이면서도 계속 그런 생각만 했다. 난수표라는 단어는 그저 귓등으로 흘려 버렸고, 그 대신 뭘, 얼마나 더 달라는 거야, 라는 생각만, 그런 계산만, 곽용필 경정의 머릿속에서 복잡하게 떠돌아다녔다.

하지만, 바로 그 순간, 자재 창고 문이 열리면서 누군가 천천히 그들 곁으로 걸어 들어왔는데, 그로 인해 곽용필 경정의 머릿속 생각과 계산들은 말끔하게 사라지고 말았다. 갑자기 전원이 나간 텔레비전 화면처럼 팟, 순식간에 머릿속이 암흑으로 변해 버렸기 때문이었다.

*

자, 이것을 허리띠를 느슨하게 푼 채 계속 들어 보아라.

언제부터 원주경찰서 주재 안기부 요원이 자재 창고 앞에 와 있었는지, 그가 처음부터 곽용필 경정의 뒤를 의도적으로 밟은 것인지, 그도 아니면 그가 갑자기 나무 의자 같은 것이 필요해서 잠깐 들른 것인지, 그런 것들은 전혀 중요한 게 아니었다. 정말 중요한 건 그가 천천히 곽용필 경정 쪽으로 걸어와, 그의 손에 들려 있던 곽병회의 일기와 김상훈의 편지를 한 장 한 장 넘겨 봤다는 것(그가 그것들을 읽어 보는 동안 곽용필 경정과 최 형사는 거의 부동자세로 서 있기만 했다.), 그리고 그가 착 가라앉은 목소리로 이런 말을 건넸다는 데 있었다.

"이건 난수표 맞지 않습니까, 과장님?"

안기부 요원은 선글라스를 고쳐 쓰며, 그러나 시선은 여전히 곽병회의 일기에서 떼지 않은 채 물었다.

"에, 또…… 그러니까 그게……."

곽용필 경정은 안기부 요원의 질문에 쉽게 대답할 수가 없었다. 처음, 안기부 요원이 자재 창고 안으로 걸어 들어오는 모습을 보았을 때까지만 해도, 곽용필 경정은 자신에게 덫을 놓은 사람이 비로소 그 모습을 드러낸 것이라고 생각했다. 그래서 그는 당황했고, 마음속에서 무언가 덜컥, 내려앉는 소리를 듣기도 했다. 하지만, 곽용필 경정은 이내 애써 침착하려고 노력했다. 그는 어쨌든 이 모든 상황에서 벗어나야 한다고 생각했다. 그것이 우선이었다. 그렇다면…… 그가 할 수 있는 일은 뻔해 보였다.

"안 그렇습니까, 과장님?"

안기부 요원은 좀 더 낮은 목소리로 재차 물었다.

"에, 또, 저희도 그런 거 같아서 지금 막 보고를 하려던 참에……."

안기부 요원은 그때까지 계속 무릎을 꿇고 앉아 있던 나복만의 팔짱을 껴, 자리에서 일으켜 세웠다. 최 형사는 나복만에게서 두어 발짝 떨어진 곳에, 계속 부동자세를 취한 채 서 있었다.

"선량한 시민을 이렇게 다루시면 안 되죠. 민주주의 사회에서……."

안기부 요원은 한 손으로 탁탁, 나복만의 택시 기사 유니폼에 찍혀 있는 최 형사의 발자국을 털어 내 주며 말했다. 그러곤 다시 톡톡, 나복만의 어깨를 두드려 주었다.

나복만은…… 그 모든 것들을 어리둥절한 표정으로, 마치 탁구 경기 관람하듯 힐끔힐끔 한 사람 한 사람 얼굴 표정을 곁눈질로 훔쳐보던 나복만은, 순간 울컥하는 마음이 들어 찔끔 눈물을 흘리고 말았는데, 급기야 그 눈물은 안기부 요원의 손에 이끌려 천천히 자

재 창고를 빠져나오는 순간 걷잡을 수 없이 터져 버렸다. 그래서 그
는 거의 안기부 요원의 손에 몸을 맡긴 채, 한 손으론 연신 눈물을
훔치면서, 절뚝절뚝 자재 창고 밖으로 걸어 나갔다. 자신이 지금 어
디로 가고 있는지도 모른 채, 자신의 신분이 방금 전 어떻게 뒤바뀐
것인지도 모른 채, 엉엉 큰 소리로 울면서…… 그렇게 끌려 나간 것
이었다.

2부

1

자, 이것을 숨 호흡 한 번 길게 하고 나서, 새로 시작하는 마음으로 찬찬히 읽어 보아라.

나복만에게서 느닷없는 편지가 도착하고 1년쯤 지난 1988년 7월 18일 오후, 김순희는 근 6년 만에 다시 원주 땅을 밟게 되었다. 보름 가까이 이어지던 장마가 모두 물러나고, 분지 도시 특유의 후텁지근한 공기가 나흘째 도로와 건물 사이사이에 아교처럼 찐득하게 내려앉아 있던 그날, 김순희는 우산동 시외버스 터미널을 걸어 나와 인도에 줄지어 늘어선 가로수 그늘 아래에 섰다. 거리엔 휴가를 나온 듯한 군인들과, 수건을 머리에 두른 채 삶은 옥수수를 파는 할머니들, 그리고 면회를 온 듯 자주 손목시계를 내려다보고 있는 젊은 여자 한 명이 계속 같은 자리를 맴돌고 있었다. 택시 기사들은 운전석 문을 활짝 열어 놓은 채 손으론 연신 부채질을 하면서 시외버스 터미널에서 나오는 사람들을 쳐다보고 앉아 있었다. 김순희는 그 모습들을 천천히 바라보다가 저도 모르게 원주네, 라고 작은 목소리로 웅얼거렸다. 수원에서 원주까지 내려오는 두 시간 내내, 그녀는 앞 좌석에 달려 있던 손잡이를 두 손으로 꼭 잡고 있었는데, 그래서였는지 몰라도 시외버스가 원주 톨게이트 근처에 다다랐을 무렵엔 팔목과 어깨에 힘이 모두 빠져 버려 현기증까지 조금 일 정도였다. 하지만, 막상 시외버스에서 내려 한 걸음 한 걸음 걷기 시작하자 현기증도 모두 사라지고, 마음도 의외로 담담해졌다. 마치 몇 달 전에 왔던 도시를 다시 한 번 방문한 느낌이었다. 김순희는 그런 자신의 느낌이 당황스러웠지만, 그래서 또 한편 잠시도 주저하지 않고 걸음을 옮길 수 있었다.

그녀는 맨 앞에 서 있던 택시에 올라탔다. 그리고 말했다.

"중앙시장 쪽으로 가 주세요."

사실, 김순희는 좀 더 일찍 원주로 내려올 작정이었지만, 그 전에 먼저 찾아야 할 사람이 있었다. 그녀는 그것을 예전 자신을 수원까지 데려다 준 부목사에게 부탁했다.(그는 원주 부근 횡성에 있는 한 개척 교회의 담임 목사가 되어 있었지만, 김순희에겐 여전히 부목사였다.) 부목사는 몇 번인가 수화기 저편에서, 김순희에게 그러지 말라고 만류했다. 세상이 조금 달라졌지만, 그러나 변한 건 아무것도 없다는 말을 했다. 찾아봤자 아무 소용 없을 거라는 말도, 네가 감당하기 어려울 거라는 말도 덧붙였다. 김순희는 부목사의 말에 수긍했다. 하지만 얼마 지나지 않아 김순희는 다시 전화를 걸어, 그래도 꼭 한번 만나 보고 싶다는 말을 전했다. 부목사는 잠깐 동안 아무 말 없이 한숨만 길게 내쉰 후, 기도하고 결정한 거니, 라고 물었다. 김순희는 그 말에 곧장 대답할 수가 없었다. 김순희는 수화기를 두 손으로 부여잡고 울먹거리기 시작했다. 그리고 말했다. 기도를 할 수가 없어서 그래요……. 그 말 이후, 부목사도 김순희도 서로 아무런 말도 하지 않았다. 그 말이 어떤 의미인지 부목사도 김순희도 서로 잘 알고 있었기 때문이었다.

부목사가 알아봐 준 '치악산 숯불갈비'는 중앙시장 오른쪽 다섯 번째 통로에 자리하고 있었다. 가운데 둥그런 구멍이 뚫린 테이블이 네 개 있고 한쪽엔 다다미를 깐 방이 있는, '이곳에 들어오는 모든 사람에게 평화'라는 액자가 정면 중앙에 걸려 있는 가게였다. 김순희는 그 액자 속 문구를 잠깐 동안 바라보다가 출입문에서 가장 가까운 테이블에 앉았다. 점심시간이 지난 오후 2시 무렵이라서 그런지 가게엔 손님이 한 명도 없었다. 싱크대가 훤히 들여다보이는 주방에선 김순희 또래의 여자가 아이를 등에 업은 채 파를 다듬고 있었고, 다다미를 깐 방에선 이제 막 국민학교에 입학했을 법한 사내아이 하나가 테이블에 무릎을 꿇고 앉아 공책에 무언가를 정성껏 적고 있었다. 다른 사람은 눈에 띄지 않았다. 김순희는 몇 번 주방 쪽을 바라보다가, 물컵을 들고 온 사내아이에게 돼지갈비 2인분을 주문했다. 주방에 서 있던 여자는 김순희를 한 번 흘끔 바라보고 난 후, 싱크대 옆쪽으로 나 있는 작은 쪽문을 열고 소리쳤다.
"손님 왔어요!"

물수건과 밑반찬이 먼저 나오고, 사내아이가 낡은 선풍기의 목을 김순희 쪽으로 돌려 주고 난 후…… 얼마 지나지 않아 러닝셔츠를 입은 남자 하나가 세숫대야 모양의 화덕을 들고 가게 안으로 들어섰다. 목에는 수건을 두르고, 두 손엔 목장갑을 낀 모습이었다. 러닝셔츠 곳곳엔 검댕이 묻어 있었고, 이마와 목 부위는 마치 술을 마신 듯 벌겋게 달아올라 있었다. 살이 좀 붙고 머리숱이 조금 줄어들긴 했지만, 김순희는 그가 바로 자신이 찾던 그 사람이라는 것을 대번에 알아챌 수 있었다. 남자는 시선을 화덕에 둔 채, 한 발 한 발 테이블 쪽으로 다가왔다. 김순희는 숨을 크게 한 번 내쉬고 침착하려 노력했다. 하지만 그가 테이블에 채 다가오기도 전에 저절로 고개가 아래로 수그러지는 것을 어찌할 순 없었다. 그리고 또다시 쩡, 쩡, 쩡, 잊고 있었던 소리가 귓가에 들려왔다. 김순희는 허벅지 위에 올려놓았던 두 손에 힘을 주었다. 남자는 허리를 숙여 화덕을 내려놓다 말고 잠깐 멈칫, 했다. 그러곤 다시 아무 일 없다는 듯 테이블 가운데 난 구멍에 조심스럽게 화덕을 맞춘 후, 주방 쪽으로 걸어갔다. 남자는 목에 걸고 있던 수건으로 바지를 툭툭 털어 내며 여자에게 말했다.

　"고기 좀 많이 드려. 아는 분 오셨어."

＊

　자, 이것을 맥주라도 한 캔 마시면서 계속 읽어 보아라.

그날 김순희와 테이블에 마주 앉은 최 형사는 그러나 어디서 뵌 분은 확실한데, 이거 기억이 잘 안 나서 어쩌죠, 라는 말부터 꺼냈다. 그러면서 그는 냉장고에서 맥주를 한 병 꺼내 와 위아래 좌우로 성호를 한 번 그은 후, 천천히 그것을 마셨다. 그는 불판에 고기를 올려놓은 다음, 다시 먹기 좋게 가위로 잘라 가장자리에 놓아 주기도 했는데, 김순희는 그런 그의 손을 물끄러미 바라보기만 했을 뿐, 아무런 말도 하지 않았다. 아니, 하지 못했다. 그녀는 속으로 우린 원주경찰서 지하 조사실에서 처음 만났었죠, 라고 말했다. 지시봉으로 제 가슴을 쿡쿡 찌르면서 징그럽게 웃기도 했고, 제 머리끄덩이를 잡고 욕을 해 대기도 했고, 제 빰을 한 대 두 대 세 대, 무표정한 얼굴로 계속 때리기도 했잖아요. 그녀는 그 말들을 계속 입안에서, 마치 밀가루에 물을 붓고 반죽하는 것처럼 계속 치댔으나, 그러나 결국 꺼내 놓진 못했다. 그녀는 그것이 다다미방에 앉아 있는 사내아이와 주방에 아이를 업고 서 있는 여자 때문이라고 생각했지만, 이내 곧 자신 안에 남아 있는 어떤 두려움 때문이라는 것을 깨달았다. 그녀는 그때까지도 계속 허벅지 위에 올려 있는, 주먹 쥔 자신의 두 손을 내려다보았다. 변한 것은 아무것도 없었다.

"경찰 할 때 뵌 분…… 맞죠?"

최 형사는 고기를 뒤집던 집게를 허공에 멈춘 채 물었다. 김순희는 짧게 고개를 끄덕였다.

"허허, 근데 이거 진짜 기억이 좀체……."

최 형사는 고개를 돌려 주방 쪽을 흘끔 바라보며 말했다. 주방에 서 있던 여자는 냉장고 옆 작은 의자에 앉아 아이에게 젖을 물리고 있었다.

"한데, 어쩐 일로 저를……?"

김순희는 들고 온 가방에서 주섬주섬 수첩을 꺼냈다. 그리고 수첩 중간에 껴 있던, 직사각형 모양으로 오려진 신문 기사 하나를 최 형사 앞쪽으로 내밀었다. 1982년 6월 28일자, 강원도 지역에서만 발행되는 지방신문에 실린 작은 스트레이트 기사였다. 그것은 김순희가 지난 1년 동안 대학 도서관 열람실에서 찾아낸, 유일한 나복만의 흔적이기도 했다.

"나복만 씨라고…… 혹시 기억 안 나세요?"

김순희는 작은 목소리로 간신히 입을 열었다.

"안전택시에 근무했던 기산데……."

최 형사는 계속 김순희가 내민 신문 기사만 내려다보았을 뿐, 그녀와 눈을 마주치지 않았다.

"글쎄요……? 이건 그냥 단순한 교통사고 같은데……."

김순희는 대답 대신 이번엔 빤히 최 형사의 얼굴만 바라보았다. 최 형사는 고개를 갸웃거리며 바지 주머니에 들어 있던 담배를 꺼내 물었다.

"제가 맡은 기억은 없는데요. 이건 부서도 다르고…… 뭐, 맡았던 일들이 워낙 많았어야죠. 그게 지겨워서 그만둔 거기도 하지만."

최 형사는 신문 기사를 다시 김순희 쪽으로 내밀면서 말했다. 불판 위 고기들은 이미 새까맣게 타들어 가고 있었다.

"한데, 이 사람한테 무슨 문제가 있나요?"

김순희는 최 형사가 내민 신문 기사를 움켜쥔 채, 잠시 가게 정

중앙에 걸려 있는 액자를 노려보았다. 그리고 말했다.

"아직…… 돌아오지 않고 있어서요."

그것이 전부였다. 그 후, 김순희와 최 형사는 말없이 계속 테이블에 마주 앉아 있기만 했다. 최 형사는 느릿느릿 남은 맥주를 마셨고, 맥주를 다 마신 다음엔 몇 번 싱크대 옆쪽으로 나 있는 쪽문과 테이블 사이를 들락날락거렸다. 그리고 어느 순간부터는 아예 가게 안으로 들어오지 않고 모습을 감춰 버렸다. 김순희는 최 형사가 나가 버린 쪽문을 한참 동안 바라보았다. 저 문을 열고 나가면, 바로 거기, 최 형사가 지시봉을 든 채 서 있을 것만 같았다. 김순희는 계속 자리를 지키고 앉아 있었다. 그리고 얼마 후, 그녀는 젓가락을 들어 이제는 화로 속 숯불마저 모두 꺼져 버린, 그래서 차갑고 단단하게 식어 버린 돼지갈비를 한 점 두 점 입안으로 쑤셔 넣기 시작했다. 상추도 싸지 않고, 다른 밑반찬은 손도 대지 않은 채, 그저 고기만 입안으로 욱여넣었다. 다다미방에 앉아 있던 사내아이가 허리를 길게 빼 그런 김순희를 바라보았지만, 그녀는 젓가락질을 멈추지 않았다. 그녀는 무언가에 단단히 화가 난 사람처럼 보였다. 그 대상이 최 형사가 아닌, 자기 자신이라는 것을 김순희는 스스로 잘 알고 있었다. 그녀는 스스로 수치스러웠고, 스스로 부끄러웠다. 자신이 원주까지 내려와 최 형사를 만난 것은, 사실 나복만 때문이 아닌 자기 자신을 위해, 자기 스스로의 기도를 위해 그런 것이었음을, 그 마음을 비로소 들여다봤기 때문이었다. 그녀는 이렇게 되리라는 것을 모두 다 예상했지만, 그럼에도 최 형사를 만나러 온 것이었다.

김순희는 돼지갈비 2인분을 남김없이 먹은 후, 자리에서 일어났다. 최 형사는 그때까지도 계속 돌아오지 않고 있었다. 주방에 앉아 있던 여자에게 계산을 치르고 돌아서려던 김순희는, 다시 계산대로 돌아와 짧은 메모 한 장을 남겼다. 그녀는 이렇게 썼다.

"제가 기억나시거든 아래 번호로 연락 주세요. 기다리겠습니다."

그녀는 메모 끝에 부목사의 교회 전화번호를 적었다. 수원 직장 전화번호를 적어 놓을까, 망설였지만 그녀는 그러지 않았다. 그것이 또 한 번 그녀를 부끄럽게 만들었다. 하지만 더 이상 마음은 아프지 않았다. 마음도 몸도, 이미 모두 지쳐 버렸기 때문이었다.

*

자, 이것을 떠나간 옛 애인들을 떠올리며 계속 읽어 보아라.

그날 중앙시장에서 최 형사를 만나고 나온 김순희는 곧장 수원으로 돌아가지 못했다. 오한이 든 것처럼 몸이 계속 떨리고 열이 나서 바로 시외버스에 오르지 못한 까닭도 있었지만, 더 큰 이유는 그래도 여기까지 왔는데 부목사 얼굴이라도 한 번 보고 가야 하지 않을까, 최 형사를 만난 이야기를 해 줘야 하지 않을까, 거기까지 생각이 닿았기 때문이었다. 결과적으론 그 생각이 또 한 번 그녀 인생을 통째로 변하게 만든 결정적인 계기가 되었지만, 당연하게도 당시 김순희는 그것을 전혀 예상하지 못했다. 그녀는 그저 조금 위로받고 싶다는 마음과, 쉬고 싶다는 마음, 그리고 원인을 알 수 없는 서

러움까지 더해져 부목사에게 전화를 걸었고, 그리고 난 후 곧장 횡성까지 나가는 62번 버스에 올라탄 것이었다.

부목사의 교회는 횡성 읍내에서도 한참 떨어진 갑천면 중금리라는 곳에 위치해 있었다. 버스에서 내려 숲길을 따라 40분 정도 걸어가야 나오는 작은 촌락 내 정미소를 개조해 만든 단층짜리 교회였다. 처음, 김순희는 마을 입구까지 마중 나온 부목사를 제대로 알아보지 못했는데, 그가 밀짚모자를 눈썹 바로 위까지 깊숙이 눌러쓰고 있었기 때문이기도 했지만, 그의 몸피가 예전과 다르게 지나치게 말라 있었던 탓이 더 컸다. 거무스름하게 그을린 피부에 툭 불거져 나온 광대, 그리고 무릎 위까지 걸어 올린 바지와 그 아래로 보이는 앙상한 종아리까지. 6년 만에 만나는 부목사는 성직자라기보단 농사꾼에 더 가까워 보였고, 어딘가 모르게 조금 지쳐 보이기까지 했다. 그들은 곧장 교회로 들어가 기도부터 먼저 했는데, 기도를 하는 내내 김순희는 부목사의 목소리 또한 종아리처럼 바싹 마른 듯한 느낌을 받았다. 그리고 그것이 기도를 끝낸 후에도 김순희의 머릿속을 떠나지 않았다. 부목사는 김순희를 데리고 교목실로 들어가 직접 미숫가루를 타 주며 이런저런 이야기를 했다. 하지만 그것은 최 형사에 대한 이야기가 아닌, 주로 이곳에서 하고 있는 포도 농사에 관한 것들이었다. 그녀가 알지 못하는 황산가리 시비하는 일이나 곁순 제거, 전정하는 일과 차광막 설치하는 일의 번거로움에 관한 것들이었다. 김순희는 어쩐지 부목사가 일부러 그런 이야기들을 늘어놓는 것이라 생각했지만, 가만히 듣고만 있었다. 그 마음이 무엇 때문인지 잘 알고 있었기 때문이었다. 그리고 그 마음이 느껴지자, 이상하게도 부목사의 종아리 쪽으로 더 자주 시선이 쏠리게 되었다. 그것은 전화상으론 도무지 알 수 없었던 부목사의 모습이었다.

그날 김순희가 부목사의 교회에서 머문 시간은 두 시간이 채 되지 않았다. 수원까지 올라가는 버스 시간 때문이기도 했지만, 노크도 없이 불쑥불쑥 교목실로 들어와 방제 작업을 언제 할 것인지 묻는 마을 작목반 사람들과, 여름성경학교 반 편성을 다시 해 달라고 부탁하는 학생들로 인해 어쩐지 자신이 짐이 되고 있다는 느낌을 받았기 때문이었다. 부목사는 낡은 오토바이로 김순희를 62번 버스 정류장까지 태워 주었는데, 그때까지도 계속 최 형사 얘기는 꺼내지 않았다. 이제 오는 길 알았으니까 종종 들러. 포도 잼 만들어 놓을 테니까 갖고 가. 부목사는 고개를 뒤로 돌려 큰 목소리로 말했다. 김순희는 대답 대신 몇 번 고개만 주억거렸다. 그러면서도 계속 오토바이 브레이크 페달에 올려진 부목사의 뒤꿈치와 종아리를 흘끔흘끔 내려다보았다. 손을 뻗어 부목사의 종아리가 몇 뼘이나 되는지 재 보고 싶은 충동이 일어 그녀는 자주 두 눈을 감았다. 두 눈을 감은 채 김순희는 일부러 최 형사의 얼굴을 떠올려 보려 노력했지만, 어쩐 일인지 불과 몇 시간 전에 만난 그의 얼굴이 도통 기억나지 않았다. 그래서 그녀의 머릿속에는 온통 부목사의 종아리만 남게 되었다.

                                    *

  자, 이것을 잉크 한 방울 뚝 떨어진 습자지를 생각하며 읽어 보
아라.

  원주에 다녀온 그다음 주, 김순희가 몸담고 있던 시설은 몹시 분
주했다. 시설에서 얼마 떨어지지 않은 곳에 위치한 의왕시 소재 한
사설 장애 아동 보호시설에서 화재가 일어났기 때문이었다. 슬레이
트 가건물 다섯 동이 ㄷ자형으로 이어진 그 장애 아동 보호시설은,
방과 창문, 복도와 복도 사이마다 어른 팔뚝 두께만 한 철창들이 줄
지어 서 있었는데, 결과적으론 그 철창들이 더 많은 아이들의 목숨
을 앗아 가는 데 결정적인 역할을 하고 말았다. 시신으로 발견된 여
섯 명의 아이들은 모두 철창 앞에 모여 있었다. 손으로 벽을 긁지도
않았고, 철창을 부여잡지도 않은 채, 조용히 그 자리에 절하듯 엎
드려 있었다고 경찰은 전했다. 사고 직후, 철창 열쇠를 허리춤에 달
고 다니던 보육 교사와 직원들, 원장 부부가 연이어 체포되었다. 그
들은 그 시각, 각각 탁구장과 목욕탕, 그리고 서울 세종문화회관 대
극장에 앉아 있었다고 진술했다.(원장 부부는 그때 푸치니의 오페라
「라 보엠」을 관람하고 있었다고 한다.) 후원금과 정부 보조금 횡령, 아
동에 대한 가혹 행위와 부당 노동 행위 등등이 줄지어 드러났고,
시설은 곧장 폐쇄와 함께 철거 절차에 들어가게 되었다. 그리고 살
아남은 아이들은 각각 성남과 부천, 인천과 수원에 있는 아동 보호
시설로 분산 수용되었는데, 김순희가 근무하던 시설에도 아홉 명이

나 되는 아이들이 새로 들어오게 되었다.

　김순희와 그녀의 동료들은 새로 들어온 아이들의 행정적인 문제나 예산 문제, 식자재 구입 같은 문제 때문에 잠시도 쉴 틈 없이 바쁘게 돌아다녀야만 했다. 아이들의 숙소 문제 역시 딱히 해결할 길이 없어, 직원들은 각자 자신의 방에서 두세 명의 아이들과 함께 지내야만 했다. 새로 들어온 아홉 명의 아이들은 대부분 외상 후 스트레스 장애에 시달렸는데, 대소변도 꼭 방 안 책상 아래에서 해결하려 했고, 식사나 씻는 일 또한 숙소 외 다른 곳에선 하려 들지 않았다. 아이들은, 직원들이나 교사들이 방 밖으로 데리고 나오려고 하면 알 수 없는 괴성을 지르며 두 손으로 책상 다리나 서랍장 홈을 움켜잡고 놓지 않았다. 하루 종일 무릎 아래가 뜨겁다고 무표정한 얼굴로 계속 칭얼거리는 아이가 있는가 하면, 계속 한쪽 벽을 똑똑 노크하듯 두들기는 아이도 있었다. 김순희는 하루에 두세 시간도 눈을 붙이지 못하고 계속 그 아이들을 씻기고 재우고 먹이는 일에 최선을 다했다. 다른 동료 교사들은 모두 피곤해하고 힘들어하는 기색이 역력했지만, 김순희는 그렇지 않았다. 그녀는 마치 예전 처음 시설에 막 들어왔을 때처럼 쉬지 않고 자신의 몸을 움직였다. 인상을 쓴 적도 없었고, 아이들에게 짜증을 내지도 않았다.

　그리고…… 그렇게 2주가 지난 후 다시 돌아온 토요일 오후, 김순희는 시설 원장에게 양해를 구했다.

　"일요일까지 어딜 좀 다녀와야 할 거 같아서요."

　시설 원장은 조금 당황한 얼굴로 김순희를 바라보았다.

　"급한 일인가요? 저기, 김 선생님도 아시다시피 지금 상황이……."

"꼭 가 봐야 하는 곳이라서요."

김순희는 무표정한 얼굴로 말했다. 시설 원장은 한 손으로 이마를 짚었다.

"무슨 일 있어요?"

"아니요. 예배를 좀 드리고 오려고요."

"예배요? 예배라면 여기서도 볼 수 있잖아요?"

김순희는 잠시 침묵을 지켰다. 그리고 말했다.

"여기서는 볼 수 없는 사람이 있어서요."

시설 원장은 김순희의 얼굴을 빤히 바라보았다.

"여기에서 먼 곳인가요?"

"강원도 횡성이에요."

김순희는 그렇게 말한 후, 시설 원장의 허락을 기다리지도 않고 먼저 자리를 피했다. 그것은 이미 그녀 마음속에서 누군가의 허락을 기다리는, 그런 차원의 일을 넘어섰기 때문이었다.

*

후에, 김순희는 부목사에게 처음 횡성에 들렀다가 수원으로 돌아간 그 2주 동안 단 하루도 자신을 의심하지 않고 그냥 넘어간 날이 없었다고 고백했다. 그것은 시설 원장에게 통보 아닌 통보를 하고 다시 원주행 시외버스에 오를 때까지도 꾸준히 지속된 의심이었는데, 그때까지도 그녀는 그것이 사랑인지 오해인지, 그도 아니면 일종의 회피 같은 것인지 분간할 수 없었다고 말했다. 실제로 그녀

는 처음 얼마 동안 부목사에게로 향하는 자신의 마음을 반신반의
했던 것이 사실이었다. 나복만의 비밀을 뒤늦게 깨닫고, 그래서 한
편으론 자신을 책망하고, 그를 위해 할 수 있는 일이 무엇일까, 그
렇게 골똘히 1년을 지내고 난 후의 일이었다. 최 형사를 만나기 전
까지만 해도 그녀는 자신이 아직도 나복만을 잊지 못하고, 또 그를
계속 기다릴 수 있을 것이라고 믿어 의심치 않았다. 하지만, 최 형
사를 만나고 난 후, 모든 것이 변해 버리고 말았다. 감추고만 싶었
던 진실과 세월이 수면 위로 드러난 셈이었다. 그녀는 사실 자신이
나복만을 잊고 싶어 한다는 것을, 예전의 감정을 되찾을 수 없다는
것을, 나복만의 비밀을 스스로 버거워하고 있었다는 것을 깨달았
다. 그에게서 벗어나고자 원주까지 갔다 온 것임을, 사실은 최 형사
의 전화 따위는 바라지도 않았다는 것을, 그녀 스스로 인정하지 않
을 수 없게 된 것이었다. 어쩌면 그래서 그녀는 부목사에 대한 자신
의 애정을 더욱더 의심할 수밖에 없었는지도 몰랐다. 그것 역시 일
종의 기만이고, 허위이자, 자기 보호 같은 것이 아닐까, 의심했기
때문이었다. 그래서 그녀는, 그녀다운 방식으로 그 의심들을 모두
떨쳐 버리기 위해 아이들에게 더더욱 집중했다. 그러면 모든 것들이
다시 자기 자리를 찾을 것이라고 믿었기 때문이었다.

"하지만……."
하지만, 그러고 싶지 않았다고 그녀는 시간이 흐른 후, 부목사에
게 말을 했다. 그러면 또다시 자신은 언제 올지도 모르는 나복만을
계속 기다리게 될 것이고, 그게 사실은 더 두려운 일이었다고, 그녀

는 아랫입술을 꽉 깨물면서 말했다. 더 이상 그렇게 자신의 열망과는 다른 삶을 살고 싶지는 않았다고, 그녀는 끝내 두 손으로 얼굴을 가리며, 울면서 말했다. 그때는 이미 처음 김순희가 횡성에 들렀던 날로부터 몇 개월이 더 지난 뒤였고, 두 사람의 마음도 이미 확인한 뒤인지라 따로 고백할 필요가 없었지만, 그러나 그녀는 그 모든 얘기들을 부목사에게 털어놓고 말았다. 그녀는 꼭 그래야만 한다고 생각했다.

두 손을 깍지 낀 채 김순희의 말을 묵묵히 듣고만 있던 부목사는…… 그녀 곁으로 다가가 조용히 굽은 어깨를 끌어안아 주었다. 그러면서 그는 그때까지 감추어 왔던 자신의 속엣말들을 하나하나 이야기하기 시작했다. 신학대에 다닐 때 처음 봤던 김순희와, 그 후로 오랫동안 품어 왔던 자신의 감정에 대해서, 헌신하면 언젠가 이루어질 것이라고 믿었던 젊은 날의 소망에 대해서, 부목사는 조금 떨리는 목소리로 말을 했다. 목회자의 사명과 한 평범한 청년의 감정 사이에서 방황했던 나날들과, 그녀가 고아 출신이라는 점 때문에 망설이고 또 때론 그냥 동정하기로 마음먹었던 다짐들에 대해서, 그러면서도 때때로 잊지 못해 수원으로 전화를 걸었던 마음에 대해서, 부목사는 오래오래 이야기했다. 이 모든 것들이 자신에게는 갑작스럽거나 느닷없이 찾아온 일이 아니었다고, 오히려 너무 천천히 다가온 응답들이었다는 말, 그녀가 처음 횡성에 왔던 날 오랫동안 잠 못 들고 뒤척여야만 했던 일들에 대해서도 숨김없이, 부끄러움도 없이, 모두 다 털어놓았다. 얼굴을 숙인 채 부목사의 말을 듣고 있던 김순희는 어느 순간부터 때론 고개를 끄덕이고, 또 때론 부목사의 뺨을 쓰다듬으며 그의 두 눈을 빤히 바라보았는데, 그 순간 그녀는 자신을 긴긴 시간 동안 단단히 옭아매던 매듭 하나가 비로소 풀렸다는 것을 느낄 수 있었다. 그래서 그녀는 그 대화를 멈추기 싫었고, 마주 잡은 두 손을 풀고 싶지도 않았다. 수원으로 돌아가고 싶은 마음도 없었고, 잠들고 싶은 마음도 없었다. 그녀는 그렇게 계속 부목사와 얘기하면서, 그저 모든 것들을 다 지우고 싶은 마음뿐이었다.

그것이 그녀가 부목사와 처음 키스를 한 날 밤의 일이었다.

*

자, 이것을 당신이 지닌 비밀들을 떠올리며 마저 읽어 보아라.

하지만 그날 밤, 부목사가 김순희에게 차마 하지 못한 이야기가 하나 있었다. 그것은 그녀가 처음 횡성에 왔던 날로부터 일주일 정도 지난 뒤였던가, 자정 무렵 교회로 걸려 온 최 형사의 전화에 대한 이야기였다. 그때 부목사와 최 형사는 10분 정도 통화를 했다. 취기가 잔뜩 섞인 목소리로 최 형사는 김순희를 찾았지만, 부목사는 그냥 자신에게 말해도 된다고 조금 낮은 음성으로 얘기했다. 최 형사는 몇 번인가 숨을 크게 내뱉으면서 뜸을 들이다가 천천히 말을 하기 시작했고, 부목사는 그의 말을 교회 주보 뒷면에 모두 메모

하면서 들었다.

부목사는 최 형사와의 통화가 모두 끝난 후, 한참 동안 전화기를 내려다보고 앉아 있었다. 그는 몇 번인가 수화기를 들어 김순희에게 전화를 걸까 말까, 망설이기도 했다. 하지만, 그는 전화기가 놓인 책상에서 내려와 대신 바닥에 무릎을 꿇고 오랫동안 기도를 하는 것을 택했다. 부목사는 그것이 더 김순희를 위하는 길이라고 생각했다. 그러면서 또 한편 자신이 새로운 비밀을 갖게 된 것을 알게되었다. 그는 기도를 끝낸 후, 메모가 적힌 주보를 아궁이로 갖고 가 불태웠다. 그는 죄책감을 느끼지 않았을뿐더러 조금이라도 더빨리 김순희를 보고 싶은 마음에 가슴이 뛰기까지 했다. 그것이 비밀을 간직한 사람의 마음이라는 것을 그는 알지 못했지만, 그러나아무 상관없었다. 그는 그저 평생 동안 비밀을 간직한 채 살아가겠다는 다짐, 그 하나만으로도 족했다.

그리고…… 그 비밀로 인해 우리의 이야기는 다시 1982년 5월 21일로 돌아가지 않을 수 없게 되었다. 나복만이 안기부 요원에 이끌려 원주경찰서 자재 창고에서 걸어 나오던 바로 그날 그때로. 뭐, 비밀이 없어도 돌아가려 했지만, 어쨌든, 어쨌든 말이다. 그것이 이이야기의 구조니까.

2

자, 이제부터 코너를 돌 테니 이것을 온몸 가득 원심력을 느끼며 들어 보아라.

그날, 원주경찰서 자재 창고 밖으로 절뚝거리면서 걸어 나온 나복만은…… 친절한 안기부 요원의 부축을 받으며 걸어 나온 나복만은…… 과연 어디로 향했을까? 벌떼다방이었을까? 목욕탕이었을까? 설렁탕집이었을까? 그도 아니면 당시 원주역 앞에 밀집해 있던 여관들 중 한 곳이었을까? 글쎄, 그곳들도 썩 나쁘진 않았겠지만 안타깝게도 우리의 주인공이 향한 곳은 그런 곳들이 아니었다. 원주시 반곡동 소재의 한 동원 부대 정문 앞에 있던 오래된 2층짜리 회색 건물, 드높은 콘크리트 담과 정겨운 포플러 나무들이 서로가 서로의 몸을 반쯤씩 가려 주며 나란히 그늘을 만들고 서 있던 그곳, 정문 오른쪽 기둥엔 '삼진물산'이라는 작은 간판이, 왜 걸려 있는지 알 순 없지만 어쨌든 내걸려 있던 그곳, 간판만 아니라면 흡사 문화원이나 기도원이라 해도 믿을 만한 그곳, 하지만 그곳에 정말 시 낭송이나 기도를 하러 들어갔다가는…… 아마도 온몸으로 시 낭송과 기도를 하게 될 그곳. 그곳이 어디겠는가? 정답. 공식적인 주소는 강원도 원주시 반곡동 사서함 321번지, 동네 사람들과 중국집 배달원들 사이에선 '안가'라고 불리던 바로 그곳. 안기부 원주 지부였다.

그곳으로 출발하기 직전, 나복만은 일종의 작은 통과의례 같은 것을 거쳐야만 했는데, 그것은 비교적 단순하고 손쉬운 것이어서(앞으로 닥칠 여러 의례들에 비해선 분명 쉬운 일이었다. 일도 아니지, 뭐.) 어, 어, 하면서 그대로 따르고 말았다. 후에 정 과장이라는 직책으로 나복만의 기억 속에 평생 남게 될, 최 형사의 발길질로부터 그를 구해 준 이 친절한 안기부 요원은, 마치 주저하는 여자 친구의 어깨를 살포시 안고 여관방 안으로 들어가는 혼인 빙자 사기 전과 4범의 사내처럼(그러니까 절대 강압적이지 않게!) 원주경찰서 주차장에 세워져 있던 검은색 지프 조수석 문을 열고 그곳에 나복만을 태웠다. 그러곤 입고 있던 자신의 양복 윗도리를 재빠르게 벗어 나복만의 머리 위에 뒤집어씌웠다. 자, 자, 이건 뭐 그냥 절차 비슷한 거니까요, 불편해도 조금만 참아요. 금방 갑니다. 그는 양복 윗도리를 뒤집어쓴 나복만의 등을 두드리며 말했다. 그의 음성은 또 얼마나 따뜻했던가! 나복만은 저도 모르게 고개를 끄덕거리기까지 했다. 자, 자, 허리를 좀 더 앞으로 숙이고, 네, 좋아요. 그는 조수석을 조금 더 뒤로 빼 준 다음, 서둘러 운전석에 앉았다. 저기, 저 어디 먼 곳으로 가는 건가요? 시동을 걸기 전, 나복만이 작은 목소리로 물었다. 나복만은 연신 훌쩍훌쩍(양복에 묻을까 봐) 콧물을 들이켰다. 아닙니다, 아주 가까운 곳이에요. 친절한 안기부 요원은 마치 등산로에서 마주친 사람처럼(그러니까 "정상까지 한참 남았나요?"라는 질문에 대꾸하는 세상 모든 하산객들처럼) 대답했다. 저기, 저⋯⋯ 제 택시를 여기 세워 뒀는데요⋯⋯. 나복만은 고개를 조금 들면서 말했다. 그러자 친절한 안기부 요원이 오른손으로 다시 그의 머리를 아래로 지그시 짓누르면서 말했다. 아하, 그거요. 걱정 마세요. 곧 다시 찾게 될 겁니다. 택시가 어디 가나요? 그는 시동을 걸고, 기어를 옮겼다. 낮고 묵직한 엔진 소리가 지프 밑바닥에서부터 들려왔다. 그러곤 아무런 말도 들려오지 않았다.

나복만은 빠른 속도로 반곡동으로 옮겨졌다. 옮겨지는 와중 나복만은 잠시 잠깐 걱정이라는 것을 하긴 했다. 지금 자신을 이렇게 데리고 가는 이 사람은 누구인지, 또 조사를 받게 되는 것은 아닌지, 이 사람은 왜 양복 윗도리로 나를 숨겨 주는 것인지(그랬다, 나복만은 그것이 자신을 숨겨 주는 것이라고 믿었다.), 나복만은 비로소 슬금슬금 자신의 옆자리에 앉은 사람에 대해서 의구심을 갖기 시작했다. 하지만⋯⋯ 그런 의구심들은 그리 오래가지 않았는데⋯⋯ 그런 생각과는 별도로, 나복만은 발밑에서 느껴지는 엔진의 떨림과 코너를 돌 때마다 양쪽 어깨로 전해지는 원심력, 그리고 머릿속에 자동적으로 펼쳐지는 도로의 지형들을 가늠하며⋯⋯ 본능적으로 미터 계산을 하기 시작했고, 어느 순간부턴 거기에 자신의 온 신경을 집중했기 때문이었다. 맞다, 나복만은 분명 그 순간에도 미터 계산을 하고 있었다. 아니, 어떻게 그 와중에 그럴 수 있느냐고 묻는다면…… 이젠 더 이상 딱히 대답할 말도, 변명할 말도 찾지 못하겠다.(잊고 있었나 본데, 그게 바로 나복만이라고 말할 수밖에…….) 한숨이 나오지만, 한숨이 나오는 그 순간에도 그는 아예 두 눈까지 감고, 쌍다리를 지나, 남부시장 로터리를 지나, 상지여중 옆길을 지나…… 시속은 60킬로미터 전후니까……. 그런 것들만 머릿속에 그리고 있었다.

그리고…… 미터 요금으로 1200원쯤 나왔을 무렵, 육중한 철문이 열리는 소리가 들리는가 싶더니, 이내 지프가 멈춰 섰다.

"자, 이제 다 왔습니다. 여기서 잠깐 그대로 기다리시면 됩니다."

친절한 정 과장이 나복만의 등을 또 한 번 툭툭, 두들기며 말했다. 나복만은 여전히 양복 윗도리를 뒤집어쓴 채, 고개를 슬쩍 들어 주위를 두리번거렸다.(물론 아무것도 보이지 않았다.) 그러면서 그는 생각했다. 어, 이상한데……. 여긴 분명 군부대 앞인데……. 여긴 아무것도 없는 곳인데……. 그는 자신의 미터 계산이 틀렸나, 생각하며 허리를 좀 더 세웠다. 그러자 친절한 안기부 요원이 다시 한번 힘을 줘, 그의 머리를 아래로, 세게, 짓눌렀다. 정 과장은 담담한 목소리로 말했다.

"급할 거 없어요. 시간이 어디 가나요?"

*

자, 이것을 피식, 한 번 비웃고 나서 계속 들어 보아라.

　이쯤에서 잠깐 우리는 의문을 품지 않을 수 없다. 거 좀 이상한
일이지 않는가? 어째서 나복만을 최 형사의 발길질로부터 구해 준
친절한 안기부 요원은, 곽병회의 일기를, 김상훈의 연애편지를, 난수
표로 읽어 냈던 것일까?(실제 난수표에는 글자가 들어가지 않는다. 0에
서부터 9까지 숫자만 잔뜩 들어차 있을 뿐이다.) 그 누가 봐도 평범한
열두 살짜리 아이의 일기를, 글자만 읽을 줄 알아도 대번에 그저 그
런 연애편지임을 눈치챌 수 있는 김상훈의 흔적들을, 그는 어떻게
그런 식으로 읽어 낼 수 있었던 것일까? 무엇이 그로 하여금 그런
해독을 가능하게 만들었던 것일까? 혹, 그도 나복만과 같은 처지
가 아니었을까?(그러니까, 그도 안기부 입사 시험을 브로커를 통해……
아아, 그럼 그건 또 무슨 소설이 되는 걸까? 이게 무슨 브로커를 고용해
쓴 소설도 아니고…….) 색맹이나 색약, 근시나 노안, 난독증 같은 질
환에 시달리고 있었던 것은 아니었을까? 그도 나복만과 같은 A형
은 아니었을까?(그러니까 정말 나무 의자를 구하러 자재 창고에 들어갔
는데, 들어가 보니까 웬 사람들이 있었고, 그냥 나무 의자 구하러 왔다고
말하긴 좀 멋적으니까 괜스레 마음에도 없는 말을 하고 만……. 뭐, A형
이 다 그렇단 말은 아니지만.) 아니, 어쩌면 그것도 다 우리의 누아르
주인공 탓은 아니었을까……? 에이, 무슨 그런 일까지 전두환 장
군 탓을 하느냐, 너무 과한 거 아니냐, 하는 사람들도 있을 수 있겠

지만, 그러게나 말이다. 당시엔 자꾸 우리의 전두환 장군 탓을 하게 만들 법한 일들이 버젓이 일어나고 있었다. 그게 문제였다. 그러니까 바로 이런 것들 말이다.

*

자, 이것을 계속 비웃으면서 들어 보아라.

1981년부터 1982년 사이, 이 땅의 안기부에선 작은 변화들이 일어나고 있었다. 그 변화의 내용이란 주로 인사 이동에 관한 것들이었는데, 1981년 1월 1일자로 개정된 '중앙정보부법 개정법률안'에 그 기초를 두고 있었다. 우리의 누아르 주인공이 대통령에 당선된 후, 그 밑의 수하들이 열심히 잔머리를 맞대고 굴려 가며 만든 '중앙정보부법 개정법률안'의 핵심 내용은 1961년 창설된 '중앙정보부'의 명칭을 '안전기획부'로 바꾸는 것, 그리고 '정보 및 보안 업무의 조정 감독 기능'을 '정보 및 보안 업무의 기획 조정 기능'으로 변경하는 것이었다. 이게 무슨 소리인가 하면…… 예전에는 그냥 '감독'만 하던 것을 아예 '기획'부터 하자는 말씀이다. 그러니까 주어진 로케이션 안에서만 정보를 캐내려 하지 말고, 로케이션 자체를 새롭게 만들어 버리라는 말씀, 정보를 아예 만들어 버리라는 말씀.(더 넓게는 평론을 하지 말고 창작을 해서 교도소를 채우라는 뜻 되겠다.) 그러기 위해선 더 많은 수갑과, 더 많은 선글라스와, 더 많은 예산과, 더 많은 각목과, 더 많은 상상력이 필수적일 터. 그냥 '위험'이 아닌,

존재하지도 않는 '위험'으로부터 각하를 '안전'하게 보필한다는데,
뭐. 개정법률안은 그 누구의 이의 제기나 비판 없이 후다닥 국무회
의를 통과하게 되었다.(이런 말까진 굳이 하고 싶지 않았지만, 그 개정법
률안은 개 같은 수하 새끼들의 '일자리' 창출, 그 이상도 이하도 아니었다.)

일자리는 늘어났지만…… 반대로 그 때문에 한직으로 밀려난
사람들도 여럿 생겨났는데(수하들이 치고 들어왔으니까.) 그렇게 지방
으로 쫓겨난 요원들은 그동안 자신들이 저질렀던 수많은 과오에 대
한 반성과 회한을 가슴에 품은 채 과감하게 사표를 내던지고 회고
록 같은 것을 집필하는 대신…… 자신의 상상력 부족과 각하에 대
한 보이지도 않는 '위험'을 제대로 감지하지 못했다는 자책의 나날
을 보내게 되었다. 그리고 그러한 자책이 다시 새로운 각성과 황당
무계한 SF적 상상력으로 이어져…… 눈에 보이는 모든 것들이, 아
니 보이지 않는 많은 것들까지도, 모두 각하의 안전을 위협하는 불
손한 '위험'으로 비쳤던 것이다. 그래……. 그래서 그렇게 많은, 애
꿎은 사람들을 닥치는 대로 붙잡아 갔던 것이다.(그 사람들은 뒤에
또 나온다.) 그러니…… 만약 그때 원주경찰서 자재 창고에서 나복
만을 데리고 나온 안기부 요원이, 새로운 개정법률안에 따라 한직
으로 밀려난 친구가 맞다면, 그가 어떤 각성 끝에 나복만을 만난
것이 맞다면, 과연 그게 한 개인의 책임이라고 말할 수 있을까? 전
두환 장군이 직접 지시하지 않은 일이라 하더라도, 과연 그는 아무
런 책임이 없는 것일까?

그러니, 보아라. 바로 이 지점에서 어떤 사람들은 우리 이야기의 핵심을 그대로 단정지어 버릴지도 모르겠다. 그러니까 아무것도 읽지 못하고, 아무것도 읽을 수도 없는 세계. 눈앞에 있는 것도 외면하고 다른 것을 말해 버리는 세계, 그것을 조장하는 세계(전문 용어로 '눈먼 상태'되시겠다.), 그것이 어쩌면 '차남들의 세계'라고 말해 버릴지도 모를 일이다. 물론…… 그것 또한 틀린 말은 아니겠지만, 우리 이야기에는 한 가지 진실이 더 숨어 있다. 이미 눈치챈 사람들도 있겠지만…… 후에 나복만이 모든 희망을 잃고 어떤 죄를 짓게 된 것 또한 바로 그 진실을 목도했기 때문이었다. 그리고 그 진실을 깨닫게 도와준 사람이 바로 그날 자재 창고 안으로 들어온 친절한 안기부 요원이었다. '중앙정보부법 개정법률안'에 의해 한직으로 밀려났지만, 여전히 '감'만은 살아 있던 요원, 정 과장…… 정남운(鄭男運)……. 물론 잘못은 그에게도 있었다. 그 또한 우리의 전두환 장군처럼 자신도 모르게 누아르의 세계에 깊숙이 빠져 버린 친구였으니……. 그래, 그랬으니 모든 일이 다 지나고 난 후, 병원 중환자실에 누워 사경을 헤맬 때에도 자신이 누구인지, 무엇이 자신을 이 지경까지 만들었는지 알지 못했던 것이다. 후회도 한번 해 보지 못한 채…….

*

자, 이것을 평범한 이웃집 아저씨를 떠올려 보며 들어 보아라.

정 과장······ 그러니까 정남운은 우리가 쉽게 생각할 수 있는 어둡고, 음침하고, 특수전에 능하고, 잠입과 침투에 일가견이 있는, 근육이 곧 성격이 되어 버린, 그런 요원은 결코 아니었다. 그건 그의 생김새만 봐도 금세 알 수 있었는데, 단정하게 빗어 넘긴 8대 2 가르마와 170센티미터가 조금 안 되는 키, 30대 초반부터 나오기 시작한 뱃살과 복숭아뼈 근처에서 멈춘 짧은 양복바지까지, 길거리에서 우연히 마주치기라도 한다면 왠지 모르게 인감증명이나 주민등록등본을 떼야 할 것만 같은, 혹은 전월세 계약서를 써야 할 것만 같은, 그런 스타일이었다.(그런 스타일 위에······ 그냥 선글라스 하나만 걸쳤을 뿐이었다.)

그는 살고 있는 동네에서도(정남운은 원주고등학교 앞 개운동 2층 슬라브 주택단지에 살았다.) 해외 출장이 잦은 무역회사에 근무하는 '쌍둥이 아빠'(그는 다섯 살짜리 두 사내아이의 아빠이기도 했다.)로 통했는데, 명절 때마다 잊지 않고 가까운 이웃들에게 비누나 치약이 든 종합선물세트를 돌리기도 했고, 민방위 훈련이나 새마을운동에도 빠지지 않는, 모범적이고 예의 바른 시민이었다.(물론 동네에선 선글라스를 쓰지 않고 다녔다.) 새마을금고에 따로 자녀 학자금 마련 적금을 붓고 있었고, 개운동 테니스 클럽 회원이기도 했으며, 단골 목욕탕에 개인 사물함까지 갖추고 있던, 평범하고 특색 없는 서른여섯 살의 옆집 아저씨 모습 그대로였다.

그러니 동네 사람들은······ 그가 1976년부터 1979년 사이 중앙정보부 국내 정보반에 소속되어 가히 경이적이고 환상적인 실적을 거둔 요원이었다는 사실을 알게 된다면, 아마도 거의 대부분은 그 자리에서 까무러치고 말았을 것이다. 그 기간 동안 그가 '작살낸' 구로 공단 노조 숫자가 모두 스무 곳에 달하고, 불법 연행 및 구금한 노조원 수가 어림잡아 300여 명에 달한다는 사실을 알았다면 그렇게 쉽게 '쌍둥이 아빠'라고 부르지도 못했을 것이다. 1977년, 그가 영등포 도시산업선교회 회계장부를 교묘하게 조작, 북한의 공작 자금과 연계시켜 그곳의 목사와 전도사들을 모조리 교도소로 보내 버린 사실을 알았다면, 그가 준 종합선물세트를 덜덜 떨리는 손으로, 두 손으로, 공손히 받아 들었어야만 했을 것이고, 1978년 가을, 그가 한 대학교 내 연구 모임이었던 '도시농민연구회' 소속 회원들을 '사회주의 노동혁명당' 결성 기도 사건으로 위장, 열흘 가까이 잠도 재우지 않고 취조한 끝에(그는 절대 물리적인 폭력은 쓰지 않았다. 그저 동료들이 고문하는 것을 옆에서 지켜보기만 했을 뿐이다. 말하자면 '악역'과 '선한 역' 중 후자였던 것이다.) 일망타진한 사실을 알았다면, 새마을금고 역시 특별 우대 금리를 적용했을 것이다. 1979년 3월, 그가 '민주 노조' 결성을 위해 노조 총회를 소집한 대의원들의 임시 사무실에, 총회 전날 불을 질러 버린 사실을 알았다면, 그가 그 불을 보면서 동료들과 함께 "따뜻하니까 자꾸 마렵네." 하면서 오줌을 싼 사실을 알았다면, 이런, 그가 친 테니스공을 그렇게 쉽게 다시 반대편 코트로 돌려보내는 일 또한 없었을 것이다.

그리고…… 1981년 4월, 그가 자신이 희망했던 '기획판단국'이나 '해외공작국'이 아닌, '원주 지부'로 느닷없이, 아무런 이유나 설명도 없이 발령받고 난 후, 실망과 분노와 의구심과 절망의 시간은 잠시 잠깐, 다시 마음을 다잡고 한 건만, 한 건만 제대로 걸려라, 하는 상태인 것을 알았다면, 아이들 국민학교 입학 전 '미주 지부'로 발령받아 아내의 희망대로 자식들을 '미국 시민권자'로 키우겠다는 열망에 가득 차 있는 상태인 것을 알았다면, 그렇게 쉽게 목욕탕에서 만난 그에게 "저, 등 좀 밀어 주시겠어요?"라고 부탁하진 못했을 것이다. 등을 내밀긴커녕 그냥 대충 샤워만 하고 슬금슬금 목욕탕을 빠져나왔을 것이다……. 왜? 왜는 무슨……. 언제 어느 때 자신이 그의 '한 건'이 될지 모른다는 사실을 직감적으로 알았을 테니까…….

*

자, 이것을 조금 어이없지만 헤르만 헤세의 『데미안』을 떠올려 보며 들어 보아라.

당연하지만…… 정남운 또한 처음부터 중앙정보부 요원이었던 것은 아니었다. 믿기지 않겠지만 그는 대학 재학 시절, '불휘문학회'라는 서클에 가입해 여러 편의 소설을 썼으며, 그 소설로 신춘문예에도 몇 차례 응모했던 경험(비록 본심에도 한 번 오르지 못하고 번번이 떨어졌지만)을 가진 친구였다. 고등학교 때부터 헤르만 헤세의 『데미안』을 100번도 넘게 읽어 어떤 문장들은 줄줄 외울 정도가 되어 버린, 데미안과 에바 부인의 광팬이었으며, 대학교 2학년 때는 선배들을 따라 개봉동에 있는 야학에서 국어 교사로 1년 동안 일했던(하지만 그는 결근이 조금 잦았는데…… 그는 결근을 한 채 '야학 교사'가 주인공으로 나오는 소설을 썼다.) 이력을 가진 학생이기도 했다. 그리고…… 대학교 3학년 때는 그의 운명을 결정적으로 뒤바꿔 놓은 경기도 부천 소재의 한 숟가락 공장으로(산업재해로 명망 높은, 그러니까 '잘려 나가는 숟가락이 한 달에 한 바께스씩이라는') '위장 취업'을 나가기도 했는데, 그곳 '전해실'이라는 부서에 배치돼 하루 열네 시간씩 쉴 새 없이 유압 프레스기에서 쏟아져 나오는 숟가락들을 플러스 마이너스 전극이 흐르는 물에 담갔다가 건져 내는 작업을 하기도 했다. 비록 입사한 지 2주 만에 검수 3반 여공에게 간식으로 나온 '보름달' 빵과 함께 건넨 메모(이런 말까진 하고 싶지 않지만…… 그 메모에는 이런 글귀가 적혀 있었다. "새는 알에서 나오려고 싸웁니다. 알은 곧 공장 세계이지요. 태어나려고 하는 자는 하나의 공장 세계를 파괴하지 않으면 안 됩니다.")가 문제 되어 중앙정보부 이문동 청사로 긴급 연행, 취조를 받고(이런 말 또한 하고 싶진 않지만…… 그는 이문동 청사에서 그 흔한 따귀 한 대 맞지 않았는데, 취조실 책상에 앉자마자 스스로 "저, 종이 한 장만 주시겠어요?"라고 말한 후, "여기 이 사람이 불휘 문학회 회장이고요, 이 사람이 학술 부장, 이 사람이 총무고요……. 혹시, 야학 교사들 명단도 필요하신가요?" 하면서 열심히, 알아서, 조직도를 그려 주어 중앙정보부 요원들의 애정을 독차지했기 때문이다.) 다시 학교로 돌아오는 몸(이런 말은 더더욱 하지 않으려 했지만…… 그는 학교로 돌아온 이후 선후배들에게 주로 '배신의 아브락삭스'라는 별명으로 불렸다. 또 실제로 그는 중앙정보부 요원을 한 달에 한 번씩 정기적으로 만나 "저,

종이 한 장만 주시겠어요?"라는 말을 계속하기도 했다.)이 되었지만, 분명 그런 전력들이 일정 부분 그로 하여금 누아르의 세계로 빠져들게 하는 데 보탬이 된 것은 사실이었다.(그는 졸업 후 제 발로 이력서를 들고 중앙정보부 이문동 청사를 찾아갔다.) 그리고…… 그런 과정들을 통해서 그는 어떤 누군가에게 커다란 '가르침' 하나를 받게 되었는데, 그것이 이후 정남운이 중앙정보부에서 남다른 실적을 쌓은 비결이 되기도 했다. 물론 『데미안』 또한 그런 그의 '감'에 영향을 준 게 사실이었고……. 헤르만 헤세에겐 조금 미안한 말이지만, 어쨌든.

*

자, 이것을 머릿속 가득 평면도를 그려 가며 들어 보아라.

나복만은 제대로 보지 못했지만…… 우리의 이야기를 계속 진행시키기 위해 두 눈을 부릅뜨고 안기부 원주 지부 정문을 열고 들어가 보면…… 우선 맨 처음 군데군데 싹이 죽어 누렇게 변색된 잔디가 깔린 주차장이 보인다. 주차장에는 마치 같은 팀 축구 유니폼처럼 색을 맞춘 검은색 지프 세 대가 세워져 있고, 그 옆으로 자전거 두 대, 오토바이 한 대, 리어카 한 대도 늘어서 있는 게 보인다. 주차장 끝에는 살구나무도 한 그루 심어져 있는데, 그 아래에는 늙은 진돗개 한 마리가 지구를 장판 삼아 게으르게 엎드려 있는 모습이 보인다. 개집 옆으론 역기와 철봉도 있고, 파란색 호스가 달린 수도

꼭지도 하나 있다.

건물 쪽으로 좀 더 가까이 다가가 보면 백일홍 나무가 심어진 화단과, 하얀색 페인트를 칠한 벤치, 두꺼비 형상을 한 석상도 두 개 보인다. 벤치 바로 앞에는 맨홀 세 개를 합쳐 놓은 것만 같은 크기의 작은 연못도 하나 있는데, 물고기는 한 마리도 보이지 않고 대신 정중앙에 개구리 뒷다리 모양을 한 조각상과 분수대가 어른 허리 높이로 솟아올라 있는 것이 보인다. 담배꽁초 두 개가 둥둥 물에 떠다니는 모습도 보인다.

다시 방향을 바꿔 석상 사이로 난 짧은 계단을 따라 건물 안으로 들어가 보면…… 1층 30평, 2층 30평 크기의 아담한 실내가 나온다. 1층은 각각 두 개의 사무실로 나뉘어 있는데, 왼쪽은 '자재부', 오른쪽은 '총무부' 간판을 달고 있다. 사무실은 둘 다 별 특색 없이 정사각형 모양으로 배치된 네 개의 철제 책상과 한쪽 벽면에 열 맞춰 늘어선 철제 캐비닛, 파티션 너머의 소파로 구성되어 있다. 화분도 없고 거울도 없어, 마치 집기들이 사무실의 주인인 것처럼 보이기도 한다. 영화 세트장처럼 어딘가 조금 무뚝뚝한 모양새다.

2층도 사정은 별다르지 않은데, 왼쪽은 '사장실', 오른쪽은 '숙직실'이다. '사장실'은 1층 사무실에 비해 소파 크기만 조금 더 클 뿐, 무뚝뚝하긴 마찬가지이고, 그나마 온돌이 깔린 '숙직실'엔 텔레비전과 라디오, 이불과 베개가 들어 있는 장롱, 냉장고와 커다란 거울 등이 있어, 비로소 이곳에 사람이 있다는 사실을 알게 해 준다. 커튼엔 담배 냄새도 짙게 배어 있다.

이 건물의 하이라이트는…… 1층 비상구 계단을 통해 내려가는 지하 1층과 2층이다.(비상구 계단 입구엔 철문이 하나 달려 있는데, 평상시엔 항상 잠겨 있다.) 지하 1층과 2층은 각각 50평 정도이며, 어른 두 명이 간신히 지나다닐 만한 좁다란 복도와, 그 복도를 사이에 둔 열두 개의 크고 작은 방들로 구성되어 있다. 방들은 '1', '1-1', '2', '2-1' 등의 간판을 달고 있는데, 인테리어와 집기들은 어느 방 할 것 없이 동일하다. 시간을 아끼기 위해 그중 하나인 '5'번 간판을 달고 있는 방으로 들어가 보면…… 우선 왼쪽 벽면을 가득 메우고 있는 전면 거울이 눈에 들어온다. 흠집 하나 없이 깨끗하게 닦여 있는 거울은, 방 전체 모습을 고스란히 담고 있어 마치 또 하나의 방이 데칼코마니처럼 연이어 붙어 있는 듯한 착각을 불러일으킨다. 실제 방 면적보다 더 크게 보이는 착시 효과도 가져온다.

방 정중앙엔 갓을 씌운 백열등이 오래전 땅꾼에게 포획된 뱀처럼 길게 내려와 있고, 그 바로 아래엔 철제 책상 하나가 놓여 있다. 양쪽으로 세 개의 서랍이 딸린 철제 책상 앞뒤론 접이식 철제 의자가 하나씩 놓여 있는데, 등받이 부위에 녹이 슨, 한쪽으로 약간 기울어져 있는, 조금 오래돼 보이는 의자다. 책상은 누가 막 걸레로 훔치기라도 했는지 먼지 하나 없이 깨끗하고, 서랍은 모두 비어 있다. 책상 뒤편으론 파란색 타일을 붙인 벽과, 욕조, 세면대가 있고, 구석엔 좌변기도 설치되어 있다. 좌변기 바로 앞엔 군용 침대 하나와 작은 선반이 자리를 잡고 있는데, 선반 위엔 스피커가 두 개 달린 커다란 라디오도 한 대 놓여 있다. 창문은 없지만 커튼은 있고, 그 바로 아래 라디에이터가 있는 방, 나프탈렌 냄새가 심하게 나는,

그 때문에 조금 추운 인상을 주는 방이다.

내친김에 '5-1'번 방 또한 들어가 보면…… 거기엔 아무것도 없다. 그저 한쪽 벽면이 통유리로 된, 그 유리를 바라보는 목적으로 설계된 방이다. 당연 그 유리는…… '5'번 방의 전면 거울이다.

나복만이…… 정 과장의 양복 윗도리를 뒤집어쓴 채, 정 과장의 손을 잡고 더듬더듬 걸어 들어간 곳은 그중 숫자 '3' 간판을 달고 있는 방이었다.

*

자, 이것을 타자기 소리를 상상하며 들어 보아라.

나복만의 최초 진술은 바로 그날 밤에 이루어졌다. 스포츠머리를 한, 키가 180센티미터는 족히 넘을 것 같은 남자 하나가 타자기와 종이 뭉치를 철제 책상에 올려놓고 나간 후, 얼마 지나지 않아 친절한 정 과장이 넥타이도 풀고, 선글라스도 벗은 모습(그는 그 자리에 은테 안경을 썼다.)으로 들어왔다. 그는 휘파람을 불면서 타자기에 종이를 끼웠고, 기지개를 길게 한 번 켠 후, 나복만에게 물었다.
"식사 아직 안 하셨죠? 자, 우리 이거 먼저 빨리 끝내 놓고 먹읍시다. 괜찮죠?"
친절한 정 과장은 말을 하는 내내 얼굴에서 미소를 잃지 않았고, 나복만에게 자신의 담배를 권하기도 했다. 나복만은 몇 번 거절하다가 결국 두 손으로 담배를 받아 들었고, 어깨를 옆으로 조금 튼 후, 조심스럽게 연기를 내뿜었다. 그러면서 하나하나, 천천히 말을 하기 시작했다.

　그 최초 진술에서 나복만은 무엇을 말했던가……? 그는 거의 모든 것, 그해 4월 초순부터 그때까지 자신에게 벌어졌던 모든 사건들을, 숨김없이, 자신이 아는 그대로, 친절한 정 과장에게 털어놓았다. 최 형사가 자신을 찾아온 일과, 택시에서 서류 봉투를 발견한 일, 박병철과 함께 김상훈의 뒤를 밟기 시작한 일과, 자신이 지학순 주교의 연락책 노릇을 한 일, 그 사실을 알게 된 이후 갑작스럽게 모습을 감춘 박병철과 김상훈의 알 수 없는 행적과, 원동성당에서 주교 보좌신부를 만난 일까지……. 나복만은 주눅 든 목소리로 모두 말해 버렸다.(물론 그는 자신의 운전면허에 대한 비밀은 말하지 않았다. 김순희와의 동거 사실 또한 그녀의 직장 내 문제를 걱정해 말하지 않았다.) 그런 다음, 그는 원주경찰서 자재 창고에서 곽용필 경정에게 했던 말을 또 한 번 반복했다.
　"저는 정말 아무것도 몰랐거든요……. 저는 '형제의 집' 출신 고아라서 아무것도 모르는데…… 그 사람들이 저를…… 저도 모르게 끌어들인 거거든요……."
　"그랬군요……. 저런, 쯧쯧, 억울하시게 됐네요."
　친절한 정 과장은 고개를 끄덕거리면서 말했다.
　"한데, 주교 보좌신부는 언제 만나신 거예요?"

"그건…… 경찰서 가기 바로 직전에 제가 찾아가서…….."

"그래, 주교 보좌신부는 별말 없었고요?"

"별말 없었어요……. 그냥, 택시는 잘 안 탄다고만 하고…….."

"그래요, 그랬군요……. 쯧쯧, 저런 나쁜 사람들을 봤나."

친절한 정 과장은 그렇게 말한 후, 다시 한 번 나복만의 고향과 나이를 물었다. 그리고 그것들을 타자기로 친 후, 볼펜으로 무언가를 고쳐 적었다.

"저기, 그런데요……. 정말 최기식 신부는 만난 일이 없습니까?"

"누, 누구요?"

"왜, 거 있지 않습니까? 불 지른 애들 숨겨 준 최 신부."

나복만은 그 질문에 잠깐 고개를 숙였다. 친절한 정 과장은 손에 들고 있던 볼펜을 돌리기 시작했다.

"솔직히…… 저도 잘 모르겠어요……. 본 것도 같고, 안 본 것도 같고…….."

"그럼 봤을 수도 있다는 얘기네요?"

"그럴 수도 있는데…… 기억이 잘 안 나서요…….."

"아, 뭐 괜찮습니다. 기억이야 사라졌다가 다시 날 수도 있으니까요. 저도 자주 그러는걸요, 뭐."

나복만은 허리를 조금 더 앞으로 숙이면서 물었다.

"한데요…… 정말 그것도 죄가 되는 건가요? 전, 정말 아무것도 몰랐거든요. 제 택시에 누가 타는지…… 전, 정말 모르거든요. 봉산동도 자주 갈 수밖에 없고 또…….."

"그래요, 그럴 수도 있지요. 택시라는 게 다 그렇지요, 뭐."

친절한 정 과장은 그렇게 말한 후, 타자기에서 종이를 빼냈다. 그러곤 아무런 말도 없이 그것들을 계속 읽어 나가기 시작했다. 그는 어떤 대목에선 혼자 고개를 끄덕이기도 했고, 또 어떤 대목에선 은테 안경을 벗은 채 심각한 표정을 짓기도 했다.

나복만이 조심스러운 목소리로 물었다.

"저기요……. 근데 여기도 경찰서인가요?"

"뭐, 비슷한 곳입니다."

친절한 정 과장은 계속 종이에 시선을 둔 채 대답했다.

"저기 제가요, 오늘 교대도 해야 하고…… 회사에 보고도 해야 하는데……. 그래야 회사도 걱정을 안 하거든요."

친절한 정 과장은 종이를 세워 탁탁, 책상 위에 두 번 두들긴 다음, 나복만을 바라보았다.

"그런 건 저희가 다 알아서 처리해 드릴 테니까 걱정하지 마세요. 안전택시라고 했죠?"

친절한 정 과장은 자리에서 일어났다. 나복만도 따라 일어섰다.

"저기 그럼…… 회사에 전화라도 한 통 할 수 있을까요?"

문 쪽으로 걸어가려던 친절한 정 과장이 등을 돌려 잠시 나복만을 바라보았다. 그러곤 다시 나복만 쪽으로 다가왔다. 나복만은 무춤, 저도 모르게 허리를 세웠다.

"이제부터 알을 깨고 나오실 양반이 자꾸 그런 거 신경 쓰시면 되나요? 마음 편하게 먹고 푹 쉬고 계십시오."

친절한 정 과장은 그러면서 나복만의 어깨를 다시 툭, 한 번 쳤다. 그는 예의 그 친절한 미소를 짓는 것도 잊지 않았다. 물론 나복만은 그 말이, 그 미소가, 어떤 의미인지 알 수 없어 그저 묵묵히, 곁눈질로, 친절한 정 과장의 얼굴을 바라보았을 뿐이었다.

*

자, 이것을 셋, 둘, 하나, 카운트다운을 하면서 들어 보아라.

물론 나복만은 그때까지도 여드레 후, 자신에게 느닷없이 던져질 하나의 질문에 대해서, 그 질문의 무게에 대해서…… 아무런 예상도, 추측도 하지 못한 상태가 맞았다. 그는 곧 자신이 이곳에서 나가게 될 것이라고 믿었고, 친절한 정 과장이 회사에도 잘 말해 주었을 것이라고 생각하고 있었다. 어쩌면 지금 바쁘게 박병철을 찾고 있을지도 모르고, 더불어 김상훈의 뒤를 쫓고 있을지도 모른다고. 나복만은 저절로 그런 희망까지 마음속에 품게 되었다. 진작 이렇게 됐어야 했는데…… 진작 정 과장이라는 사람을 만났어야 했는데…… 나복만은 혼자 그런 말들을 웅얼거리기까지 했다.

그랬으니…… 곧 돌아올 것 같았던 친절한 정 과장이 하루가 지나고 이틀이 지나고 일주일이 지나도록 모습 한 번 비추지 않아도, 끼니때마다 스포츠머리가 무뚝뚝하게 설렁탕을 철제 책상 위에 놓고 나갔어도, 그가 별일 아니라는 듯 욕조 수도꼭지를 한번 틀어 보고, 노란색 로터리 창립총회 기념 수건을 라디에이터 위에 잔뜩 쌓아 올려놓고 나갔어도, 그가 선반 위 라디오를 한번 켜 보고 볼

룸 크기를 시험해 봤어도, 엿새째 되는 날, 그가 커다란 각목 두 개를 군용 침대 아래 놓고 나갔어도(왜 그랬는지 몰라도…… 나복만은 그 각목 두 개를 들고 욕조 안으로 들어가 팬스레 노 젓는 시늉을 해 보기도 했다.), 나복만은 그 어떤 걱정도, 의심도, 고민도 하지 않았던 것이다.(나복만은 스포츠머리에게 몇 번 "저, 정 과장님은 어디 출장 가셨나요?"라고 물었지만, 스포츠머리는 마치 불친절한 배달 사원처럼 말없이 쟁반만 치웠을 뿐이었다.) 그저 조금 지루하고, 자주 졸리고, 더 자주 오줌이 마려웠을 뿐……. 그는 그것 또한 자신이 그동안 마음고생을 많이 했기 때문에, 그 긴장이 풀려서 그런 것이라고 짐작했을 뿐이었다.

만약 그때 나복만이…… 그 여드레 동안 친절한 정 과장이 무슨 계획을 세우고, 또 은밀하게 무슨 조사를 진행하고 있었는지 알았다면…… 그는 아마도 그렇게 거울 앞에서 등배운동을 하거나 쪼그려 뛰기를 하면서 오전 시간을 보내진 못했을 것이다. 군용 침대에 시체처럼 누워 김순희를 생각하고, 가을쯤 교회에서 정식으로 결혼식을 올리는 게 어떨까, 하는 계획을 세우는 일 또한…… 아마도 하기 어려웠을 것이다. 그 전에 그녀에게 미리 자신의 비밀을 털어놓고, 그래서 성경책을 펴 놓고 한 자 한 자 그녀에게 글자를 배우고, 잠자리에서 그렇게 한글 공부를 하다가…… 그래, 또 그렇게…… 그 와중에 발기하는 일 또한…… 거의 불가능했을 것이다……. 그러니, 보아라. 어쩌면 나복만을 위해서라도 차라리 알지 못했던 게 다행이었는지도 모른다. 안다고 해서 미리 막을 방법도 없었고, 딱히 대비할 수 있는 것도 없었을 테니까……. 닥쳐올 불행을 나복만이 미리 알았더라면, 그의 머리카락은 그 여드레 동안 모두 새하얗게 세어 버렸을 것이고, 치아는 죄다 싹 빠져 버렸을지도 모를 일이다. 철제 책상에 우두커니 앉아 한껏 구부러졌다가 펴진 용수철처럼 계속 다리만 덜덜 떨고 있다가, 욕조 벽면 파란 타일에 반복적으로 자신의 머리를 부딪치면서 차라리, 차라리…… 하는 생각을 했을지도 모를 일이다. 그러니, 차라리 모르는 게 나았다. 그저 계속 지루해하고, 시도 때도 없이 하품을 하고, 요의도 없이 오줌을 싸고, 희망을 품고, 헛된 노를 젓고, 계획을 세우고, 심심풀이로 등배운동을 하고, 비밀을 토로하고, 발기를 하더라도…… 나복만에겐 그편이 훨씬 더 나을지도……. 그것이 우리의 이야기가 나복만에게 해 줄 수 있는, 볼품없는, 미안하기 짝이 없는, 작은 예의인지도 모른다. 그 모든 것이 다 부질없는 일이라 하더라도…….

친절한 정 과장이 다시 '3'번 방으로 돌아온 것은 여드레째 되는 날 오후 6시 무렵의 일이었다.

*

자, 이것을 성난 표정으로 들어 보아라.

우리의 누아르 주인공을 위한 '중앙정보부법 개정법률안'이 국무회의를 통과한 이후, 이 땅에선 많은 사건들이 새롭게 기획되고 창작되고 발표되었는데, 그중 대표적인 작품 몇 편을 살펴보면 대강 다음과 같다.

먼저 '송씨 일가 간첩단 사건.' 안기부 청주 분실에 의해 공동 창작된 이 작품은, 우선 스케일과 창작 기간, 조직 면에서 다른 작품들을 압도한다. 무려 116일 동안이나 애꿎은 사람들을 안기부 지하 취조실에 가둬 놓고 전기고문 및 물고문, 몽둥이찜질 등을 하면서 불법감금한 것도 유명하지만, 피의자 28명 전원을 모두 일가친척으로 꾸민 점에서 국가보안법 수사의 새 장을 펼친 것으로 기록됐다.(왜? 왜는 무슨……. 가족끼리도 믿지 말고 신고하자는 전범이 되어 버렸으니까.) 문제는 이 사건이 대법원에서 무죄 취지로 다시 고등법원으로 파기 환송되면서부터(그러니까 결말 부분이 다소 엉성하다는 평가를 받으면서…… 증거라곤 겨우 일제 라디오 한 대가 전부였으니까…….) 벌어졌다. 안기부 요원들은 자신들의 작품이 대법관 따위들에게 혹평과 질타를 받는 것을 견딜 수 없었고, 그래서 몇 번 대법관들을 직접 찾아가 협박(그러니까 책상을 꽝꽝 내리치면서 "이러면 간첩 수사를 어떻게 하란 말입니까!" 하고 소리치는 것)을 일삼다가, 그래도 말을 듣지 않자 그냥 간단하게 대법관들을 자신들의 입맛에 맞는 사람으로 교체해 버렸다. 그래서 결국 유죄. 마무리가 조금 거칠어졌지만 어쨌든 작품은 무사히 세상에 내걸리게 되었다. 그 와중에 몇몇 사람들이 고문 후유증으로 세상을 뜨고, 가족이 뿔뿔이 흩어지고, 전 재산이 사라지고, 죽순 같던 청춘이 철창 안에서 속절없이 시들어 갔지만…… 그건 모두 작품의 운명이었을 뿐이었다.

작품은 언제나 생물처럼 저 혼자 자가 증식하는 법이니, 안기부 요원들은 그런 것 따위엔 신경 쓰지 않고 모두 1계급씩 승진했다.

　그다음 앞서거니 뒤서거니 발표된 작품으론 '아람회 사건'과 '오송회 사건'이 있다. 이 두 작품은 우선 '작품명'에서부터 안기부 요원들의 깜찍한 센스가 발휘되었는데, '아람회 사건'의 경우, 맨 처음 '우리회'라는 간첩단 사건으로 기획되었으나 제목이 어쩐지 촌스럽고 구식이라는 의견이 대두, 급하게 '아람회'로 바꾼 케이스였다. 교사와 현역 군인, 검찰청 직원 등이 국가 내란을 꾀하는 반국가 단체를 결성했다고, 안기부는 작품 설명회에서 발표했지만, 사실 사건에 연루된 사람들은 그저 친하게 알고 지내던 고등학교 선후배 사이였을 뿐이었다. 그들의 유일한 공통점은 사건에 연루된 한 사람인 '김난수' 씨의 딸 '김아람' 양의 백일잔치에 모였다는 것뿐. 그래서 작품명은 '아람회'가 되었다.(딸 이름이 '김정자'나 '김말녀'가 아닌 게 어딘가.) 물론 사건 당사자들은 자신들의 '단체명'도 모른 채 고문과 투옥, 짜 맞춰진 진술을 강요당했지만…… 전 국민에게 또 다른 경각심을 불러일으켜 주었으면, 그것으로 된 것이었다.(그러니까 친목계도 조심하자, 백일잔치에도 함부로 가지 말자.)

　'오송회' 역시 처음엔 '오성회'로 기획된 작품이었다. 전북 군산 지역의 한 고등학교 교사들이 학교 뒷산에서 막걸리를 마시면서 시국토론한 것을 빌미 삼아 안기부에서 새롭게 각색, 창작한 이 작품은, 원래는 사건 연루자 전원이 전북 이리 소재 '남성고등학교' 출신인 줄 알고 '오성회'로 작명하였다가, 이런, 그중 한 명이 다른 고등학교 출신이라는 것을 뒤늦게 깨닫고 황급히 수정한 경우였다. 좌경 폭력 혁명을 꾀하던 교육계 소속 인사들의 간첩단 사건으로 시놉시스는 다 맞춰 놓은 후, '작품명'을 어찌할까 고민하고 있을 때, 한 안기부 요원이 번뜩이는 재치를 발휘했다. 거, 그 학교 뒷산에 가면 소나무가 다섯 그루 있더라구요. 소나무 다섯 그루면…… 오송……. 오송회 어떨까요? 작품은 그렇게 세상에 태어나게 되었다.(이 작품을 보고받은 우리의 누아르 주인공은 무릎을 치며 좋아했다고 한다.)

'남북 어부 간첩 사건'은 일종의 해양 어드벤처 액션 스릴러로 기획된 작품인데, 이 작품이 조금 특이한 것은 우리의 누아르 주인공 이전의 독재자였던 박정희 장군 시절, 이미 한 번 같은 혐의로 구속된 바 있었던 사람들을 1980년대 들어 또다시 잡아들였다는 점에서 '리바이벌' 성격을 강하게 띤다는 데 있었다.(그러니까 한 번 간첩은 영원한 간첩이라는.) 이들 어부들은 1960년대 풍랑을 맞아 북한 해역에서 조난을 당하여 그곳에서 모진 수사를 받고 다시 남쪽으로 귀환한 사람들이었다. 남쪽으로 귀환했지만, 이번엔 박정희 장군의 중앙정보부가 가만 놔두었을 리 만무한 법. 그들은 중앙정보부에 의해 고문 및 허위 자백을 강요받고 2~3년씩 교도소행, 형기를 마치고 출소해 뜻하지 않은 전과자 신세가 되어야만 했다. 이후 10여 년간 결혼도 하고 자식도 낳고 조용히 안강망 어선을 타면서 고기를 잡던 사람들은, 그러나 우리의 누아르 주인공이 등장한 이후 다시 '적에게 포섭되어 국가 기밀을 탐지하라는 지령을 받고 돌아온 뒤 각종 국가 시설을 탐지했다'는 혐의로 체포 및 구속되고 말았다.(가히 『오디세이아』를 방불케 하는 작품이다.) 이 작품은 사람들에게 익숙하고 친밀하다는 점, 지정학적 배경이 탄탄하다는 점, 역사학적 근거가 확실하다는 점 등 때문에 안기부와 보안대 수사팀 사이에서 경쟁적으로 창작, 발표되었는데, 그로 인해 '진도 가족 간첩단' 사건과, '태영호 사건', '강대광 사건', '정삼근 사건', '서창덕 사건', '임봉택 사건', '백남욱 사건', '정영 사건' 등이 세상에 나오게 되었다.

그리고…… 우리의 친절한 정 과장 역시 일주일 밤을 꼬박 새우다시피 하며 그에 버금가는 작품 하나를 준비하고 있었으니…… '작품명'까지 이미 다 정해 놓고 있었으니…….

그 작품의 이름은 '형제회'였다.

*

자, 이것을 무덤덤한 표정으로 들어 보아라.

그날, '3'번 방으로 들어온 정 과장의 손에는 두툼한 서류철이 하나 들려 있었다. 스포츠머리 또한 검은색 선글라스에 검은색 넥타이를 맨 채, 함께 들어왔다. 스포츠머리는 철제 책상에 앉은 정 과장 옆에 마치 전봇대처럼 우뚝 서 있었다.

"오래 기다리셨죠? 이게 뭐 들여다볼 게 한두 개여야죠."

정 과장은 여전히 미소 띤 얼굴로 말했다. 나복만은 의자를 책상 쪽으로 조금 더 가까이 당겨 앉았다. 안타깝게도 나복만은 그때, 정 과장이 그저 반갑고 또 반갑기만 했다. 마치 오랫동안 헤어졌던 친척을 다시 만난 듯한 기분이 들었다. 이제 모두 끝났구나, 하는 생각 또한.

하지만 그런 나복만의 마음과는 달리, 친절한 정 과장은 와이셔츠 소매를 걷으면서 이렇게 말했다.

"자, 그럼 이제 본격적으로 시작해 볼까요?"

나복만은 멀뚱한 표정으로 정 과장을 바라보았다. 스포츠머리의 무표정한 얼굴도 한 번 쳐다보았다. 그러거나 말거나, 친절한 정 과장은 서류철을 펼치면서 말했다.

"제일 먼저…… 아버지를 다시 만난 게 언제인가요?"

*

자, 이것을 누군가에게서 받은 가르침을 떠올려 보면서 들어 보아라.

정남운이 중앙정보부 국내 정보반에 막 배속되었을 무렵인 1975년 겨울, 그의 바로 위 직속상관인 5급 선배 요원 중 한 명이 간암 4기 판정을 받고 병원에 입원한 일이 있었다. 비록 함께 일한 시간은 고작 석 달밖에 되지 않았지만, 그 기간 동안 함께 요시찰 대상자들에 대한 미행을 나가고, 함께 자료를 조작하고, 함께 밤을 새워 보

고서를 작성했던 사이인지라, 정남운은 착잡한 마음으로, 그것이
그 둘 사이의 마지막 만남이 될 것이라곤 예상하지 못한 채, 서점에
서 산 『데미안』 한 권과, 수제화 전문 매장에서 산 '부라운 구두' 한
켤레를 들고 병원으로 찾아갔다. 그리고 그곳에서 기대하지 않았
던, 평생 잊지 못할 소중한 '가르침' 하나를 얻게 되었다.

　1960년대 말부터 1970년대 초반까지, 3선 개헌에서부터 유신헌
법 공표에 이르기까지, 박정희 장군을 위해 그 누구보다 발 빠르고
헌신적으로 많은 사람들을 감금 폭행했던 이 선배 요원은, 그래서
였는지는 몰라도 자신의 운명에 대해서도 남보다 한 발 먼저 인지
하고 있었고, 조금 일찍 자포자기 심정이 되어 있었다.
　그는 병실 안으로 들어온 정남운을 보고도 잠깐 미소만 지었을
뿐, 별다른 말이 없었다. 그의 손목은 자두나무 가지처럼 앙상해져
있었다. 정남운은 침대 옆 탁자에 『데미안』을 올려놓은 후, 쇼핑백
에서 구두를 꺼내 보였다. 발등 부위에 끈이 달린, 갈색 계통의 구
두였다. 선배 요원은 그 구두를 보고 또 슬쩍 미소를 지었다. 그러
곤 말했다.
　"구두구나, 구두……. 네가 구두를 다 사 왔어."
　정남운은 구두를 침대 아래 슬리퍼 옆에 가지런히 내려놓았다.
　"선배님, 얼른 일어나시라구요. 치수는 맞게 사 왔는데 마음에
드실지……."
　그제야 선배 요원은 자리에서 일어나 앉았다. 정남운은 선배 요
원의 한쪽 팔을 부축해 주었다. 선배 요원은 맨발을 구두 안에 넣

어 보았다. 구두는 조금 커 보였고, 그래서였는지는 몰라도 선배 요원은 더 작아 보였다.

"아프니까 발도 함께 작아지는구나……."

선배 요원은 그렇게 말한 후, 다시 침대에 누웠다. 잠깐 앉았다가 누웠을 뿐인데도 그는 숨을 거칠게 몰아쉬었다. 선배 요원은 한참 동안 두 눈을 감은 채 숨을 고르다가, 뜬금없이 이런 질문을 던졌다.

"너, 중정에서 오래 썩을 결심이냐?"

정남운은 선배 요원의 바싹 마른 얼굴을 내려다보다가 가만히 고개를 끄덕거렸다.

"넌 아마 힘들 거야……. 대학교 때 전력도 있고…… 성격도 이곳이랑 잘 안 맞는 거 같고……."

"그러니까 선배님이 잘 이끌어 주셔야죠. 전 이제 다른 덴 갈 수도 없고, 어쨌든 이쪽에서……."

정남운은 조금 우울한 목소리로 말했다.

"끌어 주고 싶어도…… 그게 잘될까 모르겠다."

선배 요원은 머리를 베개 깊숙이 파묻었다. 그는 한동안 천장 쪽, 한 방울 한 방울 떨어지는 링거 병만 쳐다보았다. 정남운은 고개를 돌려 병실 창밖을 바라보았다. 어디선가 요란하게 새소리가 들려왔다.

"너 정말 중정에서 오래 있을 생각이라면…… 그럼 말이다, 이거 하나를…… 이거 하나를 잘 기억해 두거라."

정남운은 다시 선배 쪽으로 시선을 돌린 후, 침대 옆으로 조금 더 가까이 다가가 앉았다. 그는 양복 안주머니에서 수첩과 볼펜을 꺼냈다.

"그러니까 고아들…… 고아들을 잘 관찰해……."

정남운은 수첩에 '고아들'이라고 쓰다 말고, 선배 요원을 멀뚱히 바라보았다.

"그게 무슨……."

선배 요원은 씨익, 어쩌면 생애 마지막이 될지도 모를 미소를 지어 보였다.

"걔네들이 너한텐 노다지가 될 거야."

"고아들이요?"

선배 요원은 클클, 소리를 내어 웃다가 발작적으로 기침을 했다.

"그게 무슨 말씀이신지 저는 도통……."

잘 생각해 보거라, 한국전쟁 때문에 생긴 고아들이 이제 대부분 성인이 되었을 나이이다……. 고아들의 부모는 죽은 사람도 많겠지만, 저쪽으로, 북쪽으로 넘어간 사람들도 부지기수다. 그곳에서 꽤 높은 사람이 됐을 수도 있고, 그래서 남쪽에 남겨 둔 자식들이 보고 싶은 사람들도 많을 것이다……. 그러니 중앙정보부에서 무엇을 해야 하는지…… 잘 생각해 보거라. 고아로 자란 친구들이 제대로 된 교육을 받고 자랐을 거 같으냐……. 그리고 또 생각해 보거라, 걔네들을 잡아 온다고 해서 누가 신경이나 쓸 거 같으냐……. 생각하고, 또 생각해 보거라. 아버지를 알지도 못하는 친구들이 또 어떻게 아버지를 부인할 수 있겠느냐……. 그러니, 명심하거라. 변호인도 선임하기 힘들고, 완제품을 만들어 내기 위한 다른 부가 재료도 필요하지 않은 것이…… 바로 고아들이다.

정남운은 선배 요원의 말을 수첩에 빼곡히 받아 적었다. 그러다가 고개를 갸웃거리며 이런 질문을 했다.

"한데요, 선배님······. 그 사람이 고아인지 아닌지, 어떻게 알 수 있죠? 그걸 알아봐야 따로 조사도 하고 그림도 그릴 텐데요······?"

정남운의 말을 들은 선배 요원은 또 한 번 클클, 소리를 내면서 웃었다. 그러곤 정남운에게 더 가까이, 얼굴을 베개 근처까지 다가오게 한 후, 말했다.

"걔네들은 말이다······. 걔네들은······ 버릇처럼 곁눈질을 한단다."

*

자, 이것을 오랜만에 당신의 아버지, 혹은 어머니에게 전화라도 드린 다음, 계속 들어 보아라.

나복만은 그때 잠시 자신이 무언가 잘못 들은 것은 아닐까, 생각했다. 그래서 그는 곧바로 다시 한 번 물어보았다.

"누, 누구요······?"

친절한 정 과장은 서류철로 눈을 돌리면서 말했다.

"아버지요, 나복만 씨 아버지. 나성국 씨 말입니다."

나복만은 그 순간, 태어나서 처음으로 자신의 친아버지 이름 석 자를 듣게 되었다. 하지만 그는 그것이 자신의 아버지 이름인지 알지 못했고, 그래서 무감각했으며, 그 어떤 떨림도 느끼지 못했다. 무언가 잘못된 서류이거나, 어떤 오해가 있겠거니, 생각했을 뿐이었다.

"전, 아버지를 본 적이 없는데요?"

"잘 생각해 보세요. 차근차근."

친절한 정 과장은 툭툭, 서류철을 치며 말했다.

"아닌데요, 전 고아라서……."

"1977년 8월에 만난 게 맞으시죠?"

"어, 어, 언제요? 어, 그땐 아닌데……."

"왜 거 자취방으로 찾아와서 오랫동안 말도 하고 돈도 주고 가셨잖아요?"

"도, 돈이요……? 어, 아닌데……."

"에이, 그래서 그 돈으로 운전면허 학원에 등록도 하고, 또 택시 기사도 된 거 맞잖아요?"

"어, 어…… 진짜 아닌데……. 그건 제가 통닭집에서 일한 돈으로……."

친절한 정 과장이 허리를 뒤로 조금 젖히면서 말했다.

"허허, 이 사람 이거, 잘 대해 줬더니 안 되겠네."

친절한 정 과장이 그렇게 말하자마자 스포츠머리가 나복만 쪽으로 성큼성큼 다가왔다. 그는 아무런 망설임 없이, 그 어떤 예고나 동요 없이, 끊김 없는 한 동작으로, 그대로 나복만의 뒤통수를 잡고 넘어뜨렸다. 그런 다음 사정없이 발길질을 하기 시작했다.

친절한 정 과장은 그 모습을 보면서 손목시계를 한 번 내려다보았다. 그는 집에 전화를 걸어 애들하고 먼저 저녁을 먹으라는 말을 해야겠다고 생각했다.

*

자, 이것을 누군가의 간략한 약사(略史)를 떠올리며 들어 보아라.

정남운이 알아낸 나복만의 아버지 나성국(羅星國)은 1922년 경기
도 가평군 상면 연하리에서 나채영(羅採營)의 3남으로 태어난 인물
로서, 1941년 중동고등보통학교를 마치고 도일, 니혼대학 예술과 1년
을 수료한 후 상지대학 문학부에 입학하여 동교 3학년을 졸업하고
1945년 9월 귀국, 잠시 모교에서 국어 교사로 재직한 바 있는 자이
다. 1948년 5월, 경기도 가평군 하면 현리 출생의 허명자(許明子)와
혼인했으나 채 보름도 지나지 않은 그해 6월, 단신으로 월북, 평안
남도 강동군 승호면 소재의 '강동정치학원'에 입학했으며, 한국전쟁
당시엔 경기도 인민위원회 문화부 부장으로 참전했다. 1955년 김일
성대학 문학부 대학원에 재학 중 국비 유학생으로 선발, 모스크바
국립대학 희곡과에서 공부했고, 1957년 소련으로 망명……. 이후
행적은 나타나지 않았다.

망명 이후 행적은 나타나지 않았지만…… 정남운에겐 그것이 그
리 중요한 문제로 다가오지 않았다. 어차피 그다음은 자신의 몫이
었기 때문이었다. 그에게 중요한 것은 나복만의 아버지가 현재 이곳
으로 다시 돌아올 수 없는 곳에 있다는 것, 자기 자식이 누구인지
조차도 모른다는 것, 이념적으로 분명 다른 편에 서 있다는 것, 그
것이 전부였다. 그것만으로도 충분했기 때문이었다.

그는 조심스럽고도 신중하게, 그다음을 채워 나가기 시작했다.

*

자, 이것을 젊은 날 사라졌다가 30년 만에 다시 나타난 아버지를 상상하며 들어 보아라.

그러니까 나복만은 비로소 자신의 아버지를 만나게 된 것이었다. 근 30년 만에, 잊고 있었던, 아니 본 적도 없고 생각조차 하지 못했던 아버지가, 눈앞에, 홀연히, 갑작스럽게, 뜬금없이, 내가 네 아비다, 하는 식으로, 나타난 것이었다.

친절한 정 과장의 설명에 따르면 자신의 아버지인 나성국은 소련 유학 이후, 1969년 노동당 연락부에 의해 대남 공작원으로 선발되어 7년 동안 김일성 군사 정치 대학과 순안 초대소 등에서 밀봉 교육을 받았으며, 다시 1976년 3월부터 원산 연락소 53방향장인 하준수로부터 침투 및 요인 암살 교육, 대테러 훈련 등을 수행했다고 한다. 이후 1977년 6월 모선을 이용해 독도 중간 해상을 통과, 대마도 동북방 10마일 해상으로 침투, 다시 레이더에 잡히지 않는 반잠수정과 이태리제 1인용 스쿠터를 이용, 서귀포 인근 해변에 상륙, 근 20일 동안 한라산에 은거하며 지형지물을 익히고 무선 신호 체계를 시험 가동하였으며, 그해 7월 경기도 가평에 한 차례 들렀다가 강원도 원주로 잠입, 자신을 찾아왔다는 것이다.

자신을 만난 아버지는 오랫동안 부둥켜안고 눈물을 흘린 후, 네가 지금 이렇게 빈곤하게 사는 것은 다 악귀 같은 파쇼 자본주의 제국주의자들과 그에 뇌동한 일당들 때문임을 상기시킨 후, 정부를 전복하고 미 제국주의자들을 이 땅에서 몰아내어 진정한 사회주의 체제로 변혁하는 것만이 우리가 함께 모여 살 수 있는 유일한 방법임을 세뇌시켰다. 그 후, 아버지는 자신에게 『김일성 사상 선집』, 『공산당 선언』, 『중국 혁명사』 같은 책을 건넨 뒤 읽고 정리하라고 지시했으며, 그로부터 석 달 동안 자취방에 머물면서 의식화 교육을 진행하였다고 한다. 또한 그 교육 기간 중 자신과, 자신의 아버지는 북쪽으로부터 총 34회에 걸쳐 2340조의 무선 지령을 받아 원주시 태장동 인근의 미군 부대 '캠프 롱'과 '제1 야전군 사령부'의 지형과 경계 근무 상황을 탐지, 횡성과 홍천 등지에 약정된 여섯 개의 무인 포스트를 이용, 24회나 보고를 했다고 한다.

의식화 교육이 성공적으로 끝난 뒤부터는 아버지의 지시에 따라 지하 세포 조직을 구축하기 시작했는데, 우선 목적 수행에 부합되는 성향을 가진 '형제의 집' 출신 고아들을 접촉, 공작금과 일제 소니 라디오 등을 건네며 환심을 산 이후, 세뇌 공작을 진행하여 '형제회'라는 이적 단체를 결성하였으며, 1978년부터는 다시 아버지의 지시에 따라 운전면허 학원에 등록, 택시 회사에 위장 취업하여 동료 기사인 박병철까지 포섭, 함께 원주시 인근 동원 부대의 편제와 병력, 대간첩 작전 상황 등을 파악, 보고했다.

1981년부터는 아버지의 지시에 따라 천주교 원주 교구 교육원에 잠입, 합숙 중이던 청년 대학생들과 접촉, 구체적인 혁명 전략과 투쟁 지침을 논의, 청년 대학생들은 부산 쪽을, 자신을 필두로 한 '형제회' 멤버들은 원주 쪽을 맡기로 결정하였으며, 교육원 최기식 신부와 단구국민학교 김상훈 교사, 원동성당 주교 보좌신부 등과 긴밀히 연락, 최종 거사 시일을 조율하고, 천주교 신자들을 중심으로 한 지하 야체이카 구축을 위해 연락책 역할을 수행하였다.

한편, 나복만 자신은 1980년 9월, 아버지와 함께 월북, 평양 모란봉 초대소에서 15일간 직접 간첩 밀봉 교육을 받았으며, 노동당 입당 원서를 작성한 후, 대남 공작 총책인 최상린으로부터 국가 훈장과 금제 오메가 손목시계, 미화 500달러를 하사받은 후, 다시 삼천포항을 통해 잠입하기도 했는데……

"제, 제가요……?"

그 대목에서 나복만은 친절한 정 과장을 바라보며 그렇게 말했다. 친절한 정 과장은 고개를 끄덕거렸다.

"여기 다 그렇게 나와 있는걸요, 뭐. 서류에 나와 있는 그대로 불러 준 거예요."

"아, 아닌데요……. 저, 전, 바다도 한번 가 본 적 없는데요……."

나복만은 고개를 가로저으며 말했다.

"에이, 참. 그랬다니깐요. 잘 생각해 봐요."

"정말 아닌데……. 정말 아니거든요."

"허허, 이 사람 참……. 일을 계속 어렵게 만드네."

친절한 정 과장이 그렇게 말하자, 다시 스포츠머리가 나복만에게로 다가왔다. 그는 다짜고짜 손에 든 각목으로 나복만의 허벅지를 내리쳤다. 그는 아무 말 없이, 계속 그 일에 집중했다.

*

자, 이것을 듣기 싫어도 엉덩이에 힘을 준 채, 억지로라도 계속 들어 보아라.

그러니까 나복만은…… 그 모든 것을…… 정남운이 새롭게 만들어 준 자신의 스펙터클한 운명을…… 모두 다 자신의 것으로 받아들여야만 했다. 스포츠머리와 그다음날부터 새로 들어오기 시작한, 체구가 우람하고 손등에 털이 많이 난 요원 한 명이 그것을 도와주었다. 그들은 우선 팬티만 남겨 놓고 나복만의 옷을 모두 벗긴 다음, 인정사정없이 각목부터 휘두르고 보았다. 그 어떤 질문도, 애원도, 사정도 들어주지 않는 날들이 시작된 것이었다. 나복만은 '3'번 방 이곳저곳을 기어 다니면서 두 팔로 머리를 감싸거나 허리를 동그랗게 안으로 만 채 매질을 당했다. 몇 번 무릎을 꿇고 두 손을 모아 그들에게 알아들을 수 없는 용서를 구하기도 했지만, 그러나 각목 세례는 멈추지 않았다. 그들은 마치 슬럼프 때문에 2군으로 쫓겨 내려간 8번 타자처럼 묵묵히 백열전구 아래에서 각목을 휘둘러 댔고, 나복만이 정신을 잃으면 그제야 숨을 길게 한 번 내쉬고 물을 마셨다. 그러곤 허공에 몇 번 한쪽 팔을 휘이, 휘이, 돌려 보고 나서 다시 각목을 잡았다. 나복만은 자주 정신을 잃고 쓰러졌다.

셋째 날부턴 철제 의자와 철제 의자 사이에 기다란 철봉을 올려 놓은 다음, 그 한가운데 나복만을 거꾸로 매달아 놓고 암기력 테스트 문제를 출제했다. 그들은 오답이 나올 때마다 물에 젖은 노란색 로터리 창립총회 기념 수건을 얼굴 위에 뒤덮거나, 각목으로 허벅지를 내리치는 식으로 그의 기억을 새롭게 일깨워 주었다.

일테면 이런 식.

"아버지하고 함께 공부한 책이 뭐라고?"

"그, 그러니까 김일성 선언하고, 고, 공산당 혀, 혁명사하고……."

"다시!"

그들은 주전자에 가득 들어 있는 물을 나복만의 얼굴 위에 그대로 부어 버렸다.

그들은 암기에는 역시 반복 학습만큼이나 효과적인 방법이 없다는 것을 알고, 그대로 실행에 옮기기도 했다. 일테면 이런 식.

"형제회 멤버가 김득칠, 이상구, 정칠성, 김복진, 강달영, 맞지?"

"네, 네…… 맞아요."

"거기에 박병철이 새롭게 들어온 거지?"

"네, 네…… 그렇지요."

"누구누구라고?"

"그러니까 그게…… 그게…… 너무 빨리 말씀하셔서……."

"다시!"

그들은 나복만이 혼절하면 다시 철봉에서 내려 철제 의자에 앉혀 놓았다. 그리고 그런 상태에서 배달 온 짜장면을 먹거나 커피를 마시거나 라디오를 들었다. 라디오는 주로 MBC FM에 맞춰져 있었는데, 다시 암기력 테스트가 시작된 이후에도 계속 끄지 않고 켜두었다. 그래서 나복만은 'FM 가정음악실'을 들으면서 자신이 총 몇 회에 걸쳐 무선 지령을 받았는지, '정오의 희망 음악'을 들으면서 자신이 태장동 인근 미군 부대 앞에서 무슨 짓을 했는지, '김기덕입니다'를 들으면서 정확히 언제 '형제회'를 결성했는지, '임국희의 퍼레이드'를 들으면서 자신이 최초 최기식 신부와 접선한 장소가 어디인지, '박원웅과 함께'를 들으면서 아버지와 함께 월북한 루트는 어떻게 되는지, 모란봉 초대소에서 자신에게 훈장을 하사한 사람은 누구인지, 공작금은 또 얼마나 받았는지…… 그것들을 외우고 또 외워야만 했다. 라디오에서 흘러나오는 음악 때문인지, DJ가 들려주는 "어제는 아버지의 쉰다섯 번째 생신이었습니다. 아버지는 아직도 저를 마냥 국민학교에 다니는 어린아이로만 생각하고 계시지요. 하지만 저는 요즈음 아버지가 어린아이처럼 느껴져요. 그래서 어제는 아버지를 모시고 아침부터 창경원에 나갔습니다. 어린아이처럼 좋아하는 아버지의 모습을 보니 한편으로 마음이 짠해지기도 했습니다." 같은…… 종로구 홍지동에 사는 박창숙 양의 흐뭇한 사연 때문인지…… 외우는 일은 잘되지 않았다. 그래서 그는 다시 거꾸로 매달렸고, 정강이와 허벅지를 가격당했으며, 물을 계속 마셔야만 했다…….

닷새째 되는 날부턴 옆방에서도 라디오 소리가 들려오기 시작했다. 사이먼 앤 가펑클의 노랫소리가 흘러나오고…… 중간중간 비명 소리가 함께 섞여 나오고…… 일기예보가 나오고…… 다시 쏴아, 하는 샤워기 소리가 새어 나오고…… 어제는 남자 친구의 군부대로 면회를 갔습니다, 로 시작되는 경기도 평택시에 사는 최수연 양의 사연이 배경음악과 함께 흘러나오고…… 따귀를 때리는 소리가 연이어 터져 나오고…… 조용필의 목소리가 애절하게 흘러나오고…… 그 사이사이 "그게 맞잖아, 이 새끼야!"라고 윽박지르는 낯선 목소리가 에코처럼 길게 울려 퍼지고…… 카펜터스가 나오고…… 때맞춰 각목 소리가 베이스처럼 낮게 깔려 나오고…… 강병철과 삼태기의 메들리가 나오고…… 돌림노래처럼 옆방에서도, 앞방에서도, 왼쪽 방에서도, 대각선으로 마주한 방에서도…… 누군가의 울부짖는 소리가 길게 이어지고…… 그리고 갑자기 정전이라도 된 것처럼 모든 방에서 정적이 흐른 뒤…… 한 명씩 한 명씩, 나복만이 거꾸로 매달려 있던 방으로 누군가와 함께 들어오기 시작했다.

그들은 나복만과 몇 년 만에 다시 만나는 '형제의 집' 출신 제일 큰 형과, 셋째 형과, 머리를 잘 안 감던 형과, 앞니가 나간 형, 그리고 자신의 머리를 계속 쓰다듬어 달라고 조르던 형이었다. 그들은 하나같이 와이셔츠를 입은 두 사람에게 부축을 받은 채 '3'번 방으로 들어왔다. 형들은 머리는 푹 젖어 있었고, 맨발에 팬티 차림이었으며, 발뒤꿈치는 모두 까져 있었다. 그들은 방문 앞에 선 채, 철봉아래 거꾸로 매달려 있던 나복만을 곁눈질로 바라보았고, 아주 잠깐 나복만과 눈이 마주치기도 했다.

"쟤, 맞지?"

부축하고 있던 한 사람이 그렇게 물으면, 형들은 다시 한 번 곁눈질로 나복만을 바라보았는데, 그들의 눈은 원망과 두려움과 허기와 공포의 사이사이를 빠르게 오가다가…… 결국 끄덕끄덕 고개를 몇 번 떨어뜨린 후, 스르르 감겨 버리고 말았다. 그러곤 다시 각자의 방으로 돌아갔다. 나복만은 그들을 보면서도 그 어떤 미안함도, 죄책감도, 안타까움도 느끼지 못했는데, 형들의 모습이 환영인지 실제인지, 사실인지 거짓인지조차도 제대로 구별되지 않았기 때문이었다. 그저 자꾸 눈이 감기고, 숨이 가빠지고, 입안에서 계속 올각올각거리는 소리만 날 뿐, 다른 아무것도 느껴지지 않았다.

그런 날들이 열흘 가까이 이어졌다. 그사이 나복만은 노란색 로터리 창립총회 기념 수건을 얼굴에 뒤집어쓴 채…… 김순희를 만나고, 어머니를 만나고, 박병철을 만나고, 관리 상무를 만나고, 아버지를 만났다.

김순희는 머리를 길게 풀어 헤친 상태에서 곧 울 것 같은 표정으로 그를 계속 노려보았는데, 무슨 말인가를 하려다가 결국 그 자리에 주저앉아 무릎 사이에 얼굴을 파묻고 엉엉 소리 내어 울기 시작했다. 그런 그녀 뒤로 백목련이 환하게 피어나고, 다시 그 꽃잎들이 하나둘, 발치 근처로 어린 새처럼 툭툭 떨어졌다. 그러곤 어느 사이, 백목련 꽃잎에 가려 그 모습이 보이지 않게 되었다. 찬송가 소리가 어디선가 희미하게 들려오는 것 같았지만, 이내 빗소리에 묻혀 모두 다 사라지고 말았다. 그는 그것이 빗소리인지, 샤워기 소리인지 알 수 없었다. 숨이, 가슴이, 끊어질 것 같은 순간순간, 나타났다가 사라지는 영상이었다.

어머니는 늘 뒷모습뿐이었다. 커다란 분홍색 보자기 보따리를 한 손에 쥔 채, 그를 향해 어여 오라고 계속 손짓을 했다. 그는 그 손짓을 따라 숨 가쁘게 뛰어갔지만 어머니와의 거리는 줄어들지 않았고, 어머니의 손짓 또한 멈추지 않았다. 얼마나 그렇게 뛰어갔을까. 그러다가 그는 문득 어머니의 손짓이 '어여 오라'는 뜻이 아닌, '어여 가라'는 의미라는 것을 깨닫게 되었다. 그는 자리에 우뚝 멈춰 서고 말았다. 그제야 어머니의 손짓도 천천히 잦아들었다. 주위를 둘러보니, 겨울 산과 살얼음이 낀 논이 보였다. 그 풍경 사이로 어머니는 점처럼, 점처럼, 줄어들었다. 그리고 다시 빗소리…… 다시 암전…….

관리 상무와 박병철은 이어지는 동작 없이, 파편처럼, 잘못 끼어든 사진처럼, 깜빡깜빡 수시로 그를 찾아왔는데, 어느 땐 앞니를 모두 드러낸 채 웃고 있었고, 또 어느 땐 미간을 잔뜩 찡그린 채 담배를 피우고 있었다. 그들은 어느 땐 돈을 세고 있었고, 또 어느 땐 탕탕, 주먹으로 책상을 두들기기도 했다. 그에게 알 수 없는 고함을 내지르기도 했고, 귓속말로 작게 택시를 어디에 두었는지, 빨리 똑바로 불라고 말하기도 했다. 그는 대답하려 했지만, 목이 쉬어 제대로 소리가 나오지 않았다. 이제 그만 나와도 된다는 관리 상무의 목소리, 자신의 택시를 대신 모는 박병철…… 택시 지붕 위에서 들려오는 빗소리…….

그리고 아버지…… 아버지가 나타났다. 늘 자신의 자취방에 앉아 책을 읽고 있는 아버지, 자신에게 책을 건네며 읽어 보라고 권하는 아버지, 네가 이렇게 빈곤하게 사는 것은 미 제국주의자들 때문이라고 말하는 아버지……. 아버지는 단파 라디오를 들으면서 수첩에 무언가 끊임없이 적었으며, 그를 데리고 한 번도 가 본 적 없던 야산에 오르기도 했다. 그와 함께 헤엄쳐 낡은 어선 위에 오르기도 했고, 그와 함께 훈장을 받기도 했다. 아버지의 영상은 비교적 뚜렷해 그는 그것이 자신의 실제 과거이자 기억이라고 서서히 믿기 시작했다. 비록 아버지의 얼굴은 볼 수 없었지만, 그가 보려 할 때마다 아버지가 황급히 고개를 돌리거나 숙였지만, 그 외의 모든 것들은 마치 이제 막 지나쳐 온 거리의 모습처럼, 어제 만난 사람처럼, 구체적이고 선명했다. 그래서 그는 계속 아버지와 함께 미군 부대 정문 부근을 어슬렁거리는 자신의 모습을 볼 수 있었고, 머리가 젖은 형들과 함께 동그랗게 둘러앉아 무언가를 이야기하는, 얼굴까지 벌겋게 변해 버린 자신의 모습을 의심하지 않고 받아들일 수 있었다. 날짜와 시간까지 정확하게.

하지만…… 그럼에도…… 그는 어느 순간, 그 모든 것들이 다 만들어진, 자신이 직접 겪지 않은, 누군가의 입에서 흘러나온 이야기에 불과하다는 것을 깨달았고, 그래서 다시 본래의 그로, 안전택

시의 1년 차 신입 기사인 나복만으로 되돌아올 수 있었는데, 그것
은 체구가 우람한, 손등에 털이 많이 난 요원이 철제 책상 앞에 앉
은 그에게 볼펜과 종이를 내밀면서 한 말, 바로 그 말 때문이었다.

"자, 이제 어느 정도 됐으니까…… 그럼 써야지."

3

자, 이것을 세계지도를 펼쳐 놓고 들어 보아라.

1982년 11월 중순 무렵, 우즈베키스탄 타슈켄트 시에 거주하고 있던 나가이 예브쎄이는 자신이 일하던 '극성' 꼴호스 인민극장 사무실에서 두 명의 낯선 방문자를 맞이하게 되었다.(이봐, 친구. 어떤가? 이건 스케일이 좀 세계적이지 않은가?) 한 명은 키가 크고, 또 다른 한 명은 작달막한 이 낯선 방문자들은, 자신들을 모스크바에서 내려온 기관원이라고 소개한 후(그들은 모두 검은 양복과 검은 넥타이를 매고 있었다. 선글라스는 쓰지 않았다.) 잠깐 할 얘기가 있으니 시간 좀 내달라고 말했다. 기관원들의 말을 듣자마자, 나가이 예브쎄이는 드디어 올 것이 오고 말았구나, 하는 심정으로 사무실 소파에 등을 잔뜩 수그린 채 힘없이 주저앉고 말았다. 사무실에서 함께 근무하는 고려극단 단원인 뻬트로부나는 차를 세 잔 내온 후, 슬몃슬

몇 눈치를 보다가 밖으로 나가 버렸다. 기관원들은 차에는 손도 대지 않은 채, 소파에 앉자마자 안주머니에서 수첩을 꺼내 들고 나가이 예브쎄이를 바라보았다. 그러곤 툭툭, 손가락으로 소파 탁자를 두들기기 시작했다.

나가이 예브쎄이는 지난가을, 2년간의 준비를 거쳐 자신의 희곡 작품인 「재떨이」를 크즐오르다 주 고려극장에서 일주일 동안 상연한 후, 작품 원본을 조선어 발행 신문인《레닌기치》문예란 페이지에 그대로 전재한 적이 있었다. 나가이 예브쎄이의 일곱 번째 희곡 작품이자, 스스로도 마지막 작품이 될 것이라고 공언한 희곡 「재떨이」는 대강 다음과 같은 줄거리로 되어 있었다.

우즈베키스탄 호레즘 주 집단농장의 지배인으로 일하는 박만호가 직장에 나간 사이, 그의 고향 친구 권이라는 사람이 집으로 찾아온다. 만호를 만나러 왔다는 권에게, 만호의 아내 에고르까는 남편은 직장에서 늦게 돌아온다며 퉁명스럽게 그를 대한다. 권은, 자신이 만호의 고향 친구라며 그에게 전화를 좀 걸어 달라고 부탁하자, 에고르까는 마지못해 남편에게 연락을 한다. 남편이 곧 오겠다고 하자, 에고르까는 권을 응접실로 들어오게 한다. 그러면서 그에게 신발을 깨끗이 닦고 들어오라고 말한다.
에고르까는 의자에 앉아 책을 읽고, 권은 소파에 말없이 앉아 창문을 바라본다. 그러다가 권은 에고르까에게 담배를 한 대 피워도 되겠느냐고 묻는다. 에고르까는 자신은 담배 연기만 맡아도 두

통이 심해진다고 하면서도 재떨이를 가져다준다. 권은 꺼냈던 담배를 도로 넣고는 아이들이 있느냐고 묻는다. 에고르까는 자기는 아이가 없고, 만호의 아이는 전 부인이 키운다고 말한다.

만호가 들어오자 권은 반갑게 인사하나, 만호는 좀처럼 권을 알아보지 못한다. 권이 고향 얘기를 하자 그제야 그를 알아보지만, 얼굴 표정은 좀체 밝아지지 않는다. 만호는 권이 일자리를 구하기 위해 자신을 찾아온 것은 아닐까, 지레짐작하기도 한다. 귀찮게 됐군. 만호는 떨떠름한 표정으로, 그래, 어디 여관은 잡았나, 하고 묻는다. 권은 아직 여관은 잡지 않았으나 일 때문에 곧 가 봐야 한다고, 걱정하지 말라고 말한다. 하긴, 남의 집에서 자는 것보단 여관이 편할 거야, 만호는 그제야 웃옷을 벗고 느긋해진 얼굴로 차를 마신다.

얼마 후, 밖에서 자동차 소리가 들리고, 누군가 황급히 만호의 집으로 들어온다. 만호도 익히 잘 아는, 집단농장의 감리를 맡고 있는 주 당국의 책임 일꾼 니꼴라이였다. 만호는 놀라며 니꼴라이에게 "아니, 여기는 웬일이십니까?"라고 묻지만, 니꼴라이는 만호는 본 체 만 체하고 권에게 다가가 인사를 한다. 오는 길에 자동차가 고장 나서 늦었다며 그에게 정중히 용서를 구한다. 권은 괜찮다며, 오랜만에 고향 친구를 만나 이런저런 얘기를 할 수 있어서 좋았다고 말한다. 그러면서 권은 만호에게 후에 다시 만나 조용히 이야기할 기회가 있을 거라면서 인사를 하고 밖으로 나간다.

권이 먼저 나가고 뒤따라 나가려는 니꼴라이를 붙잡고 만호는 묻는다. "도대체 권이 누구기에 책임 일꾼 동지가 이러는 겁니까?" 그러자 니꼴라이가 "권은 중앙에서 내려온 기관원이며, 주 당국 내 여러 기관들을 검열하러 왔으니, 만호 자네도 잘 준비하고 있으라"고 말한다. 만호와 에고르까는 그 말을 듣곤 사색이 되어 서로의 얼굴을 바라본다. 그들은 니꼴라이가 나가고 난 후, 계속 말없이 거실을 서성거린다. 만호가 담배를 입에 문 채 두리번두리번 재떨이를 찾자, 에고르까가 재빨리 그것을 갖다 준다. 만호는 계속 담배를 피우고, 거실은 이내 담배 연기로 뿌옇게 흐려진다.

그리고 얼마 후, 전화벨이 울린다. 만호는 떨리는 목소리로 에고르까에게 빨리 전화를 받으라고 하지만, 그녀는 자기가 왜 전화를 받느냐며 당황스러워한다. 만호가 어쩔 수 없이 전화를 받는다. 그는 전화기에 대고 "예? 지금 당장요? 사무실로요? 예, 예, 곧 가겠습니다." 하고 대답을 한다. 만호는 전화를 끊은 후, 에고르까에게 지금 권이 사무실에 앉아 자기를 부른다며, 이제는 꼼짝없이 당하게 되었다고 말한다.

만호는 에고르까에게 음식을 잘 차려 놓고 좋은 술을 준비하라고 부탁한다. 어떻게든 그를 집으로 데리고 오겠으니 무슨 수단을 써서라도 일을 무사히 마쳐야 한다고 에고르까에게 당부한다. 만호가 밖으로 나가고 에고르까가 재떨이를 걸레로 깨끗이 닦아 내는 장면에서 막이 내린다.

작품이 발표되고 난 후, 그다음 호 《레닌기치》 문예란 페이지에는 카자흐스탄 작가 동맹 내 조선인 작가 단체 쎅치아의 부위원장인 김동혁의 이름으로 장문의 평론이 한 편 실리게 되었는데, 그 내용을 요약해서 살펴보면 대강 다음과 같다.

…… 소련 인민의 혁명적, 전투적 및 로력적 전통들이 앞으로도 우리 문학 발전의 기본 방향을 규정하게 된다는 것은 주지의 사실이다. 특히나 현재 우리 조선인 작가 단체 내에 소련 작가 동맹 맹원은 다섯 명뿐이니 제한 기간 내에 새 문인들을 중앙 작가 동맹에 입맹시킨다는 목표로, 우리 조선 문인들은 더더욱 소련 인민들과, 소련 공산당에 충성을 다하여 헌신 복무하며 레닌주의의 승리, 공산주의의 승리를 위하여 자기의 정력, 지혜 및 재능을 다 바쳐야 할 것이다. 그러한 중차대한 시기에 발표된 우리 조선 문인 내 중견 작가인 나가이 예브쎄이의 희곡 작품 「재떨이」를 대하는 마음은 당혹스럽고도 또 한편 착잡하기까지 하다. 소련 공민 된 의무를 성실히 실행하는 선진적인 소련 사람들의 자랑찬 모습의 이모저모를 완전히 보여 주지는 못할망정 그의 희곡에 나오는 대부분의 인물들은 반동적이고, 무사상적이며, 세계관이 불명확한 군상들이다. 그의 그릇된 계급적 평가가 과연 어디에서 기인한 것인지, 우리 조선인 작가 단체 쎅치아 위원들은 우려를 금할 수가 없다……. 그는 두말할 것 없이 우리 소비에트의 현실을 훼손하는 작품을 발표했다. 그에 따른 신랄한 당적 비판 또한 피할 수 없을 것이다…….

김동혁의 평론을 접하고 난 이후, 나가이 예브쎄이는 별다른 반응을 보이지 않았다. 그는 마치 자신과 상관없는 먼 나라 소식을 접한 듯 그저 쓰윽 한 번 《레닌기치》 문예란 페이지를 훑어보고는, 평상시와 다름없이 사무실 화분에 물을 주고 차를 마시면서, 인민극장 앞으로 투고된 두세 편의 희곡 작품들을 검토했다. 뻬트로부나가 조심스럽게 "괜찮으세요?"라고 물었을 때도, 그는 슬쩍 미소까지 지으면서 "문예 작품들이야 보는 눈들이 다 다른 법이니까, 뭐." 라고 아무렇지도 않게 대답했다. 뻬뜨로부나가 "그래도 너무 심했어요."라고 속상한 표정을 지었지만, 나가이 예브쎼이의 표정은 변하지 않았다. "후배 평론가가 그 정도 패기는 있어야지." 하면서 느긋하게 담배를 피워 물기도 했다. 「재떨이」에서 '에고르까' 역할을 맡기도 했던 뻬뜨로부나는 도시락을 먹을 때도, 희곡 작품 원고들을 정리할 때도, 계속 나가이 예브쎼이의 얼굴을 살폈다. 나가이 예브쎼이는 마치 그의 작품 속에 등장하는 '권'처럼 표정 변화가 없었다. 오직 그녀만이 다시 '에고르까'가 된 듯 자꾸 마음이 불안하고, 조바심이 일었다. 내가 아직도 배역에서 빠져나오지 못한 건가, 뻬뜨로부나는 그런 생각까지 하게 되었다.

물론 겉으로 드러난 것이 그러했을 뿐…… 사실 나가이 예브쎼이의 내면은 김동혁의 평론을 접하고 난 이후부터 히말라야의 그늘진 빙벽처럼 거칠고 날카롭게 변해 갔으며, 자잘한 성에들이 끊임없이 일어났다가 내려앉고 다시 솟구쳤다가 가라앉는 일이 반복되고 있었다. 그는 화장실에 혼자 앉아 있거나, 자전거를 타고 집으로 돌아갈 때, 홀로 집 앞 공원을 산책할 때, 계속 혼잣말을 해 댔다. 개자식, 어디서 감히 네깟 놈이 내 작품을 갖고 떠들어 대, 떠들어 대길. 문학이 뭔지, 예술이 뭔지도 모르는 호로자식 같으니라구……. 뭐? 그릇된 계급적 평가? 네깟 놈이 카프카가 누구인지, 베케트가 누구인지 알기나 하느냐, 제도가 뭔지, 인간이 뭔지, 죄가 무엇인지, 알지도 못하는 놈 같으니라구……. 나가이 예브쎄이는 무표정한 얼굴로 그렇게 쉬지 않고 중얼거렸다. 그는 그러고도 분이 풀리지 않아 **뻬트로부나** 몰래 집으로 가져온 《레닌기치》를 수십 차례 더 들여다보다가 문예란 페이지를 가위로 천천히 천천히 난도 질해 버렸다.(그는 특히 김동혁의 사진과 이름을 집중적으로 공략했는데, 사진 속 두 눈에 꾹꾹, 볼펜을 눌러 구멍을 내 버리기도 했다.) 그래서 그의 내면은 다시 평안을 얻는가 싶었지만…….

그러나 사태는 나가이 예브쎄이의 내면의 평안과는 상관없이, 훨씬 더 좋지 않은 방향으로 흘러가고 있었다. 김동혁의 평론이 발표되고 난 이후 젊은 조선인 작가 단체 쎅치아 회원들을 중심으로 잇달아 「재떨이」에 대한 비판적 평론이 발표되고, 쎅치아 전체 회의를 소집하자는 의견과, 그가 맡고 있는 '극성' 꼴호스 인민극장 총책임자 지위를 박탈해야 한다는 주장까지, 이곳저곳에서 나가이 예브쎄이를 빙벽 끝으로 몰아세우는 목소리들이 점점 더 빈번하게 들려오기 시작했다.

나가이 예브쎄이는 그 모든 소식을 그의 모스크바대학 후배이자, 알마아따에 있는 자주석 출판사 책임 일꾼으로 재직하고 있는 정상진에게서 전해 들었다. 정상진은 하루가 멀다 하고 나가이 예브쎄이에게 전화를 걸어왔다.

"형님, 아무래도 형님께서 어떤 식으로든 입장을 표명하시는 게……."

"무슨 입장을 표명해, 이 사람아. 작가는 작품으로 말하는 게……."

"형님……. 저한테까지 그런 말씀 하실 필욘 없어요."

정상진의 말에 나가이 예브쎄이는 잠시 침묵을 지켰다. 그러곤 다시 조금 낮아진 목소리로 말했다.

"그래, 나보고 대체 뭘 어쩌라는 거야?"

"잘 아시잖아요. 《레닌기치》에 글을 한 번 쓰시든가……."

"나보고 변명을 하라 이거지? 그것도 공개적으로?"

"그게 정 힘드시면…… 김동혁에게 따로 전화를 한 번 하시든 가……."

그 대목에서 나가이 예브쎄이는 다시 목소리를 높였다.

"그깟 놈한테 머리를 조아리란 말이야? 내가? 이 나가이 예브쎄 이가?"

"형님……."

"그런 말 하려거든 전화 끊어, 이 사람아. 어디 그런 무식한 놈한 테 내가……."

나가이 예브쎄이는 그렇게 말하고 나서도…… 그러나 정작 전화 는 끊지 않았다. 수화기 저편에선 정상진이 길게 한숨을 내쉬는 소 리, 담뱃불을 붙이는 소리가 연이어 들려왔다. 나가이 예브쎄이는 한참 동안 숨을 씩씩 내쉬다가 두 눈을 감고 고개를 뒤로 한 번 젖 혔다. 두통과 함께 현기증이 몰려왔다.

"형님, 형님도 이제 더 이상 험한 꼴 보지 마셔야죠……. 형님이 가족이 있습니까, 친척이 있습니까? 이제 곧 연금 생활자도 되셔야 하는데…… 자존심을 조금만 죽이시면……."

정상진은 그러면서 나가이 예브쎄이가 4년 전에 발표한 작품「어머니의 꽃」 이야기를 했다. 이렇게 좋은 세상을 마련해 준 레닌상 앞에 손수 가꾼 꽃들을 매일매일 갖다 바치는, 모스크바에 있는 레닌 능묘에 직접 꽃을 드리는 것이 평생 소원이었던 빨치산의 아내이자 타슈켄트 사범대학 조선어과 교원 김철진의 어머니인 박순례의 이야기를 다룬 그 희곡은, 박순례가 천신만고 끝에 레닌 능묘 앞에 도착해 꽃을 올리고 숨을 거두는 것으로 대단원의 막을 내리게 된다. 나가이 예브쎄이는 그 작품을 발표하고 얼마 지나지 않아 조선 인민극단 책임 작가에서 '극성' 꼴호스 인민극장 총책임자로 자리를 바꾸게 되었다.

"어쨌든 그것도 형님이 제 말 듣고 자존심 죽이면서 고쳐 쓴 게 맞지 않습니까? 이건 어쩌면 그것보다 더 쉬운 걸 수도 있어요."

나가이 예브쎄이는 정상진의 말에 아무런 대꾸도 할 수 없었다. 실제 나가이 예브쎄이의 희곡 「어머니의 꽃」 초고에는 레닌상이 나오지 않았다. 한국전쟁 당시 행방불명된 후 돌아오지 않는 아버지를 그리는 어머니, 남쪽 창문에 항상 꽃을 놓아두는 어머니, 고향인 남조선 춘천을 가고파 하는 어머니가 등장할 뿐이었다. 그것을 모두 레닌상과, 레닌 능묘로 바꾸자고 조언한 것이 바로 정상진이었다.

"일을 더 키우지 말자고요, 형님. 나머지는 제가 다 알아서 할 테니까……."

정상진과의 통화는 그렇게 끝이 났다.

하지만 그 이후로도 나가이 예브쎄이는 김동혁에게 전화를 걸지 않았다. 몇 번 수화기를 들고 마음을 다잡기는 했지만, 그러나 끝내 다이얼을 돌리진 못했다. 정상진이 매일매일 전화를 걸어와 통화 여부를 확인했지만, 나가이 예브쎄이는 어느 순간부터 그저 묵묵히 침묵으로만 일관했을 뿐이었다. 조선인 작가 단체 쩩치아 내에서 새로 결의서를 준비하고 있다는 말과, 자주쓱 출판사에서 준비하고 있던 자신의 희곡집을 당분간 보류할 수밖에 없다는 말, 누군가 은밀하게 타슈켄트 주 당국에 내사를 의뢰했다는 말까지 전해 들었으나, 나가이 예브쎄이는 계속 얼이 빠진 사람처럼 두 손을 놓고만 있었다. 그건 나가이 예브쎄이 스스로가 생각하기에도 조금 의외의 반응이었는데, 처음 그는 그것이 어떤 충동 비슷한 것이라고(그러니까 정말 가고 싶진 않은데, 자신이 왜 가는지도 모르겠는데, 그럼에도 그냥 갈 데까지 가 보자, 라는 마음 같은 것) 생각했지만, 시간이 차츰 지날수록 어쩌면 그것은 정상진 때문이지 않을까, 의심하게 되었다. 무언가 계속 그에 의해서 자신의 삶이 조종되고 교정되는 듯한 느낌, 그가 아니면 단 한 발짝도 떼지 못하는 느낌, 그것을 정상진이 무의식중에 즐기고 있는 듯한 느낌……. 그런 의구심은 통화가 계속되면 계속될수록 그 몸피를 불려 나갔고, 그래서 어느 순간부터 나가이 예브쎄이는 정상진의 전화도 일부러 피하게 되었다. 그리고 그때부터 그는 부쩍 신경질이 늘었고(뻬트로브나 앞에서도 그것을 숨기지 못하게 되었다.), 자주 혼잣말을 중얼거렸으며, 그 누구도, 그들이 투고한 희곡 작품들마저도, 모두 믿지 못하는 지경에 이르렀다.

그런 와중에…… 모스크바에서 기관원들이 도착한 것이었다.

나가이 예브쎄이는 그들을 본 순간 머릿속에 오직 딱 한 사람,

정상진의 얼굴이 계속해서 떠올랐는데, 그가 몹시 보고 싶어졌고 또 그가 당장이라도 이곳으로 달려와 주었으면 하는 마음이 간절했다. 자신이 얼마 동안 품었던 의구심과 충동 들은 모두 사라지고 다시 예전의 그로 되돌아온 것이었다.

그래서 나가이 예브쎄이는 기관원들과 마주 앉은 이후에도 계속 책상 위에 놓인 전화기를 슬쩍슬쩍 바라보았고, 결국 이런 말을 하게 되었다.

"저기…… 말씀드리기 전에 전화 한 통 할 수 있을까요?"

나가이 예브쎄이의 말을 듣고, 기관원들은 무표정한 얼굴로 서로를 바라보았다.

"전화요? 뭐 그렇게 복잡한 일도 아닌데요."

"그래도…… 저보단 제 후배가 더 잘 설명드릴 수 있을 거 같은데……."

"무엇을 말입니까?"

"제 희곡 말입니다. 그게 어떤 중의적인 뜻이 있고……. 그러니까 어떤 사회주의적 사상을 발현했는지……."

기관원들은 등을 소파 쪽으로 좀 더 기댔다. 키가 작은 기관원은 슬쩍 웃기까지 했다.

"우리는 희곡 따위에는 관심 없습니다."

나가이 예브쎄이는 어깨를 앞쪽으로 내밀면서 물었다.

"그럼, 어떤 일 때문에……?"

키가 큰 기관원이 수첩을 들여다보며 물었다.

"나가이 예브쎄이 씨……. 조선 이름으론 나성국 씨 맞으시죠?"

*

자, 이것을 잠 못 들고 뒤척이던 밤들을 떠올리며 들어 보아라.

기관원들이 다녀간 날 밤, 나가이 예브쎄이는, 아니 나성국은, 오랫동안 잠 못 들고 침대 위에서 뒤척거렸다. 침대 옆 라디에이터에선 간간이 꿀럭꿀럭, 물이 지나가는 소리가 들렸고, 어디선가 고무를 태우는 듯한 역한 냄새가 끊임없이 흘러 들어왔다. 창밖으론 모래바람이 세차게 몰아치고 있었고, 낡은 아파트 단지 사이사이 심어진 은사시나무 가지들은 마치 어린 여자아이의 울음처럼 새된 소리를 내며 쉴 새 없이 흔들리고 있었다. 타슈켄트의 길고도 긴, 사막과도 같은 겨울밤이 지나가고 있었다.

이상한 일이 아닐 수 없었다. 모스크바에서 내려온 기관원들은 계속 그에게 있지도 않은 아들의 존재에 대해서만 물어왔다.

"아들이요? 아닌데요……. 전, 자식이 없는데요?"

나성국은 손사래까지 치면서 말했다. 그러자 키가 큰 기관원이 수첩을 보며 다시 물었다.

"나복만이라고…… 남조선에 살고 있다는데, 모르셨습니까?"

"무언가 잘못된 거겠죠. 저는 도무지 무슨 말씀을 하시는 건지……."

"1922년 남조선 경기도 가평 출생 맞으시죠?"

"그건 맞긴 맞는데……. 저는 남조선이든, 조선이든, 자식 같은 건 없는 몸입니다."

나성국의 말을 들은 기관원들은 수첩에 무언가를 적기 시작했다. 그런 다음 석 달 전, 조선 평양에서 검거된 한 남자의 이야기를 꺼냈다.

"지난 8월, 김일성대학 러시아문학부에 재직하고 있던 교원 한 명이 조선 당국에 의해서 미제와 남조선 첩자 혐의로 체포된 일이 있는데…… 그때 그 사람 소지품 중에서 나성국 씨에 대한 서류가 나온 모양입니다. 아마도 은밀하게 저쪽 기관에서 조사를 진행한 거 같은데…… 그 서류 아래에 나성국 씨 아들 이름도 같이 나왔습니다."

나성국은 기관원들의 말을 듣고 나서 고개를 갸우뚱, 한쪽으로 돌렸다. 그런 다음 다시 절레절레 흔들면서 말했다.

"아실지 모르겠지만…… 저는 조선 땅엔 다시 들어갈 수도 없는 몸입니다. 이미 오래전에 망명을 한지라……."

"아, 그거는 저희도 이미 알고 있는 바입니다. 다만 조선 당국에서 정식으로 요청이 들어와서 확인차……."

기관원들은 그렇게 말한 후, 두리번거리며 사무실을 둘러보았다. 그들은 「어머니의 꽃」 포스터를 오랫동안 쳐다보기도 했다.

"너무 걱정하실 건 없습니다. 우리도 알아볼 건 다 알아보고 왔으니까요. 다만……."

키가 작달막한 쪽이 나성국을 바라보며 말했다.

"차후에 아들 쪽에서 어떤 연락을 해 오거나 접촉을 해 오거든 저희한테 꼭 신고를 해 주시길 바랍니다. 아시죠, 저희가 항상 지켜

보고 있다는 거?"

기관원들은 그 말을 끝으로 자리에서 일어났다.

나성국은 침대에서 일어나 벽에 등을 기대고 앉았다. 바람 소리
는 더 크게 들려왔고, 바닥에 깔린 카펫에는 길게 달그림자가 졌다.
그는 기침을 두어 번 한 후, 머리맡에 있던 담배를 찾아 물었다. 그
리고 어두운 창문을 멀거니 바라보았다. 무언가 잘못된 것이라 생
각하면서도 그는 몇몇 가능성들에 대해서 따져 보았다. 나성국이
제일 먼저 떠올린 사람은 니혼대학 동기생이었던 홍세연이었다. 그
의 첫사랑이자, 그로 하여금 부모를 버리고 북으로, '강동정치학원'
으로 들어가게 만든 여자. 뼛속 깊은 마르크스주의자이자, 공식 비
공식으로 모두 세 번의 혼인을 했던 여자, 그러나 끝내 자신을 외
면했던 여자……. 나성국은 이미 40년 가까이 지난 과거를, 그러나
수시로 들춰 보았던 기억들을 다시 한 번 되짚어 보았다. 처음 만났
을 때부터 이미 기혼자였던 홍세연과, 해방 정국 당시 조선공산당
재건위원회 산하 《해방일보》 기자 신분으로 자신을 찾아왔던 홍세
연, '정판사위폐사건'으로 수배가 떨어지자 자신의 자취방으로 숨
어 들어왔던 홍세연, 그때부터 그녀가 다시 경찰의 수사망을 피해
북으로 넘어가기까지 6개월 남짓, 그들은 한 살림을 차렸었다. 그
때가 나성국 인생에서 유일하게 여자와 함께 살았던 시기이기도 했
다. 먼저 가서 기다리겠다는 홍세연의 말에 따라, 1년 후 그가 '강
동정치학원'으로 찾아갔을 때 그녀는 이미 또 다른 남자의 아내가
되어 있었다. 절망한 그가…… 그러나 계속 그녀에 대한 미련을 버

리지 못한 채, 한국전쟁에 참전하고…… 휴전 후, 그녀를 따라 러시아 유학길에 오르고…… 먼저 귀국한 그녀가 숙청당했다는 소식에 이러지도 저러지도 못한 채 안절부절못하다가 결국 망명을 선택하게 되고……. 나성국은 연거푸 담배를 두 대 더 피우면서 홍세연 생각을 거듭 했다. 한 가지 분명한 사실은, 홍세연은 단 한 번도 아이를 낳은 적이 없다는 점이었다. 그러기엔 그녀는 너무 바빴고, 항상 쫓겨 다녔으며, 어딘가에 잠시도 머무르지 못하는 성격이었다. 그리고 자신 또한 홍세연 이후 다른 여자에게 연정을 품거나 마음을 준 적이 없었다. 물론 결혼 또한 한 번도 한 적 없었고…….

아니지, 아니지……. 딱 한 번 혼인을 한 적이 있긴 있었구나…….
나성국은 까맣게 잊고 있었던, 이제는 희미하게 윤곽만 떠오르는 한 장면을 비로소 떠올릴 수 있었다. 북으로 넘어오기 전, 아버지의 뜻에 따라 어쩔 수 없이, 아버지를 속이기 위해, 아버지를 안심시키기 위해 혼인을 했던 적이 있긴 있었지……. 그 여자 이름이 뭐였더라……? 현리 사는 여자라고 했는데……. 하지만 뭐 혼인만 했을 뿐이지 같은 이불을 덮고 잔 적은 없으니까……. 그 여자한테 미안해서라도 그럴 순 없었지……. 나성국은 밭은기침을 하면서 그렇게 웅얼거렸다. 밤은 점점 더 깊어지고 있었지만, 그는 좀처럼 잠이 오지 않았다. 어디선가 고양이 울음소리가 들리고, 창틀이 부르르, 부르르, 바람에 떠밀려 흔들리고 있었다.

아, 아니지, 아니지……. 딱 한 번 한 이불을 덮고 잔 적도 있긴 있었구나…….

그때가 아마 전쟁이 끝나갈 무렵이었지……. 지리산 남로당 쪽과 접선하려다가 실패하고 북으로 돌아가는 길에 딱 하루 집에서 잔 적이 있었지……. 하지만 뭐, 아무 일도 없었으니까……. 그땐 너무 피곤해서 눕자마자 곯아떨어졌으니까……. 옆에 여자가 있었는지 없었는지, 그것도 몰랐을 정도였으니까……. 그러나저러나 그 여자는 재혼을 했을까? 미련하게 계속 혼자 산 것은 아닐까……?

나성국은 동틀 무렵까지 계속 그런 생각을 하고 앉아 있었다. 그리고 한숨도 자지 못한 채 다시 출근 준비를 위해 화장실로 들어갔다가, 그곳 변기에 앉아 무연히 거울을 바라보다가, 자신이 지금 당장 해결할 일을 떠올리곤 과거 따위는, 아들의 존재 따위는, 모두 잊어버리고 말았다. 그래, 전화를 해야지……. 일을 더 키우지 말고, 정상진의 말을 따라 출근하자마자 김동혁에게 전화부터 해야지……. 내가 가족이 있는 몸도 아니고, 친척이 있는 몸도 아닌데……. 이제 믿을 건 연금밖에 없는데…….

나성국은 그렇게 생각하면서 서둘러 변기 레버를 내렸다.

4

자, 이것을 당신 안에 숨어 있는 어떤 괴물의 모습을 상상하며 천천히 들어 보아라.

때때로 평온하게만 보이던 우리의 일상이 부욱, 소리를 내며 찢어진 후, 그 틈에서 낯선 손 하나가 불쑥 튀어나올 때가 있다. 어쩌면 그 순간이야말로 의식 중이든 무의식중이든 우리가 감추고자 애를 쓰던 유일한 진실이 눈앞에 나타나는, 아프지만 흔치 않은 기회이기도 한데, 대부분의 사람들은 그것을 외면하기에 급급해한다. 그만큼 우리의 진실이 더럽고, 하찮고, 추악하고, 섬뜩한 모습을 하고 있기 때문일 것이다. 문제는 우리가 그것을 외면하는 방식이다. 그 손이 마치 다른 사람의 것인 양, 자신의 손이 아닌 것처럼, 다시 틈 안으로 억지로 욱여넣고 겹겹이 시멘트를 발라 버린다. 그리고 시멘트를 바르기 위해서, 우리는 우리 안의 또 다른 괴물을 눈앞에

호명해 낸다.(사실, 그 낯선 손은 이 괴물의 손이기도 하다.) 그렇게 불러낸 괴물이 우리의 의지와는 상관없이 제멋대로 날뛰고, 제멋대로 우리를 이끌어 가도, 우리는 스스로 괴물을 통제하고 있다고 착각한다. 어쨌든 괴물 덕분에 우리는 다시 진실을 외면할 수 있었으니까. 고마운 괴물이니까……. 그것이 우리가 우리를 잃어버리는 기본 공식이다.

그러니까 어쩌면 그때…… 안기부 원주 지부 지하 취조실 '3'번 방에 있던 요원들 또한 그렇게 스스로를 잃어버리기 시작했는지도 모른다. 자신들이 괴물을 불러낸 것도 모른 채, 자신들의 눈앞에 진실이 나타난 것도 모른 채…… 최선을 다해……. 최선을 다해, 라는 말 속엔 이미 어떤 괴물이 깃들여 있다는 것도 모른 채…… 최선에 최선을 다해, 노력했던 것이었다.

처음, 나복만이 볼펜을 쥔 채 한참 동안 누런 갱지를 내려다보다가, 조용히 그것을 다시 책상 위에 내려놓고 고개를 푹 숙였을 때까지만 해도, 요원들은 별일 아니라고 생각했다. 종종 그런 일도 있으니까. 말을 하는 것과 진술서를 쓰는 것은 엄연히 다른 일이니까. 하지만 그래 봤자 얼마 가지 못해 모두 다 쓰곤 했으니까…….
손등에 털이 많이 난 요원은 피식, 소리 내어 웃은 다음, 나복만에게 말했다.
"왜? 안 쓰려고?"
스포츠머리는 수도꼭지에 호수를 연결해 취조실 이곳저곳을 닦아 내다가 슬쩍 나복만을 바라보았다.

"아니, 저…… 그게 아니고요……."

나복만은 무슨 말인가 더 하려다가 이내 입을 닫아 버렸다.

"네가 빨리 써야 우리도 퇴근을 할 거 아니야? 너, 그거 다 쓰고 편지도 한 통 더 써야 해."

손등에 털이 많이 난 요원은 걷었던 소매를 내리며 말했다. 하지만 나복만은 계속 볼펜을 들지 않았다. 스포츠머리가 호스를 내팽개치고 다가와 나복만의 뺨을 세차게 한 대 때렸지만, 그러나 그는 계속 고개만 푹 숙이고 앉아 있을 뿐, 움직이지 않았다.

"너, 이러면 처음부터 다시 시작해야 해. 알아? 우리가 널 미워해서 그런 게 아니라, 그게 여기 법칙이거든. 너 같은 놈들이 법정에서 괜히 뒤집기 하고 그러면…… 그러면 우리가 아주 곤란해지거든."

손등에 털이 많이 난 요원은 누런 갱지를 나복만 쪽으로 조금 더 가까이 밀었다. 그는 하품을 한 번 했다.

"그래도 괜찮아? 처음부터 다시 시작해도?"

나복만은 그때부터 뚝뚝, 눈물을 흘리기 시작했다. 그는 어깨를 움찔움찔 떨어 가며, 때때로 팔뚝으로 콧물을 훔쳐 가며, 그러면서도 볼펜은 잡지 않은 채 하염없이 울기만 했다. 그는 계속 팬티 차림이었다.

"그러니까 쓰라고. 쓰면 다 끝난다니까."

손등에 털이 많이 난 요원이 짜증스러운 목소리로 말했다. 나복만의 울음소리는 더 커져 갔다.

"안 되겠다, 너……. 얘, 다시 매달아야겠는데."

스포츠머리가 나복만이 앉아 있던 철제 의자를 걷어찼다. 철제 의자와 함께 바닥에 나동그라진 나복만은, 그러나 그 어떤 애원도, 용서도 구하지 않은 채, 더 큰 소리로 울기만 했다. 웅크린 채, 가만히 떨기만 했다.

금세 끝날 것만 같았던, 그러니까 잠깐만 매달아 놓아도 스스로 죄를 인정하고 술술 진술서를 쓸 것만 같았던 나복만은…… 그러나 요원들의 예상과는 달리 그 이후 무려 열흘을 더 버텨 냈다. 요원들이 이상해지기 시작한 것은 바로 그 열흘 중 이틀째 되는 날부터였다. 말하자면 그때부터 스포츠머리와 손등에 털이 많이 난 요원은 나복만이 아닌, 자기 자신과 다투기 시작한 것이었다.

오해를 피하기 위해서 하는 말이지만, 우리의 요원들은 결코 그때그때의 상황에 따라 샤워기의 수압을 조절하고, 그날 날씨에 따라 각목 스윙의 세기가 달라지는, 그런 아마추어들이 아니었다. 그들은 어느 부위부터 각목을 대야 하는지, 몇 초 단위로 노란색 로터리 창립총회 기념 수건에 물을 붓고 멈춰야 하는지, 밧줄의 매듭은 얼마만큼 느슨하게 해 두어야 좀 더 살갗 안으로 파고드는지, 잘 알고 있었다. 어느 정도의 허기가 물고문의 효과를 배가시키는지, 라디오 볼륨 크기가 어느 정도일 때 심리적 마지노선에 영향을 미치는지, 3번과 4번 경추 사이가 어느 곳인지, 그곳을 잘못 건드렸다간 어떻게 되는지, 잘 알고 있었다. 말하자면 그들은 숙련된 냉장고 AS 기사처럼 매뉴얼대로 움직이는 사람들이었다.(이 땅의 유구한 독재의 역사가 그들의 매뉴얼을 보다 과학적이고 보다 구체적으로 만들어 주었다. 냉장고 사용 설명서보다 더 두껍게.) 레벨 1에서 끝나면 좋고, 아니면 2로 넘어가는 것, 프레온가스에 문제가 없으면 전압 밸브를 손보는 것. 레벨 2에서도 계속 버티면 어, 좀 질긴데, 어, 좀 독특한 데, 선천적으로 폐활량이 좋은가, 하면서 레벨 3으로 넘어가는 것. 웃으면서 전압 퓨즈를 갈아 끼우는 것. 그것이 그들이 직장 생활에서 경험할 수 있었던 정념의 전부였다.

하지만, 나복만으로 인해 그들이 알고 있던 모든 매뉴얼과 정념들은 뒤죽박죽 변해 버리고 말았다. 분명 1에서 끝난 것 같은데, 레벨 2로 넘어가도, 레벨 3으로 올라가도 변하는 것은 아무것도 없었다. 울면서, 숨을 격격 내쉬면서, 살려 달라고 애원하면서도, 정작 아무것도 쓰지 않는 피의자라니…….

요원들은 시간이 지나면서 서서히 평정심을 잃기 시작했다.

다른 방 요원들은 모두 손쉽게 진술서를 받아 낸 후, 퇴근을 하거나 숙직실에서 밀린 잠을 청하고 있었다. 바둑을 두면서 그들을 기다리는 동료들도 있었고, 살구나무 아래 묶여 있는 늙은 진돗개의 목을 움켜잡고 괜스레 "넌 형제가 어떻게 되는데?"라고 묻는 요원도 있었다. 몇몇은 '3-1'번 방으로 들어와 유리창을 통해 '3'번 방을 물끄러미 바라보기도 했는데, 손등에 털이 많이 난 요원과 스포츠머리는 직감적으로 그 사실을 알아챘다. 어쩌면 그래서 그들은 더욱더 흥분을 했는지도 모른다. 그들은 '최선을 다해' 샤워기의 수압을 높이고, 있는 힘껏 꽉, 나복만의 얼굴에서 노란색 로터리 창립 총회 기념 수건이 떨어지지 않게 붙들었다. 경추고, 척추고, 늑골이고, 정강이고, 가리지 않고 각목을 휘둘러 댔으며, 그러고도 진술서를 받아 내지 못하자…… 그들은 결국 2층 사장실 캐비닛에서 장비를 꺼내 오기도 했다.

그들은 처음엔 교육받은 그대로, 나복만의 두 눈에 엑스 자로 반창고를 붙이고, 발등에서부터 복사뼈까지 촘촘하게 붕대를 감았다. 그리고 나복만의 온몸에 물을 한번 끼얹고, 곧장 전기 접촉면을 배터리에 연결했다. 전기 접촉면을 피의자의 새끼발가락과 그다음 발가락 사이에 고정시킨 다음, 서서히 볼트를 높이는 것이 일반적인 방식이었지만, 그들은 그런 절차 따윈 아예 무시해 버렸다. 그들은 전기 접촉면을 나복만의 사타구니 사이에 연결한 후(그들은 나복만의 팬티까지 벗겨 버렸다.) 곧장 전압을 높여 버렸다!(그들이 얼마나 흥분 상태였는가 하면, 손등에 털이 많이 난 요원이 전기 접촉면에서 미처 손을 떼기도 전에 스포츠머리가 레버를 올리는 바람에…… 손등의 털이 모두 타 버리고 말았다. 그들은 한동안 멱살을 잡고 서로를 노려보기도 했다.) 나복만은 신음 소리 한번 제대로 내지 못한 채, 나무등걸처럼 온몸이 뻣뻣하게 경직되었다가 그대로 혼절해 버렸다. 하지만 요원들은 그런 나복만을 보면서도 만족하지 못했다. 그들은 다시 물을 뿌리고 레버를 올리고, 다시 뺨을 때리고 전기 접촉면의 위치를 바꿨다. 그들은 자신들이 무슨 일을 하고 있는지 모르는 사람처럼 행동했고, 무엇을 바라는지 모르는 아이들처럼 움직였다. 그래서였을까, 그들은 서로 말조차 하지 않았다.

　그래서…… 그래서…… 무슨 일이 벌어졌던 것일까? 그다음 일어난 일이 궁금한가? 그다음 스토리를 어서 빨리 듣고 싶은가? 그것에 대해서 말하는 것은 어렵지 않다.(그러니까 나복만은 끝까지 진술서를 쓰지 않았고, 자신의 비밀에 대해서도 말하지 않았다.) 그러나, 들어 보아라. 스토리가 중요했던 것은 그날 그때 가볍게 엄지와 검지로 레버를 쥐고 있던 스포츠머리와 손등의 털이 다 타 버린 요원도 마찬가지였다. 그들에게 중요했던 것은 인과관계였고, 플롯이었으며, 왜, 라는 질문에 대한 대답이었다. 그래서 그들에겐 나복만의 고통 또한 다음에서 다음으로 넘어가기 위한, 하나의 스토리에 지나지 않았다. 고통은 하나의 도구일 뿐. 고통은 하나의 과정일 뿐……. 그래서 그들은 멈추지 않았다.(이봐, 친구. 자네는 어떤가? 자네는 지금 이 부분을 어떻게 읽고 있나?) 하지만, 들어 보아라. 정작 말하기 어렵고, 쓰기 힘든 것은 고통 그 자체이다. 스토리를 멈추게 하고, 플롯을 정지시키는, 그런 고통이 사라진 이야기란, 그런 고통을 감상하는 이야기란, 사파리 버스에서 내다보는 저녁놀 붉게 물든 초원과 아무런 차이가 없지 않은가! 안락한 의자에 앉아, 두꺼운 유리창 뒤에서, 초원을 바라보고 싶은가? 안전하고 싶은가? 그렇다면 다음 단락은 듣지 말고 그대로 넘어가길……. 그렇다고 해서 스토리를 이해하는 덴 아무런 지장도 없을 테니까…… 원망도, 아쉬움도 없으니까…… 그렇게 하시길. 그게 바로 당신 안의 괴물이 작동하는 방식일 테니까.

발뒤꿈치……. 그러니까 뭐, 이런 바보 같은 친구가 다 있나 싶은…… 나복만의 발뒤꿈치 이야기를 이곳에 꼭 기록하고 넘어가야겠다. 진술서로 인해 다시 열흘 넘게 스포츠머리와 손등의 털이 다 타 버린 요원에게 붙잡혀 있던 나복만의 발뒤꿈치는, 붕대로 감겨 있던 그의 발뒤꿈치는, 전기가 오를 때마다 철제 의자 다리에 닿아 버둥거렸고, 전압이 높아지면 높아질수록 더 세게 철제 의자 다리 위를 비비적거렸으며, 그래서 얼마 가지 않아 붕대 전체를 벌겋게 피로 물들이고 말았다.(온전히 철제 의자 다리와의 마찰로 인해.) 하지만 그는 당시엔 발뒤꿈치의 통증은 전혀 느끼질 못했다. 그는 그곳에서 피가 났는지도 알지 못했고, 철제 의자 다리가 검붉게 변해 버린 사실도 알아채지 못했다. 사흘쯤 지난 뒤부터는 허벅지와 허리에 감겨 있던 밧줄이 느슨하게 풀리는 바람에 발뒤꿈치가 좀 더 아래쪽으로 내려오게 되었는데, 한 차례 한 차례 레버가 올라가고 내려갈 때마다 '3'번 방 콘크리트 바닥엔 마치 지진을 관측한 계기판처럼 검붉은 직선과 사선이 어지럽게 그어지곤 했다. 그것이 우리가 짐작할 수 있는, 우리가 문장으로 기록할 수 있는, 나복만의 고통이다. 통증 없이 생긴 상처들, 직선과 사선으로 그어진 핏자국. 그것을 무덤덤한 표정으로 물로 씻어 내는 스포츠머리……. 후에, 모든 것이 다 지나가고 난 후, 나복만은 발뒤꿈치 상처가 어느 정도 아물자 손수 그 딱지를 떼어 냈는데, 왼발 오른발, 각각 가로 21센티미터, 세로 11센티미터 정도 크기의 딱지였다.(그는 그 딱지들을 떼어 내면서 고문을 당할 때보다 더 큰 소리로 울었다.) 그는 그 딱지들을 종이로 감싸 지갑에 넣고 다녔는데, 그래서 평생 그 고통을 잊지 않고 간직할 수 있었다. 그것이 나복만의 의지였다.

*

자, 이것을 각자 내면의 목소리에 귀 기울며 들어 보아라.

배터리가 다 떨어지도록…… 배터리 속 전해액이 남김없이 사라진 이후에도…… 원하는 진술서를 받아 내지 못한 요원들의 마음속엔(나복만은 딱 한 번 정신을 차렸을 때, 손을 바들바들 떨면서 누런 갱지 위에 글씨를 썼지만…… 그 단어들이란 무엇이었겠는가? '통닭' '생닭' '영계' '오뚜기 튀김유' '호프' '경향신문' '매일경제' 그리고 '안전택시' 아니겠는가. 그 단어들을 본 스포츠머리와 손등의 털이 다 타 버린 요원이 잠시 침묵을 지키다가, 책상을 걷어차고, 그를 짓밟기 시작한 것은 당연한 일 아니겠는가. 그들은 그것이 나복만의 진술서란 사실을 알지 못했으니까……. 나복만은 그 비밀을 끝까지 말하지 않았으니까…….) 차츰차츰 흥분은 사라지고, 대신 어떤 두려움만 새롭게 자리 잡기 시작했다. 7남매의 장남이자, 바로 아래 두 동생의 대학 등록금을 책임지고 있던 스포츠머리는(말하자면 그는 생계형 요원이었다. 동생들과 부모에게 그는 또 얼마나 과묵하고 애틋한 장남이었는지.) 시간외 수당과 초과근무 수당 등을 하나하나 꼼꼼하게 따져 가면서 지하 취조실에 들어가곤 했는데, 나복만의 경우는 이미 배정된 수당을 모두 넘어선 케이스였다. 그것이 그를 불안하게 만든 하나의 요인이 되었다. 그에게는 어떤 경우라도 직장을 잃으면 안 된다는 강박이 있었으며, 그래서 남들이 꺼리는 당직과 숙직까지 도맡아 서곤 했다. 그는 동창회에도 나가지 않았으며, 늘 도시락을 싸 들고 다녔고, 술도 마시지 않았다.(물론 그때까지 연애도 한 번 해 보지 못했다.) 그의 유일한 즐거움은 일하는 중간중간 쉬는 시간마다 동생들의 대학 등록금 영수증을(그는 그것을 항상 지갑에 넣고 다녔다.) 꺼내 보고, 그 금액들을 모두 다 더해 보는 것이었는데, 그때마다 그는 마치 오리털 베개를 꽉 끌어안은 것처럼 무언가 뜨거운 것이 가슴 가득 차오르는 듯한 느낌이 들곤 했다. 그리고 그 충만한 느낌으로 그는 다시 각목을 쥐었다……. 하지만 나복만의 경우는, 다시 그를 취조하게 된 열흘의 시간 동안, 그는 단 한 번도 동생들의 대학 등록금 영수증을 꺼내 보지 못했는데, 그것은 초과 수당을 넘어선 이후부터, 다른 요원들이 '3-1'번 방에서 자기를 지켜보고 있다는 사실을 눈치챈 이후부터, 자신이 하고 있는 일의 실체가, 자신이 손에 쥐고 있는 각목과 레버가, 비로소 각목과 레버 그 자체로, 눈에 들어왔기 때문이었다. 각목과 레버에서 수당을 빼고 나니, 이런, 지금 내가 무슨 일을 하고 있는 거지, 내가 왜 이러고 있는 거지, 라는 물음이 쉴 새 없이 그를 찾아온 것이었다. 그래서 그는 때때로 멍한 표정으로 수도꼭지에 연결된 호스를 붙잡고 계속 같은 곳에 물을 뿌리면서 서 있기도 했다. 어, 이건 뭐지? 뭐가 잘못된 거지, 생각하면서…….

하지만 그래서 스포츠머리가 자신에게 강제된 물음을 놓지 않고, 느닷없이 튀어나온 자신의 실재를 정면으로 응시했는가 하면…… 그건 또 아니었다. 말했다시피, 그에겐 여섯 명의 어린 동생과, 당뇨와 고혈압을 마치 우동이 딸려 나오는 돈가스 세트 요리처

럼 함께 앓고 있는, 늙은 부모가 있었다. 사실, 그에게 찾아온 질문
은 그 모든 개인적인 환경과 과거까지 포함한 것이었지만, 그러나
그는 그것들을 따로따로 분리해서 생각하고 말았다.(우리가 진실을
외면하는 기본 공식 둘, 그러니까 가족 탓!) 그래서 그는 간신히 자신
을 찾아온 실재를 외면할 수 있었다. 더불어 일주일쯤 지난 뒤부턴
(이게 핵심인데) 마음속 깊은 곳에서부터 나복만이 진짜 문제가 있
는 인물이라고, 진짜 간첩일지도 모른다고, 웅웅 떠들어 대는 목소
리를 듣기 시작했다.(그는 몰랐겠지만, 사실 그 목소리는 스포츠머리 자
신이 만들어 낸 목소리였다.) 그것은 마치 시나리오상으로만 존재하던
인물이 저벅저벅 현실로 걸어 나온 것과도 같은 일로, 처음 그 목소
리를 외면하던 스포츠머리는 어느 순간부터 찬찬히 그 음성에 귀
기울였고, 결국엔 그대로 믿기 시작했다. 그리고 그제야 그 모든 일
들이, 수당 없이 자신의 손에 쥐어진 각목과 레버가 납득되기 시작
했다. 아아, 그랬구나, 정말 문제 있는 인간이었구나…… . 진짜 간
첩이었구나…… . 스포츠머리는 마지막까지도, 후에 더 큰 사건이
벌어지고 난 이후에도, 그 목소리를 외면하지 않고 계속 붙들었다.
최선에, 최선을 다해…… .

　손등의 털이 다 타 버린 요원 또한 내면에서 들려오는 어떤 목소
리를 듣긴 했지만, 그의 경우는 스포츠머리와는 조금 다른 것이었
다. 어린 시절, 어머니로부터 심각한 학대를 받으면서(그의 어머니는
경계성 인격 장애를 앓고 있었는데, 문제는 아무도 그것을 병으로 생각하
지 않았다는 점이다.) 성장한 그는, 남들에겐 단 한 번도 말한 적 없

지만 다분히 병리학적인 성적 취향을 가진 인물이었다.(그의 어머니는 어린 아들에게 때때로, 아무 이유 없이, 그러니까 몸에 털이 많다는 이유로, 그건 네가 나쁜 생각을 많이 하기 때문이라는 말도 안 되는 잘못을 지적하며, 매를 들곤 했다. 그러고 나선 항상 아들의 몸에 안티푸라민 연고를 정성스럽게 발라 주고, 아들의 성기를 쓰다듬어 주며 잠이 들곤 했다.) 문제는 그가 하는 일이 일인지라 종종 고문 피해자들에게 성적 욕망을 느낄 때도 있었다는 점이었다. 그는 고문 피해자가 비명을 지를 때마다, 그의 발 앞에 무릎 꿇고 두 손을 모은 채 애원할 때마다, 지하 취조실 바닥을 개처럼 기어 다니며 울부짖을 때마다, 아랫도리가 묵직해지고 귓등 전체가 벌겋게 달아오르면서 찌릿찌릿해지는 기분에 사로잡혔다. 그리고 그 기분 때문에 몇 번 자원해서 지하 취조실에 들어간 적도 있었다. 그의 흥분이 최고조에 달하는 것은 고문 피해자가 모든 것을 자포자기한 채 진술서를 쓸 때였는데, 그 순간이 되면 마치 사정 직전의 찰나처럼 온몸의 피가 한 곳으로 쏠리는 듯한 쾌감을 느끼기도 했다.(그래서 종종 그는 고문 피해자가 쓴 진술서를 들고 황급히 화장실로 뛰어 들어가 자위를 하기도 했다. 거참, 이런 말까지 하긴 뭐하지만…… 몇 번 진술서에 그의 정액이 묻어 얼룩이 지기도 했는데, 그의 상사들과 검사들, 판사들 모두 별일 아닌 듯 눈여겨보지 않았다. 땀인가? 애들 많이 썼네, 하고 말았을 뿐이었다.)

그러니까 사실을 말하자면…… 손등의 털이 다 타 버린 요원은, 나복만을 취조하는 내내 흥분 상태였던 것이었다. 그것이 맞았다. 흥분은 했지만, 사정은 되지 않는 상태(말하자면 애무만 열흘째 하고 있는 상태), 그래서 아랫배가 계속 당기고 가스가 가득 찬 듯한 상태가 오랫동안 지속된 것이었다. 어서 빨리 진술서를 들고 화장실로 뛰어 들어가야 하는데…… 그게 되지 않으니 어쩌나. 손등의 털이 다 타 버린 요원은 한 손으로 연신 아랫배를 문지르면서 각목을 잡고, 레버를 올렸다. 그러면서 그 또한 스포츠머리처럼 내면에서 웅웅 울려 퍼지는 어떤 목소리를 듣게 되었는데, 그의 경우는 나복만과는 전혀 무관한, 자신의 업무와도 전혀 상관없는, 어머니의 음성을 듣기 시작했다. 자신을 나무라는 어머니의 목소리와, 자신을 달래 주는 어머니의 목소리, 그렇게 사람을 괴롭히니 네 털이 다 타 버렸지 않니, 라고 꾸중하는 어머니의 목소리……. 손등의 털이 다 타 버린 요원은 그 목소리가 듣기 싫었고, 지워 버리고 싶었다. 그래서 그는 나복만에게 '최선을 다'했다. 마치 나복만의 입에서 어머니의 목소리가 흘러나오기라도 하듯, 나복만이 어머니로 환치라도 된 듯, 인정사정없이 각목을 휘두르고, 이곳저곳 전기 접촉면을 갖다 댄 것이었다. 그래, 그랬던 것이었다…….

*

자, 이것을 각자 내면의 목소리 따위는 모두 지워 버린 채, 마저 들어 보아라.

결국 그 두 사람 가운데 먼저 폭발한 쪽은 손등의 털이 다 타 버린 요원이었다. 나복만이 진술서를 쓰지 않고 버틴 지 열흘째 되는 날 오후 무렵, 손등의 털이 다 타 버린 요원은 들고 있던 각목을 내팽개치고 철제 의자에 묶여 있던 나복만의 허벅지 위에 올라앉아 (자세는 조금 민망했지만) 그의 목을 조르기 시작했다.

"써! 쓰라고, 이 새끼야! 무조건 쓰라고!"

그는 두 손으로 나복만의 목을 잡고 앞뒤로 흔들기 시작했다. 그리고 그 바람에 철제 의자가 뒤로 넘어갔고, 나복만과 함께 손등의 털이 다 타 버린 요원 또한 바닥에 함께 나뒹굴게 되었다. 하지만 손등의 털이 다 타 버린 요원은 바닥에 넘어진 이후에도 두 손을 풀지 않았다.

"왜 안 써! 왜! 왜! 왜 안 쓰냐고! 네가 뭔데, 이 새끼야!"

그 순간 친절한 정 과장이 '3'번 방으로 들어와 손등의 털이 다 타 버린 요원의 손을 잡지 않았다면, 그의 등을 두드리면서 진정시키지 않았다면, 상황은 또 어떤 방향으로 흘러갔을지 알 수 없는 일이었다. 손등의 털이 다 타 버린 요원은, 말리는 정 과장의 멱살을 저도 모르게 잡았다가, 한동안 그의 얼굴을 노려보았다가, 스르르 두 손을 풀고 말았다. 그러곤 황급히 '3'번 방 밖으로 나가 어딘가를 향해 뛰어갔다.(아마도 화장실이었겠지.) 스포츠머리는 친절한 정 과장이 들어오는 것을 보자마자 방 구석에 놓여 있던 쓰레기통을 뒤지며 나복만이 유일하게 썼던 진술서(그러니까 '통닭' '생닭' '영계' '오뚜기 튀김유' '호프' '경향신문' '매일경제', 그리고 '안전택시'가 적힌 종이)를 찾아보려 애썼다. 물론 그의 진술서는 잘 찾아지지가 않았다.

그리고 나복만은…… 뭐, 이런 바보 같은 친구가 다 있나 싶은 나복만은…… 몇 번 마른기침을 뱉어 내다가, 어느 순간 조용히 두 눈을 감고 바닥에 누워만 있었다. 그는 더 이상 눈물을 흘리지도 않았고, 어깨를 들썩거리지도 않았다. 모든 감각이 다 사라져 버린 것처럼, 지상에서 몸이 붕 떠오르는 것 같은 느낌이 들었지만, 그러나 그 순간에도 나복만은 무언가 끝났다는 것을, 어떤 시간들이 지나갔다는 것을 깨달을 수 있었다. 열흘이, 꼬박 열흘이라는 시간이 흐른 것이었다.

친절한 정 과장은 그런 나복만을 한참 동안 내려다보다가 툭툭, 구두 끝으로 그의 허벅지를 건드려 보았다.

*

자, 믿기진 않겠지만 이것을 들어 보아라.

나복만은 왜 자신의 비밀을 그들에게 말하지 않았던 것일까? 얼마 후, 나복만은 친절한 정 과장에게 자신의 비밀을 모두 다 털어놓게 되는데…… 그럴 거라면 미리 스포츠머리와 손등의 털이 다 타 버린 요원에게 말하지 않고 왜, 왜 미련하게 열흘씩이나 더 고난 아닌 고난을 달게 받은 것일까? 만약 그가 좀 더 일찍 요원들에게 자신의 비밀을 털어놓았다면, 상황은 조금 다른 쪽으로 흘러갔을지도 모를 일이었다. 전기도, 발뒤꿈치 상처도, 각목도, 물세례도 없이, 전혀 다른 차원의 방식들이 그의 앞에 펼쳐졌을지도 모를 일이었다.

하지만, 그는 그러질 않았다.

그러니까 어쩌면 그는 그 열흘 동안 단 한 번도 어떤 희망을 버리지 않고 계속 가슴속에 품고 있었던 것인지도 모른다……. 아버지를 만난 적도 없고, 아버지로부터 그 어떤 교육이나 지령을 받은 적도 없었으니, 그 모든 것들이 다 거대한 오해일 뿐이니, 그 오해가 풀린다면 다시 예전의 자신으로, 안전택시의 1년 차 신입 기사로 되돌아갈 수 있을 것이라는 믿음이, 그로 하여금 거의 기적이나 다름없는 힘을, 용기를, 맷집을 만들어 낸 것인지도 모른다. 다시 운전대를 잡고, 사납금을 내고, 백목련 나뭇가지를 바라볼 수 있는 방으로 돌아가기 위해선, 어떻게든 그 비밀만은 지켜 내야 한다고, 그것이 그의 유일한 죄이니, 그것을 숨겨야 한다고 마음을 다잡은 것인지도 모른다. 어쨌든 그에겐 국가보안법보다 도로교통법이 더 중요했으니까……. 그게 바로 나복만이었으니까……. 물론 그 희망 또한 친절한 정 과장으로 인해 모두 다 무너져 내리고 말았지만……. 변하는 것은 아무것도 없었지만……. 아아, 나복만은 지켜 낼 수 있을 것이라는 믿음으로 그 시간들을, 불면과 허기와 각목과 물과 배터리의 시간들을, 버텨 낸 것인지도 모른다. 우리는 알 수 없는 어떤 의지만으로.

*

자, 이것을 오랜만에 다시 만난 친구들을 떠올려 보며, 반가운 마음으로 들어 보아라.

나복만이 안기부 원주 지부 지하 취조실에서 온몸으로 플러스극과 마이너스극을 서로서로 이어 주고 있을 즈음, 원주경찰서 정보과장인 곽용필 경정과 최 형사는 하루 두세 차례씩 자재 창고 안에서 따로 만나 하나 마나 한 이야기들을, 귀엣말로, 좀 심하다 싶을 정도로 주위를 살피면서, 나누고 있었다.(그들은 자재 창고 밖에서 발소리가 들리면 약속이라도 한 듯, 전투경찰 방패 뒤나 교통 표지판 뒤로 몸을 숨겼는데, 때때로 '한 줄 기차' 놀이를 하는 아이들처럼 나란히, 한 사람이 한 사람의 허리를 잡은 채, 오랫동안 숨죽여 앉아 있기도 했다. 그러다가 소리가 사라지면 흠흠, 쓸데없이 헛기침을 몇 번 한 후, 다시 귀엣말을 건네곤 했다.)

곽용필 경정의 경우, 그는 매일 아침 출근할 때마다 원주경찰서 주차장에 서 있는 나복만의 택시 주위를 한 바퀴 돌아본 후(때때로 운전석 창문에 이마를 댄 채 택시 내부를 살펴본 후) 사무실로 들어오곤 했는데, 그 때문인지 몰라도 종일 업무에 집중할 수가 없었다.(만성 치루염은…… 아아, 차마 문장으로 묘사하기 어려울 정도로 복잡하고 심층적으로 악화되고 있었다.) 그는 책상 위 전화기가 울릴 때마다 평범한 내야 플라이를 놓친 유격수처럼 깜짝깜짝 놀랐으며,

248

누군가 서장실로 들어가는 것을 보기만 해도 마음을 잡지 못하고 발탄강아지처럼 계속 그 앞을 서성거렸다. 누구지? 왜 들어간 거야? 새로 온 안기부 쪽 요원인가? 근데 왜 이렇게 오래 안 나오는 거지? 곽용필 경정은 연신 그렇게 혼자 중얼거리다가 최 형사가 외근에서 돌아오기만 하면, 톡톡 손가락으로 어깨를 건드리고 먼저 자재 창고 쪽으로 걸어갔다. 그가 바랐던 것은 사건이 별일 아닌 듯, 소리소문 없이 훅 지나가는 것이었지만, 이런, 불행하게도 최 형사에게서 전해 듣는 소식들은 하루하루 이스트 잔뜩 집어넣은 빵처럼 부풀어 오른 것들뿐이었다. 무언가 알 수 없는 커다란 그림이 다른 쪽에서부터 자신 쪽으로 서서히 번져 오고 있는 듯한 느낌이었다.

"그 선생 새끼 아직 소재 파악 안 된 거지?"

곽용필 경정은 최 형사를 볼 때마다 항상 그 질문부터 먼저 던졌는데, 그가 생각하기에 그 모든 일의 시작은 김상훈, 단구국민학교 5학년 3반 담임이자, 자신의 아내인 김경아의 애인으로부터 비롯된 것이라고 믿었기 때문이었다.(그러니까 그가 그때까지 짐작한 사건의 윤곽은 대강 이러했다. 고정간첩이자 불순 좌익 세력인 김상훈은, 어떤 정보를 캐내고자 의도적으로 자신의 아들인 곽병회의 담임을 2년 연속 맡았고, 더불어 자신의 아내에게까지 접근, 포섭하는 데 성공한다. 이후 '부미방' 사건이 터지자 신분의 위험을 느낀 김상훈은 점조직 요원 중 한 명인 택시 기사 나복만을 대담하게도 정보과로 직접 보내 아내 문제로 자신을 협박, 어떤 거래를 성사시키려 했으나, 그 순간 낌새를 알아챈 안기부 요원이 먼저 들이닥쳐 모든 것이 수포로 돌아가고 만 것. 곽용필 경정은 시간이 지날수록 거의 그렇게 확신하고 있었다. 하지만…… 사실, 우리끼리 하는 얘기지만…… 이 밑도 끝도 없는 자존감은 도대체 어디에서부터 비롯된 것인지 알 수 없다. 고정간첩이 평범한 지방 경찰서 과장에게서 정보를 캐내기 위해 2년씩이나 주위를 맴돌았다는 것도 이해가 되지 않는 일이지만, 곽용필 경정은 집에 가서도 도통 대화란 것을 하지 않는 사람이었다. 오직 속옷을 갈아입고, 좌욕을 하고, 잠을 자고, 묵묵히 아침밥을 먹고 출근하는 것, 그것이 그가 하는 가정 생활의 전부였다. 그런 그의 아내가 고정간첩에게 줄 수 있는 정보란 게 무엇이겠는가? 좌욕에 걸리는 시간? 팬티 사이즈? 그도 아니면 멸치와 오징어 중 더 선호하는 반찬? 말도 안 되는 짐작들……. 곽용필 경정 또한 곰곰 따져 보면 쉽게 자신의 짐작이 틀렸다는 것을 알 수 있었겠지만, 갑작스럽게 밝혀진 아내의 외도와 그에 따른 자기 연민, 더불어 상대적으로 더 커져만 갔던 자기 확신 덕분에 그는 사태를 제대로 파악하지 못하고 있었다. 자기가 보고 싶고, 믿고 싶은 것만 눈에 들어왔던 것이다.)

"네……. 뭐, 전혀 꼬리를 잡을 수가 없어요. 아무래도 저쪽에서 먼저 신병 확보를 한 게 틀림없는 거 같습니다. 그렇지 않고서야 이렇게……."

당시, 최 형사는 원동성당 주교 보좌신부에 대한 밀착 감시는 소홀히 한 채, 주로 안전택시와 단구국민학교, 그리고 반곡동에 있는 안기부 원주 지부 정문 앞을 하루 대여섯 차례씩 어슬렁거리며 돌아다녔는데, 그렇게 해서 새롭게 알아낸 사실도 여럿 있었다. 나복만이 경찰서로 찾아오기 이전 이미 김상훈과 그의 직장 동료인 박병철이 사라졌다는 사실, 김상훈은 예전에도 학부형과의 관계 때문에 여러 번 물의를 일으킨 적 있었다는 사실(단구국민학교 교감이 친절하게 귓속말로 알려 주었다.), 김상훈이 병든 어머니를 간호하며 어렵게 고학했다는 사실 등이었다. 그런 사실들을 따져 보고 조합해 보면 이건 뭐 단순한 불륜, 단순한 금전 문제에 지나지 않는, 정보과가 아닌 형사과가 맡아야 할 사건이 분명했지만…… 그 사건에 안기부가 끼어들면서부터 단순한 불륜은 국가의 안위가 걸린 불륜 문제로, 단순한 금전 문제는 국가를 위협하는 금전 문제로 변해 버리고 만 것이었다. 최 형사는 아무리 고민에 고민을 거듭해 봐도 도무지 사건의 인과관계를 풀 수 없었다. 안기부만 중간에 들어오지 않았더라도 간단히 해결될 문제였는데, 이건 뭐……. 더불어 그는 맨 처음 나복만의 이름을 실수로 서류에 끼워 넣은 사실로 인해(그는 그 문제에 대해선 끝까지 곽용필 경정에게 말하지 않았다. 모든 것이 다 지나간 먼 미래에도) 사건이 복잡해지면 복잡해질수록 점점 더 어떤 불안감에 시달리게 되었다.(말하자면 두세 시간 동안 고장 난 라디오를 애써 수리해 놓았더니, 이런, 안 보이던 나사 하나가 덩그러니 남아 있는 걸 본 기분, 그러면서도 모른 척 라디오의 전원을 켜는 심정.) 어쩌면 그래서 그는 더더욱 '최선을 다해' 사건에 매달린 것이었는지도 모른다. 물론 곽용필 경정에겐 그것이 남다른 동료애로 다가온 것이 분명했고.

"보니까…… 저쪽에서 형제의 집 출신 몇몇도 함께 데리고 들어간 거 같아요. 아무래도 간단하게 끝날 일 같지는 않습니다."

"걔네들은 또 왜?"

"뭐, 다 비슷한 혐의 아니겠어요? 이게…… 생각보다 되게 큰 사건인가 봐요."

"음⋯⋯."

"저는 괜히 과장님에게까지 피해가 올까 봐⋯⋯."

곽용필 경정은 아내의 외도를 알고 난 이후, 단 한 번도 그녀를 추궁하거나 몰아세우는 일을 하지 않았는데, 그건 그동안 일만 바라보고 달려온 자신에 대한 통절한 반성이나 모든 것을 처음부터 다시 시작하고자 하는 무욕의 상태, 영도(零度)의 상태 때문이 아닌, 이혼 법정에서 나올 수 있는 모종의 진술에 대비하고자 함이었다. 그는 사건이 자신 쪽으로 방향을 틀기만 하면 곧바로 이혼할 결심까지 하고 있었는데, 물론 그건 연말에 있을 정기 인사까지도 생각한 포석이었다. 이혼을 하더라도 가급적 깨끗하게, 자신에겐 가정불화의 원인이 없는 것으로, 위자료나 양육권에 대해선 단 한마디도 꺼낼 수 없게끔, 그는 차곡차곡 미리 준비를 해 나갔다. 그래서 곽용필 경정은 나복만을 만난 다음 날부터 항상 정시에 퇴근해서 아내가 차려 주는 저녁밥을 먹었으며, 평상시엔 하지 않던 아들의 일기 검사까지 하면서 가장의 역할에 충실하려 애썼다.(추궁이나 몰아세우는 일을 하지 않았다고는 하지만⋯⋯ 사실 이것 또한 우리끼리 하는 이야기지만⋯⋯ 그 비아냥거림이란, 당해 보지 않은 사람은 모른다. 평소엔 관심도 없던 아내의 원피스를 트집 잡아 "못 보던 원피스네. 누구, 잘 보이고 싶은 사람이라도 있나 보지?"라고 말하거나, 좌욕을 하는 도중 수건을 가져다주려고 들어온 아내에게 "왜 사람을 똑바로 못 보고 그러나. 뭐 찔리는 거라도 있나 보지?"라고 말하는 등, 하루도 빠짐없이 이기죽거렸다. 세월이 지나 곽용필 경정의 아내 김경아는 1986년 가을, 법원에 먼저 이혼 서류를 접수시켰는데, 그 사유란엔 '비인간적인 대우' '배우자를 무시하는 말투' 등을 적어 놓았다.)

곽용필 경정은 두 눈을 감고 고개를 뒤로 젖힌 채 한참 동안 무언가 생각하는 듯한 포즈를 취했다. 그러곤 얼마 후, 조용한 목소리로 최 형사에게 말했다.

"그 택시 기사 애인이라는 애 말이야."

"우체국 다니는 여자요?"

"그래. 걔도 저쪽에서 벌써 손을 쓴 거야?"

"아니요. 그 여자는 아직 멀쩡하던데요."

"그래? 아직 건드리지 않았다는 거지."

곽용필 경정은 뒷짐을 쥔 채 자재 창고 안을 몇 바퀴 돌았다. 최 형사는 제자리에 선 채 그런 곽용필 경정을 멀거니 바라만 봤다. 그는 담배 생각이 간절했다.

"그럼 말이야…… 우리가 걔라도 먼저 손을 쓰는 게 어떨까?"

"우리가요?"

"그냥 보험용으로 말이야. 우리도 무언가를 하고 있었다고 티를 내야 하지 않겠어?"

"그래도 어떤 혐의라도 있어야지 명분이 설 텐데……."

최 형사는 뒤통수를 긁적거리면서 말했다. 곽용필 경정은 최 형사 쪽으로 조금 더 가까이 다가왔다.

"내사자 신분 있잖아, 내사자……. 그냥 일이 끝날 때까지만 붙잡아 두자고."

"기자들이 눈치채지 않을까요?"

"당분간 지하 조사실에 그냥 가둬만 놔. 애들한텐 국가보안법 피의자라고 대충 둘러대고."

최 형사는 곽용필 경정의 말을 듣고 난 후, 저도 모르게 담배를 입에 물었다. 그는 그때까지 단 한 번도 곽용필 경정 앞에서 담배를 피운 적이 없었다. 하지만 그는 차마 불은 붙이지 못한 채, 물끄러미 손에 쥔 담뱃갑만 바라보았다. 그런 그에게 곽용필 경정이 불을 붙여 주었다. 그러면서 곽용필 경정은 말했다.

"최 형사, 너도 돌 지난 아들 있잖아? 이러다간 우리가 다 뒤집어쓸 수도 있다고."

곽용필 경정은 최 형사의 어깨를 토닥토닥 두들겨 주었다. 최 형사는 목 안 깊숙이 연기를 삼켰다가, 곽용필 경정 반대쪽으로 다시 내뱉었다. 담배 연기는 자재 창고 작은 창문 사이로 비추는 햇살을 타고 담쟁이넝쿨처럼 퍼져 나갔다.

최 형사가 관설동 우체국으로 차를 몰고 간 것은 그날 오후 5시 무렵의 일이었다.

5

자, 이제 슬슬 우리 이야기의 꼭짓점이 다가오니, 이것을 뾰족한 마음으로 들어 보아라.

그날, 우리의 친절한 정 과장은 누워 있는 나복만의 허벅지를 툭툭, 구두 끝으로 건드리면서 과연 무슨 생각을 했을까?

만약 그때 우리의 친절한 정 과장이, 정남운이…… 생각이고 고민이고 나발이고 모두 다 집어치운 채, 직접 자신의 손으로 각목을 휘두르고, 레버를 올리고, 목을 졸랐다면, 그러고도 성에 차지 않아 다시 더 많은 요원들과, 더 높은 전압과, 더 센 수압과, 더 두꺼운 각목들을 동원해 쉴 새 없이 다그쳤다면, 그랬다면 나복만의 운명은 과연 어떻게 되었을까?(실제로 다른 많은 사건들에서 요원들은 난관에 봉착할 때마다 그런 방식들을 써 댔다.) 모르긴 몰라도 그의 운명은 아마 거기까지였을 것이다. 그리고 우리의 이야기 또한 아마 거기까지가 전부였을 것이다. 뭐, 뒤처리에 조금 품은 들었겠지만(산 정상에서 데굴데굴 굴려 실족사로 위장한다거나, 택시 운전석에 태운 채 기어를 중립에 놓고 대관령 코너 길 밖으로 밀어 버린다거나, 요원 중 한 명에게 대충 유서를 대필하게 한 다음, 야산 소나무 가지에 매달아 버린다거나, 이것저것 다 귀찮아, 그냥 깔끔하게 파묻어 버려, 고아라서 찾을 사람도 없을 텐데, 뭐…… 같은 방식들. 땀깨나 흘려야 하는 방법들.) 그렇다고 해서 정남운의 운명이 바뀌거나 위기를 맞는 일은 없었을 것이다. 그의 상관들은 "무슨 일을 그따위로 하나?" 투덜거리면서 이맛살을 찌푸리거나, "괜찮아, 괜찮아. 일을 하다 보면 그런 일도 생기는 법이지." 하면서 어깨를 두드려 주거나, 둘 중 하나였을 것이다. 다른 요원들은? 스포츠머리나 손등의 털이 다 타 버린 요원은? 그냥 숙직실에서 밀린 잠을 자거나, 다시 동생들 대학 등록금 영수증을 꺼내 보거나, 수시로 화장실로 뛰어 들어갔겠지…….

하지만 우리의 친절한 정 과장은 그러지 않았다.

우리는 정남운이 한때 소설을 쓰려 노력했고, 헤르만 헤세의 『데미안』을 100번도 더 넘게 읽은 친구라는 점을 잊어선 안 된다.(실제로 정남운은 쓰러져 있는 나복만의 허벅지를 구두 끝으로 툭툭 건드리면서 『데미안』 속 한 구절, 그러니까 데미안이 싱클레어에게 한 마지막 말 "자네가 나를 부른다고 해서 내가 그렇게 쉽게 말을 타고 기차를 타고 갈 수는 없을 거야. 그럴 때에는 자넨 자기 자신의 내부에 귀를 기울여

256

야 한다네."를 반복해서 머릿속에 떠올렸다.) 그 말인즉슨, 그는 사람들의 '내면'을 이해하는, 흔치 않은 요원이란 뜻이었다.(물론 그는 '이해'만 했을 뿐이다.) 그는 사람들의 마음속엔 선과 악이 공존하고 있다는 사실을, 때때로 사람들은 신과 악마를 동시에 숭배한다는 비밀을 잘 알고 있었다. 마음속 한쪽에 어린아이가 웅크리고 있다면 저쪽엔 나이 든 노인이 쪼그려 앉아 있고, 이편에 속물적인 욕망이 숨 쉬고 있다면 저편엔 순진무구한 충동이 도사리고 있다는 진리를, 그는 헤르만 헤세를 통해 깨달은 사람이었다. 또한 어쩌다가 사람들 마음속에 있는 충동이 툭 고개를 들기라도 하면, 전쟁이 나고 살인이 나고 세상 모든 것에 종말이 온다고 해도 뚜벅뚜벅 제 갈 길을 걸어가는 것, 그것이 바로 인간이라는 것도 정남운은 다년간의 요원 생활을 통해서 잘 알고 있었다.

아니, 그럼 그렇게 잘 알고 있는 친구가 왜 그렇게 사람을 각목으로 패고, 전기로 지지고, 물을 들이부었냐고(물론 그는 지시만 했지만) 따져 묻는다면, 이런, 당신 또한 순수하고 해맑은 히야신스 같은 사람이라고 말할 수밖에…… 그건 말하자면 정신과 의사가 환자의 착란 증세 이면에 무언가 더 깊은 사연이 있을 거라고 빤히 예상하면서도, 좀 더 시간을 들이면 보다 근본적인 치료법을 찾을 수 있다는 것을 다 알면서도, 우선 급한 대로 프로작이나 렉사프로 같은 독한 항우울제를 잔뜩 처방하는 것, 그것과 다를 바 없는 일이었다. 효과도 금방 나타나고, 시간도 줄이고, 고민도 안 하고, 간호사도 기뻐하고, 제약회사도 고마워하고, 약사 얼굴에도 화색이 돌고, 다 좋은 게 좋은 거 아닌가, 하면서…… 그렇게 환자뿐만 아니라 의사 또한 항우울제에 중독되고 의존하다가, 문제가 생기면 그 제야 다시 다른 방향으로 생각을 돌리는 것(대개의 의사들은 그럴 경우 프로작이나 렉사프로의 용량을 두 배로 늘리지만. 각목이 배로 늘고, 전압이 배로 느는 것과 마찬가지로.), 정남운의 경우도 그와 다르지 않았다.(아니, 정남운의 경운, 상황 자체를 그가 기획하고 만든 것 아니냐고 또 한 번 따져 묻는다면, 이런…… 지금까지 이 이야기를 제대로 따라 읽은 게 맞냐고, 중간에 뭐 다른 소설이라도 훑어본 게 아니냐고 불같이 화를 낼 수밖에……. 그럼, 우울증 환자들의 증상은 환자 스스로 만들어 낸 것이란 말인가? 정말, 이 모든 것이 온전히 다 정남운의 탓으로 여겨지는 가?) 각목과 전압과 수압이 통하지 않는다는 것은 무언가 더 근본적인 이유가 있다는 것, 그의 내면에 깃들어 있던 어떤 충동이 고개를 들었다는 것. 정남운은 그것을 눈치챘다. 그것이 다른 요원들은 갖고 있지 않은, 『데미안』을 100번도 더 넘게 읽은, 정남운만의 '감'이었다. 물론 거기엔 그의 '배신의 아브락삭스' 트라우마도 영향을 주었지만……. 어쨌든 나복만의 입장에선 그나마 다행스러운 일이었다.

그것이 무엇일까? 무슨 일 때문에 저렇게 반죽음 상태가 다 되어서도 쓰지 않고 버티는 것일까? 정남운은 나복만 옆에 쪼그리고 앉아 한참을 골똘히 고심했다. 나복만의 몸 이곳저곳엔 검푸른 멍이 들어 있었고, 눈두덩은 홍합 모양으로 커다랗게 부어올라 있었다. 팔목과 허리 근처엔 마치 자를 대고 그은 듯 굵은 밧줄 자국이 남아 있었고, 허벅지와 사타구니 주변으론 검댕이 묻은 것처럼, 아무렇게나 검은 색종이를 붙인 것처럼, 전기 접촉면의 흔적이 새겨져 있었다. 쇄골과 두 무릎에도 언제 생겼는지 알 수 없는 굵은 피딱지가 색 바랜 모습으로 내려앉아 있었다. 그래도 살아 있기는 살아 있었다. 숨을 쉴 때마다 작게, 그의 갈비뼈가 오르락내리락거렸다. 불규칙적으로 왼쪽 종아리가 부르르, 부르르, 떨리기도 했다. 어디선가 쇠 냄새가, 비를 흠뻑 맞은 고철 냄새가 나는 것 같기도 했다.

이건 뭐 시간이 좀 걸리겠는걸. 정남운은 마치 소설 속 데미안처럼 '눈을 가느다랗게 뜨고' 나복만을 바라보다가 혼잣말처럼 중얼거렸다. 그는 살짝, 나복만의 허벅지 위에 침을 한 번 뱉고 난 후, 자리에서 일어났다. 귀찮게 됐네. 정남운은 주머니에 있던 손수건을 꺼내 이마와 목을 문질렀다. 그러곤 라디에이터 위에 여남은 개 남아 있던 로터리 창립총회 기념 수건을 갖고 와, 한 장 한 장 나복만의 몸 위로 던지기 시작했다.

*

자, 이것을 누군가가 깨어나길 바라는 심정으로 천천히 들어 보아라.

나복만은 이틀 내내 아무것도 먹지 못했다. 의식도 없이, 거의 죽은 듯 잠만 잤다. 이따금씩 그는 헉, 비명을 지르면서 허공에 대고 팔을 휘두르기도 했고, 갑자기 마비가 온 사람처럼 부르르, 팔다리를 떨다가 축 늘어지기도 했지만, 대체로 아무 일 없었다는 듯,

며칠 야근에 시달린 사람처럼, 숨을 쌕쌕 내쉬며 깊은 잠을 잤다.

사흘째 되는 날부터 나복만은 자다 깨다 자다 깨기를 반복했는데, 눈을 뜰 때마다 침대 옆에 매달린 투명한 링거병과, 자신의 몸을 덮고 있는 붉은색 인조 밍크 이불, 손목부터 팔꿈치까지 친친 동여맨 하얀 붕대를 멍하니 바라보았다. 그리고 다시 잠이 들었다. 누군가 몇 번 미음을 입에 떠 넣어 주는 것 같았는데, 그는 그것이 꿈인지 생시인지 구분할 수가 없었다. 그만큼 그는 수많은 꿈을 꿨다. 꿈들은 대부분 기억나지 않고 흐릿하게 흩어졌지만, 그래도 딱 하나, 김순희가 등장하는 꿈만은 또렷이 기억에 남았다. 꿈속에서 김순희는 언제나처럼 "죄 씻으라 하시네~ 죄 씻으라 하시네~" 찬송가를 흥얼거리면서 나복만의 택시를 세차하고 있었다. 수도꼭지에 연결된 호스로 한참 동안 택시에 물을 끼얹던 김순희는 일순 새하얗게 질린 낯빛으로 그를 돌아보았는데, 그래서 나복만 또한 택시 문짝에 새겨져 있던 '안전택시'라는 문구가 줄줄, 흐르는 물에 의해 씻겨 내려가는 것을 보고 말았다. 나복만은 황급히 택시 쪽으로 다가가 흘러내리는 글자들을 잡아 보려 했지만, 이미 모든 것이 다 사라지고 난 이후였다. 이거 어쩌지? 이거 어쩌지? 나복만은 김순희를 바라보면서 그렇게 중얼거렸다. 하지만 김순희의 모습 역시 흐물흐물 사라지기 시작했다. 그래서 세상엔 그와, 글자가 모두 사라진 택시, 그렇게 단둘이 남겨졌다. 이거 어쩌지? 이거 어쩌지? 나복만은 더 큰 목소리로 주위를 둘러보면서 말했다. 그의 목소리는 웅웅 울리면서 먼 곳까지 퍼져 나갔다가 다시 되돌아왔다. 그리고 그 순간 그는 잠에서 깨어났다. 깨어난 직후에도 나복만은 몇 번

"이거 어쩌지? 이거 어쩌지?" 작은 목소리로 뇌까렸다.

*

자, 이것을 듣도 보도 못한 8대 2 가르마를 탄 나이팅게일을 상상하며 들어 보아라.

나복만이 온전히 정신을 찾았을 때, 그때 그의 눈앞엔 나이 지긋한 반백의 의사 한 명이 서 있었다. 그리고 그 옆엔 우리의 친절한 정 과장이 걱정스러운 얼굴로 뒷짐을 쥔 채 서 있었다. 주위를 둘러보니 분명 그가 끌려 들어온 '3'번 방이 맞았다. 욕조와 철제 책상, 선반 위 라디오도 그대로였다. 라디에이터 위 수건들도, 파란색 타일들도, 좌변기도 모두 제자리를 지키고 있었다. 다만 군용 침대 자리에 병원 침대가 새롭게 들어와 있었는데, 산부인과 마크가 찍힌 하얀 시트와 회색 베개가 딸린, 낡고 군데군데 녹이 슨 침대였다. 나복만은 바로 그 위에 누워 있었다.

반백의 의사는 돋보기를 쓴 채 나복만의 눈과 혀를 살펴보고 나선 검은색 왕진 가방에서 주사기를 꺼내 들었다.

"한 사나흘 잘 먹이고 잘 재우면 괜찮아질 겁니다."

반백의 의사는 무뚝뚝한 말투로 정 과장에게 말했다. 그는 나복만의 엉덩이를 몇 번 세게 두들기고 난 후 주사를 놓았다.

"어디 다른 데 이상은 없고요?"

정남운은 슬쩍 나복만의 몸을 덮고 있는 붉은색 인조 밍크 이불을 들춰 본 후 물었다.

"뭐 척추도 좀 그렇고, 늑골도 좀 다친 거 같고, 다리도 좀 상한 거 같은데⋯⋯. 괜찮겠죠, 뭐."

"하아 참, 사람들. 일하는 거 보면⋯⋯."

정남운은 엄지와 검지로 미간을 문지르면서 말했다.

"미음을 먹이시고, 소변을 억지로라도 계속 보게 하십시오. 물약도 챙겨 먹이시고요."

반백의 의사는 그 말을 끝으로 왕진 가방을 챙겨 들고 '3'번 방을 나갔다.(잠깐 우리의 이야기에 등장한 이 반백의 의사는 사실 원주시 학성동에 위치한 한 산부인과 원장이기도 한데, 안타깝게도 그는 10년 가까이 모르핀이 없으면 잠을 이루지 못하는, 향정신성 의약품 중독자이기도 했다. 그는 중독이 시작된 1970년대 초반부터 중앙정보부와, 다시 그 뒤를 이은 안기부에 협조하면서 지속적으로, 눈치 보지 않고, 모르핀을 자신의 팔뚝에 꽂아 넣을 수 있었는데, 그래서 가끔 정신이 오락가락하기도 했다. 그는 새로운 의료 연구 서적이나 세미나 따위는 등한시한 채, 오로지 모르핀으로 자신의 의술의 모자란 부분을 채워 나갔다. 그래서 한때 그의 병원은 '통증 없이 아이 낳는 병원'으로 소문이 자자하기도 했다. 그의 말로(末路)는 1980년대 후반 뜻하지 않게 찾아왔는데, 그가 거즈를 산모 배 속에 그대로 넣은 채 봉합하여 심각한 의료사고를 일으켰기 때문이었다. 그는 항의하는 산모 남편에게 "소변을 억지로라도 계속 보게 하세요. 그러면 다 나옵니다." 하면서 횡설수설했다. 그래서 그의 오래된 모르핀 중독 사실까지 덤으로 밝혀지고 말았다. 이후, 그는 교도소와 정신병원을 오가며 생을 마치게 되었다. 그는 때때로 교도관들과 정신과 의사들에게 "내가 이 땅의 민주화를 위해 얼마나 많은 공헌을 했는지 아느냐?"면서 버럭 소리를 지르기도 했지만, 물론 아무도 그의 말을 귀담아듣지는 않았다.)

반백의 의사가 '3'번 방을 나간 이후에도 정남운은 계속 자리를 지키고 서 있었다. 그는 몇 번 깊은 한숨을 내쉬었으며, 손수건을 꺼내 큰 소리로 코를 풀기도 했다. 그리고 어느 순간 슬쩍, 붉은색 인조 밍크 이불 아래로 두 손을 넣어 나복만의 오른손을 잡았다.(그 순간 나복만은 '움찔'했다.) 정남운은 나복만 얼굴 가까이 상체를 기울인 채 작은 목소리로 말했다.

"하아 나 참……. 이거 미안해서, 이거 미안해서 어쩌죠……. 난 그냥 겁만 준다길래 그런 줄로만 알고……. 하아 나 참……. 내가 속이 다 상하네……."

정남운이 말을 하는 동안 나복만은 계속 잠든 사람처럼 눈을 감고 있었다. 하지만 나복만의 의지와 상관없이, 그의 종아리는 붉은색 인조 밍크 이불 아래에서 또다시 부르르, 부르르, 떨리기 시작했다. 정남운은 그런 나복만의 종아리를 빤히 바라보았지만, 그러나 잡은 손은 한동안 놓지 않았다.

그다음부터 우리의 친절한 정 과장은 부지런히 움직이기 시작했다. 그는 와이셔츠 소매를 팔꿈치까지 걷어붙인 채 젖은 수건을 짜 나복만의 이마 위에 얹어 주기도 했고(하지만 안타깝게도 그 수건은 우리가 잘 아는, 나복만도 잘 아는, 노란색 로터리 창립총회 기념 수건이었다. 나복만은 침대에 누운 상태에서도, 그 수건을 보자마자 습관처럼, 무의식적으로, '후읍' 숨을 깊게 들이마시기도 했다.) 종아리에서부터 허벅지까지 골고루 '안티푸라민' 연고를 발라주기도 했다.(하지만 그 또한 안타깝게도 너무 열성적으로 '안티푸라민' 연고를 발라 주다가 그만, 나복만의 사타구니 근처까지 손길이 닿게 되었는데, 그 화끈거림이란! 나복만은 다시 전기 접촉면이 그곳에 닿은 줄로만 알았다. 그래서 그는 그 자리에 오줌을 조금 지리기도 했다.) 정남운은 헝클어진 나복만의 머리칼을 손으로 쓸어 올려 주기도 하고, 직접 순면 100퍼센트 '백양' 팬티를 사 와 갈아입혀 주기도 했다.

"이제 아무 걱정도 하지 마요. 말을 하려고 노력하지도 말고, 뭘 쓰겠다는 생각도 하지 말고……. 당분간은 푹 쉬며 몸조리나 해요. 그 친구들은 내가 다 조치했으니까, 이제 두 번 다시 그런 일은 없을 거예요."

실제로 정남운은 '3'번 방으로 설렁탕 그릇을 들고 들어온 스포츠머리를 향해 "자네가 여길 왜 들어와! 정신이 있는 거야, 없는 거야!"라고 소리치기도 했다. 영문을 알 수 없었던 스포츠머리는(그랬다. 정남운은 그 누구에게도 자신의 의도를 미리 설명해 주지 않았다.) 가만히 침대에 누워 있는 나복만을 한 번 바라본 후, 말없이 '3'번 방을 빠져나왔다. 그러곤 다시 지갑에서 동생들의 대학 등록금 영수증을 꺼내 금액을 모두 더해 보았지만, 그러나 불안한 마음은 쉬이 사라지지 않았다. 정남운은 나복만의 상체를 일으켜(왼손으론 나복만의 허리를 껴안은 채) 설렁탕 국물을 떠 넣어 주었지만, 나복만은 몇 숟갈 채 먹지 못하고 다시 쓰러지듯 침대에 누워 버리고 말았다.

그래도 정 과장은 수건을 턱 아래 가까이 대고 몇 숟가락 더 나복만의 입술에 흘려 넣어 주었다. "기운을 차려야죠. 그래야 또 오줌도 누고 물약도 먹죠. 운명도 이겨 내야죠……." 정남운은 나복만의 귀에 대고 그렇게 속삭이기도 했다.

반백의 의사가 다녀간 지 나흘이 지난 후부터 나복만은 눈에 띄게 원기를 회복해 나갔다.(반백의 의사가 나복만의 엉덩이에 모르핀을 주사한 것인지, 항생제를 주사한 것인지, 글쎄, 그건 알 수 없는 일이다.) 코와 입술의 부기도 빠지고, 눈두덩 위 검은 멍도 차츰차츰 옅은 보라색으로 변해 갔다. 허벅지에 생긴 화상 자국에선 고름이 배어 나오기 시작했고, 왼쪽 무릎 위에 있던 커다란 피딱지는 자고 일어났더니 침대 시트 아래로 허물처럼 떨어져 나가고 없었다. 그는 하루 세 번 침대에서 일어나 소변을 보기도 했고(정남운은 몇 번 속옷을 갈아입혀 주다가 사흘째 되는 날부턴 아예 천 기저귀를 끊어 와 나복만의 사타구니를 가려 주었다. 천 기저귀에 노란 고무줄. 나복만은 소변을 볼 때마다 자신의 배 위에 묶인 노란 고무줄을 한참 동안 내려다보았다.) 침대에 걸터앉아 쟁반을 허벅지 위에 올려놓은 채, 직접 설렁탕 국물을 떠먹기도 했다. 나복만은 혼자 있을 때면 침대에 우두커니 앉아 철제 책상을 바라보거나 라디에이터 위 커튼을 오랫동안 쳐다보았다. 전면 거울과, 선반 위 라디오와, 자신이 들어가 까닭 없이 노를 젓곤 했던 욕조도, 찬찬히, 때론 멀거니 바라보았다. 그는 정신을 찾은 이후부턴 마치 말을 잃어버린 사람처럼, 성대 수술을 받은 강아지처럼, 단 한마디의 단어도 입 밖으로 꺼내지 않았다.(어쩌면 이미 그때부터 그의 변화는 천천히 천천히 시작된 것인지도 몰랐다.) 몸에서 떨어져 나간 것은 비단 허벅지 위 피딱지만은 아닌 게 분명했는데, 그게 무엇인지 그는 정확히 알지 못했다.(하지만…… 그게 뭐긴 뭐겠는가? 그가 열흘 동안 불면과 허기와 각목과 물과 배터리의 세례를 받으면서도 지켜 낸 것, 우리가 알 수 없는 어떤 믿음으로 지켜 낸 것, 바로 그의 희망 아니겠는가! 그 희망이 막 '포기'와 '절망'으로, 그 단어들의 고종사촌뻘 되는 '체념'과 '절념'으로 바뀌는 과정 아니겠는가! 왜? 왜는 무슨……. 어쨌든 거긴 계속 '3'번 방이었으니까. 따뜻한 설렁탕과 넉넉한 잠이 있다고는 해도, 변함없이 거긴 '3'번 방이었으니까……. 끝이 나기 전까진 절대로 벗어날 수 없다는 것을 나복만 또한 서서히 서서히 깨달았을 테니까…….) 그래서 그는 계속 침묵을 지킨 채 '3'번 방 이곳저곳만 멍하니 바라보고 누워 있었다.

그리고…… 우리의 친절한 정 과장은 침대 가까이 철제 의자를 가져다 놓고 앉아, 나복만에게 낭랑한 목소리로 한 줄 한 줄 『데미안』을 읽어 주기 시작했다.

*

자, 이것을 헤르만 헤세에게 조금 미안한 마음을 품은 채 계속 들어 보아라.

정남운은 매일 점심을 먹은 직후, '3'번 방 철제 의자에 앉아 나복만을 위해 『데미안』을 읽어 주었다. "여긴 뭐 텔레비전도 없고, 혼자 너무 적적하실까 봐……." 정남운은 그렇게 말한 다음, 나복만의 의사는 묻지도 않은 채 "나의 이야기를 하려 한다면 맨 처음부터 시작해야만 한다."로 시작되는 『데미안』의 첫 문장을 소리 내어 읽어 나갔다.(그래서 나복만은 무언가 처음부터 다시 시작되는 줄로만 알고 잠깐 긴장하기도 했다.) 그는 첫째 날엔 30페이지까지 읽었고, 둘째 날엔 싱클레어가 초상화를 그리는 장면이 나오는 106페이지까지 읽어 나갔다. 이미 100번도 넘게 『데미안』을 읽은 정남운은 더듬거리는 단어도 없이, 페이지를 넘기느라 잠깐 호흡을 끊는 일도 없이, 때때로 대사가 나오면 싱클레어와 데미안과 크로머의 목소리를 각각 다른 버전으로 내면서(그러니까 싱클레어는 여리게, 데미안은 중후하게, 크로머는 약간 비열한 톤으로), 최대한 감정을 살려 읽어 나갔다.

나복만은 첫날은 누운 채 『데미안』을 들었지만, 둘째 날부턴 침대 머리맡에 허리를 기대고 앉아 헤르만 헤세의 말랑말랑한 문장들을 들어야만 했다.(우리의 친절한 정 과장이 그렇게 자세를 잡아 주었다.) 나복만은 정남운이 『데미안』을 읽는 내내 두 눈을 아래로 내리깐 채 붉은색 인조 밍크 이불 위에 새겨진 소나무 무늬를 바라보거나, 가만히 자신의 오른쪽 팔뚝에 감긴 붕대를 다른 손으로 쓸어내리곤 했다. 정남운은 책을 읽는 중간중간 나복만을 곁눈질로 살펴보곤 했는데, 그러다가도 다시 저도 모르게 『데미안』에 빠져들어 "난 네가 사람들에게 말할 수 있는 이상의 것을 생각하고 있다는 것을 알아."라든가, "사실상 금지된 추악한 것들도 이 세상엔 존재하고 있어. 너도 그 사실을 부정하진 않을 거야." 같은 대사들을, 때때로 "허어, 거참." 하는 식의 추임새를 넣어 가며, 또랑또랑한 목소리로 읽어 나갔다. 나복만은 계속 말이 없었다.

책 읽기를 마치면 정남운은 나복만을 다시 침대에 눕히고 이불을 여며 주었다. 그러곤 늘 친절한 목소리로 같은 질문을 하곤 했다.
"뭐, 더 필요한 거 없어요?"
나복만은 정남운을 바라보지 않은 채 고개를 짧게 흔들었다.
"뭐, 따로 먹고 싶은 건 없구요?"
그 질문에도 나복만은 대답하지 않았다.
"어서 빨리 기운을 차리셔야죠. 그래야 빨리 여기 일도 마무리하고, 다시 운전대도 잡죠."
정남운은 그렇게 말하면서 나복만의 어깨를 두 번 두드려 주었다. 그 말을 듣는 나복만의 표정엔 아무런 변화가 없었다.

*

자, 이것을 애인 때문에 고통 받았던 기억들을 떠올리며 들어 보아라.

정남운이 '3'번 방에서 한창 나복만에게 『데미안』을 읽어 주고 있을 무렵, 김순희는 원주경찰서 지하 조사실에서 쩡, 쩡, 쩡, 울리는 소리를 일주일 내내 철제 의자에 앉은 채, 졸다 깨고, 또 졸다 깨기를 반복하면서, 무방비 상태로 계속 듣고 있어야만 했다. 사실 그 소리는 원주경찰서 지하 조사실에서부터 4층 화장실까지 연결된 낡은 상수도 배관에서 나는, 수격 현상(water hammering) 중 하나였다. 물의 압력이 일정하게 배관을 진동시키면서는 내는 그 소리는, 그러나 김순희에겐 단순한 소음이 아닌, 소리 자체가 지시봉이 되고, 소리 자체가 주먹이 되고, 소리 자체가 머리채를 쥐고 흔드는 듯한, 낯설고 섬뜩한 형상으로 다가왔다. 실제로 그녀는 쩡, 쩡, 쩡, 소리가 울릴 때마다 계속 맞고 있는 듯한 기분이 들어 목을, 어깨를, 허리를, 소리보다 반 박자 늦게 움츠리곤 했다. 그러면서 그녀는 생각했다. 무엇이, 어디에서부터, 어떻게 잘못된 것일까? 그녀는 「마태복음」 26장을 떠올리려 애써 노력했다. 「고린도전서」 13장 속 사도 바울의 말 "내가 예언하는 능력이 있어 모든 비밀과 모든 지식을 알고 또 산을 옮길 만한 모든 믿음이 있을지라도 사랑이 없으면 내가 아무것도 아니요."를 무의식중에 웅얼거리도 했다. 하지만 그렇다고 해서 나아지는 것은 아무것도 없었다. 그녀를 진정 괴롭혔던 것은, 그녀 스스로가, 누군가 묻지도 않았는데도, 이미 벌써 나복만을 부인하고 있다는 점, 바로 그것이었다. 이틀에 한 번꼴로 지하 조사실에 들어왔던 최 형사는 별다른 질문을 하지 않았다. 그는 몇 번 지시봉으로 그녀 가슴을 짓누르기도 했고, 뺨도 몇 대 때렸지만, 거의 대부분의 시간 동안 한 손에 볼펜을 쥔 채 가만히 앉아 있기만 했다. 하품을 하면서 옆방에서 들려오는 누군가의 비명 소리를 무심한 표정으로 듣고 있기도 했다. 그러다가 다시 지하 조사실 밖으로 나가 버렸다. 그는 마치 무언가를 다 알고 있는 사람처럼 보이기도 했고, 그저 하염없이 시간을 흘려보내는 사람처럼 보이기도 했다. 그것이 그녀를 더더욱 괴롭혔다. 김순희는 하마터면 몇 번이고 지하 조사실 밖으로 나가려던 최 형사를 붙들고 "저는 그 사람하고 아무 관계가 없어요."라고 말할 뻔했다. 하지만 그때마다 사도 바울이 그녀를 도와주었다. 사랑이 없으면 내가 아무것도 아니요, 사랑이 없으면 내가 아무것도 아니요…… 그녀는 쩡, 쩡, 쩡, 소리에 맞춰 그 말들을 주문처럼 뇌까렸으나…… 그러나 일주일이 지난 후부턴 자신이 아무것도 아닌 사람이라는 것을 깨닫게 되었다. 아무것도 아닌 사람, 아무것도 아닌 사람……. 그때부터 그녀는 멀거니 지하 조사실 천장을 쳐다보면서, 입을 반쯤 벌린 상태에서, 하루하루 시간을 보내게 되었다. 그녀의 입에선 줄줄 침이 흘러나오기 시작했다.

*

자, 이것을 다시 조금 더 헤르만 헤세에게 용서를 구하는 마음으로 들어 보아라.

『데미안』은 짧기도 하지. 불과 닷새도 지나지 않아 정남운은 소설의 마지막 문장, 그러니까 "그러면 이젠 완전히 데미안과 같은, 내 친구이자 지도자인 데미안과 같은 내 자신의 모습을 그곳에서 발견할 수 있었다."를 나복만에게 읽어 줄 수 있었다. 『데미안』을 다 읽은 정남운은 책을 두 손으로 꼭 끌어안고, 두 눈까지 감은 채 한참 동안 말없이 자리에 앉아 있었다.

"참 좋죠?"

정남운은 두 눈을 뜨면서 그렇게 말했다. 나복만은 그때 이미 더이상 링거를 맞지 않아도 될 만큼 몸이 많이 회복된 상태였다. 여전히 혼자 침대에서 내려설 때마다 허리 부위에 통증이 느껴지고, 두팔을 어깨 높이 이상 들어 올리는 것 역시 불가능했지만, 그래도 며칠 전에 비하면 모든 것이 다 참을 만했다. 밥도 삼시 세끼 거르지 않고 먹었다. 하지만 그의 얼굴은 하루하루 더 수척하게 변해 가고있었다. 정남운은 그것을 잘 알고 있었다.

"이거 우리도 데미안 같은 사람을 만나야 할 텐데⋯⋯. 뭐, 그래야 알도 깨고 날기도 하고 그럴 거 아니겠습니까?"

정남운은 그렇게 말하면서 짧게 웃었다. 그는 여느 때와 마찬가지로 다시 나복만에게 필요한 것과 먹고 싶은 것을 물은 후, 철제의자에서 일어났다.

'3'번 방 문을 열고 나가려던 정남운을 나복만이 불러 세웠다.

"저기요⋯⋯."

나복만은 고개를 숙인 채 작은 목소리로 말했다. 정남운은 잠시그 자리에 멈춰 서서 나복만을 바라보다가 천천히 침대 쪽으로 다가갔다. 정남운은 그 순간 직감적으로 나복만이 드디어 알을 깨고나오려 한다는 것을 알아챘다. 어쨌든 그도 이제 『데미안』을 읽은사람이었으니까.

"왜요? 뭐, 필요한 거라도 생각났어요?"

정남운은 예의 그 친절한 목소리로 물었다.

"아니, 그게 아니고요……."

나복만은 짧게 곁눈질로 정남운을 바라보았다. 그러곤 오른손 검지로 붉은색 인조 밍크 이불 위에 알 수 없는 문자들을 끼적거렸다.

"저기, 그러니까…… 그것도 다…… 그것도 다 외워야 하나요?"

"뭘요? 뭘 외워요?"

정남운은 나복만 쪽으로 한 뼘쯤 더 가까이 철제 의자를 당겨 앉았다. 그러다가 나복만의 시선이 라디에이터 위에 놓인 『데미안』에 가 닿아 있는 것을 발견했다.

"이거요? 아이, 참……. 아니에요."

정남운은 왼손에 『데미안』을 든 채 말했다.

"나복만 씨가 이걸 왜 외워요? 이건 그냥 소설인데……. 난 그냥 나복만 씨가 무료할까 봐, 그래서 읽어 준 거예요. 소설을 외우면 되나요? 소설은 그냥 읽고 느끼고 말아야지."

정남운의 말에 나복만은 고개를 조금 더 아래로 숙였다. 그는 누군가 툭 건드리기만 하면 금방이라도 뚝뚝 눈물을 흘릴 것만 같은 얼굴, 그런 표정을 하고 있었다.

"그게 궁금했던 거예요? 다른 건 뭐 더 없구요?"

정남운은 나복만과 눈을 맞추려고 노력했다.

"저기…… 저는 언제까지 여기 더 있어야 하는지……."

나복만은 울먹거리는 목소리로 물었다.

"하아 참, 그게……."

정남운은 침대 아래 바닥을 내려다보면서 한숨을 내쉬었다. 그는 재킷 안주머니에 들어 있던 담배를 한 개비 꺼내 들었다.

"답답하시죠? 저도 그게 답답하다는 겁니다. 이게 생각보다 좀 복잡해서요."

정남운은 나복만에게도 담배 한 개비를 건넸지만, 그는 받지 않았다.

"이게 나복만 씨가 진술서를 쓰지 않으면 끝이 안 나는 거라서요. 원래 여기가 그래요. 여기 사람들도 다 그것 때문에 월급 받아 먹고사는 거라서……. 나복만 씨한테 실수한 것도 다 그것 때문이거든요. 그 친구들도 나복만 씨 진술서 못 받으면 여기서 그만 옷을 벗어야 하는 처지라……."

정남운은 말을 하면서 계속 나복만의 얼굴을 살폈다. 그래서 그는 담배에 불을 붙이지 않은 채 계속 물고만 있었다.

"나복만 씨가 어떤 사정 때문에 그러시는지 말씀을 해 주셔야 제가 도움이 될 텐데……. 그래야 여기서도 빨리 나가고 다시 운전대도 잡고 할 텐데……. 아, 뭐 그렇다고 재촉하는 건 아니고요. 천천히 천천히, 말씀하시고 싶을 때, 그때 말씀하셔도 됩니다."

정남운은 나복만의 오른쪽 손등을 툭툭 두들겨 준 후, 자리에서 일어났다.

"그리고 이건."

정남운은 들고 있던 『데미안』을 나복만의 베개 옆에 놓아 주었다.

"내일부터 다시 읽는 걸로 하죠. 이건 뭐 한 번 읽어선 제맛을 못 느끼는 소설이라니깐요. 내일부턴 나복만 씨가 소리 내어 읽어도 좋구요. 뭐, 시간은 많잖아요……."

273

정남운은 나복만을 향해 씨익, 한 번 웃어 보였다. 그러면서 그는 마음속으로 이제 거의 다 됐네, 알에 금이 가기 시작했네, 라고 생각했다.

그리고…… 실제로 정남운의 생각보다 더 빨리, 알은 금세 '뽀삭' 소리를 내며 깨져 버리고 말았다.

뒤돌아 문 쪽으로 몇 걸음 걸어 나가던 정남운을 나복만이 또다시 불러 세웠다.

"저기요……."

나복만의 어깨는 그때부터 이미 일정하게 들썩거리기 시작했다. 그는 베개 옆에 있던 『데미안』을 집어 정남운 쪽으로 내밀었다.

"이거…… 갖고 가세요……."

정남운은 나복만과 『데미안』을 번갈아 바라보았다. 『데미안』은 나복만의 손 위에서 부들부들 떨리고 있었다.

"이거…… 갖고 가시라구요……."

나복만의 손에 들려 있던 『데미안』이 툭, 힘없이 침대 아래로 떨어졌다.

"저는…… 글을 읽을 줄도…… 쓸 줄도 몰라요……."

나복만은 붕대가 감긴 팔뚝으로 눈물을 한 번 훔치고, 또 코도 한 번 닦아 내면서 더듬더듬 그렇게 말했다.

"저는 글을 읽을 줄도…… 쓸 줄도 모른다구요……. 그러니까 이거…… 이거 제발 갖고 가시라구요……."

나복만은 큰 소리로 울기 시작했다.

아아, 나복만, 이 친구야…….

*

자, 이것을 화장실 문짝에 붙어 있는 당대 고금의 격언들을 떠올리며 들어 보아라.

남의 비밀을 들었을 땐 함부로 비웃지 말 것. 그것이 아무리 하찮고 사소하고 허탈한 것일지라도.

*

자, 이것을 마저 더 들어 보아라.

그날, 나복만의 고백을 들은 정남운은 속으론 엄청 당황했지만 (왜 아니겠는가! 그는 처음엔 나복만의 말이 어떤 의미인지조차 제대로 파악하지 못했다. 시력이 안 좋다는 것인지, 손가락이 아파서 연필을 잡을 수 없다는 것인지, 도대체 무슨 말을 하고 있는 것인지 알 수 없었다. 그러다가 문득…… '3'번 방 바닥에 떨어진 『데미안』을 보고서야 그 말의 진짜 의미를 깨닫게 되었다.)…… 그러나 겉으론 내색하지 않으려고 노력했다. 그는 한동안 입을 벌린 채 말없이 서 있다가 다시 예의 그 친절한 표정을 지으며 툭, 나복만의 어깨를 쳤다. 그리고 엉겁결에, 이렇게 말해 버리고 말았다.

"에이, 겨우 그것 때문에 그런 거였어요? 아니, 그럼 그렇다고 진작 말을 하지. 그럼 그 고생 안 해도 됐을 거 아니에요……. 하아, 나 참, 이 사람……."

후에 정남운은 자신이 한 결정적인 실수가 바로 그 말(그러니까 '겨우 그것')에 있었다는 것을 알게 되었지만, 그땐 미처 깨닫지 못했다. 그래서 침대 시트에 얼굴을 묻고 서럽게 울던 나복만이, 눈물을 그치고 왜 그렇게 멀뚱멀뚱 자신을 바라보는지, 그러다가 왜 천천히 얼굴이 굳어 갔는지, 그 마음을, 그 내면을, 헤아리지 못한 것이었다. 그 역시 당황했으니까. 그 역시 허둥거렸으니까. 이건 뭐…… 마치 데미안이 싱클레어에게 "사실 나 문맹(文盲)이야."라고 고백한 것과 다름없었으니까.

하지만 당황했다고 해서…… 또 허둥거렸다고 해서…… 이후 우리의 친절한 정 과장이 모든 것을 다 포기하고, 사건을 처음으로 되돌린 것은 결코 아니었다. 남쪽으로 잠입한 아버지한테 『김일성 사상 선집』과 『공산당 선언』과 『중국 혁명사』를 학습받은 사람이, 원주시 인근 동원 부대의 편제와 병력, 대간첩 작전 상황들을 파악해 보고한 사람이, 이런, 글을 읽을 줄 모른다고 해서…… 횡성과 홍천 등지에 약정된 무인 포스트를 이용, 24회나 보고한 사람이, 어럽쇼, 글을 쓸 줄도 모른다고 해서…… 평양 모란봉 초대소에 가서 노동당 입당 원서를 작성한 사람이, 아는 단어라곤 '통닭' '생닭' '영계' '오뚜기 튀김유' '호프' '경향신문' '매일경제' 그리고 '안전택시'

가 전부라고 해서…… 시나리오가 바뀌는 일은, 플롯이 수정되는 일은, 결코 없었다. 정남운은 머리를 감싸 쥔 채 시나리오를 수정하거나, 홧김에 나복만을 도로교통법 위반에 공무 집행 방해죄까지 추가해 처리하지도 않았다. 그는 하루 이틀 지난 뒤부턴 더 이상 당황하지 않았고, 허둥거리지도 않았다. 그는 곧 평정심을 찾았으며, 계속 자신의 업무를 성실히 수행해 나갔다. 하아, 참 나, 이런 일도 다 있네, 그는 그렇게 생각하고 말았을 뿐이었다. 정남운이 작성한 시나리오는 나복만이 나성국의 지령을 받아 작성한 편지 한 통을 주교 보좌신부에게 전해 주는 것으로, 그 대단원의 막을 내리게 되어 있었다. 그것이 애초 계획이었다. 정남운은 미리 작성해 둔 그 편지를 다시 한 번 꺼내 읽으면서 이런 생각을 하기도 했다. 뭐, 어차피 이것도 다 베껴 적어야 하는 거니까…… 글을 모르는 게 차라리 나을 수도 있겠네……. 그는 그렇게 고개를 끄덕거리고 말았다. 아니, 그건 그렇고 글도 못 읽으면서 운전면허는 도대체 어떻게 딴 거래? 하아, 나 참, 이래서야 원 마음 놓고 택시를 탈 수 있겠나. 그것도 모르고 우리 애들만 괜히 생고생을 하고……. 정남운은 그러면서 피식, 소리 내어 웃기까지 했다.

6

자, 이것을 그 옛날, 우리의 누아르 주인공이 레이건 대통령에게 보냈던 편지들을 떠올리며 찬찬히 한 번 읽어 보아라.

보좌신부님.

일전에 아버님과 함께 뵌 이후, 오랜만에 인사드립니다.

그때 주교님과 보좌신부님께서 베풀어 준 호의와 정성, 잊지 않고 마음속에 담아 두고 있습니다. 아버님께서도 두 분께서 보여 준 용기와 결단에 크게 감복하시곤 따로 인사 말씀 꼭 전해 달라고 부탁하셨습니다.

보좌신부님.

여러모로 어려운 상황과 현실이 우리 앞에 놓여 있습니다.

어쩌면 지금보다 훨씬 더 가혹한 추위와 시련이 우리를 기다리고 있을지도 모릅니다.

하지만 보좌신부님.

저는 그럴 때마다 지난날 보좌신부님과 함께 논쟁했던 '카인과 아벨' 형제 이야기를 떠올리곤 합니다.

보좌신부님은 그때 우리 시대에도 여전히 '카인과 아벨' 이야기는 유효한 것이라고 말씀하셨지요. 우린 모두 형제들이고, 이 세상은 두려운 한 명의 형과, 두려움에 떠는 수많은 동생들로, 차남들로, 이루어진 것이라고. 그것이 바로 신의 뜻이라는 말씀도 하셨지요. 더 큰 문제는 우리 차남들 스스로가 형을 두려워하다가 숭배마저 하게 된 상황, 신보다 형을 더 믿게 된 현실을 개탄하기도 하셨지요.

하지만 보좌신부님.

개탄만 하고 있기에는 우리 민족을 둘러싼 작금의 상황은 엄중하기만 합니다.

분단된 조국을 이간질하는 저 악귀 같은 '카인'의 모략과 횡포는 시간이 지날수록 더더욱 우리 조선 민족 스스로를 다시 '카인과 아벨'의 참극 속으로 몰아가고 있습니다. 저들의 의도는 명백하겠지요. 참극 속에서 두려움을 체험하게 하는 것, 두려움 속에서 굴종하는 법을 배우게 하는 것.

보좌신부님.

이런 때일수록 깨어 있는 사람들의 실천하는 행동이 더더욱 요구될 것입니다.

조만간 아버님께서 또 한 번 보좌신부님을 찾아뵙겠다고 하십니다.

보좌신부님의 영웅적이고 투쟁적인 활동, 기대하겠습니다.

'카인의 날'은 이제 얼마 남지 않았습니다.

1982년 6월

나복만 올림

정남운은 그 편지들을 훑어보면서, 또 뭔가 참조할 것이 없나
『데미안』을 다시 한 번 들춰 보았다. 그러면서 그는 중얼거렸다.

"뭐, 딱히 틀린 말도 없네."

*

자, 이제 정말 끝까지 다 왔으니까, 조금만 더 참으면서 들어 보
아라.

나복만은 그 편지를 베껴 적으면서 무슨 생각을 했을까? 겉으로
보기에 그는 예전 처음 '3'번 방으로 끌려왔을 때와 달라진 게 거의
없어 보였다. 그는 일주일 내내 정남운이 건네준 진술서와 편지를
하루 대여섯 시간씩 철제 의자에 앉아 베껴 적었다. 그리고 나머지
시간엔 철제 침대에 가만히 웅크린 채 누워 있기만 했다. 그는 파지
를 많이도 냈는데, 어떤 글자는 지나치게 초성을 크게 적어서 문제
였고, 또 어떤 글자는 심각하게 왼쪽으로 기울어져 읽는 사람의 고
개와 마음까지 좌측으로 45도 정도 쏠리게 만들었기 때문이었다.
정남운은 그가 베껴 적은 진술서와 편지를 읽으면서 자자, 어제보

단 많이 좋아졌네요, 다시 한 번 해 볼까요, 하면서 어깨를 두드려
주었다. 그때마다 나복만은 무표정한 얼굴로 다시 볼펜을 쥐고 고
분고분 정 과장의 지시를 따랐다.

나흘째 되는 날엔 '궁전다방'이라는 글자가 새겨진 보자기를 든
여자 하나가 '3'번 방 안으로 들어오기도 했다.(말하자면 '궁전다방 레
지 언니'가 찾아온 것이었다.) 허허, 참, 이거 이렇게 협조를 해 주시는
데 딱히 해 드릴 것도 없고……. 정 과장은 그렇게 말하면서 '레지
언니'에게 자리를 내주었다. '미스 민'이라고 자신을 소개한 '궁전다
방 레지 언니'는 나복만에겐 묻지도 않은 채 '프림 셋, 설탕 넷'의,
거의 조청과 물엿의 경계를 허무는 조제법으로 커피를 한 잔 탔다.
그러곤 4분의 4박자 리듬에 맞춰 소리 나게 껌을 씹으며 흘끔흘끔
철제 책상에 흩어져 있는 나복만의 진술서를 바라보았다. 정 과장
은 그런 그녀를 막지 않았다. 그녀는 아예 파지 중 한 장을 들고 찬
찬히 읽어 나갔다. 파지를 읽던 '미스 민'은 조금 놀란 표정으로 정
과장을 향해 이렇게 물었다.
"어머, 이 오빠 형 이름이 카인이야? 이 오빠 재미동포였어?"

그 일주일 동안 나복만은 거의 400장에 가까운 파지를 냈다. 정
과장은 그중 한 장을 들고 자자, 거의 다 끝났네요, 이제 마무리만
잘합시다, 하면서 고개를 끄덕거렸다. 나복만은 그 말에도 아무런
대꾸 없이 다른 종이에 편지 베껴 적는 일을 계속했다. 아니, 아니,
오늘은 그만하고 좀 쉬어요. 큰일 앞둔 사람이 몸이라도 축나면 어

떡해요. 정 과장은 그렇게 말하면서 탁탁, 책상 위에 있던 종이들을 정리했다. 하지만 나복만은 그 말에도 글자 쓰는 일을 멈추지 않았다. 정 과장은 그런 그를 흐뭇한 표정으로 바라보기만 했다.

정 과장은 그렇게 흐뭇해했지만…… 어쩌면 그때부터 이미 나복만의 마음속에선 모종의 결단이 선 것인지도 모른다. 우리가 알 수 없는 어떤 변화가 그의 손끝에서부터 시작되었고, 두 눈을 감을 때마다 위태위태한 나무다리 하나가 그의 시야에 펼쳐진 것인지도 모른다. 그는 몇 번이고 주저하다가 그 다리를 건넜고, 그러곤 모조리 불태워 버리는 상상을 수도 없이 반복한 것인지도 모른다. 사람 마음은 알 수 없는 일이나, 그러나 분명한 건 그는 이미 예전의 나복만은 아니란 사실이었다. 그것이 우리가 후에 벌어진 그의 선택에 대해서 할 수 있는 유일한 말이다. 전쟁이 나고, 살인이 나고, 세상 모든 것에 종말이 온다고 해도, 뒤돌아보지 않고 제 갈 길을 걸어가는 것. 누군가 툭, 그의 충동을 건드린 것이었다.

*

자, 이것을 잠깐 예전 기억을 떠올리며, 누군가의 전화 통화를 남몰래 엿듣는 심정으로 들어 보아라.

김순희는 평생 모르고 지냈겠지만…… 우리는 그날 밤, 최 형사가 부목사에게 술 취한 목소리로 떠든 말들을 잘 알고 있다. 그 말

들은 이미 주보 뒷면에 적혀 아궁이에서 불태워졌지만, 그런다고
해서 사라지는 것은 아무것도 없는 법. 그런다고 사라지는 비밀 또
한 하나도 없는 법. 그게 바로 세상 모든 비밀들을 대하는 소설의
자세이다.

그날, 최 형사는 대뜸 부목사에게 이런 말부터 꺼냈다.

"거, 근데 그 사람을 지금 왜 찾으려고 하는 겁니까?"

최 형사의 말에 부목사는 잠시 머뭇거렸다. 우리가 다 알다시피
그때 이미 부목사는 김순희에게 신도 이상의 감정을 느끼고 있던
처지였다.

"그거야…… 그래도 한때 결혼을 약속한 사이이기도 하고 또……."

"그 여자가 그거 안답니까?"

"네? 뭘……."

"그 사람이 그렇게 사라져서 그 여자도 그나마 그 정도에서 끝난
거라는 거, 그거 말입니다."

부목사는 그 대목에서 메모를 멈췄다. 그는 최 형사의 그 말을
적을까 말까, 망설이다가 결국은 주보 뒷면에 휘갈겨 적고 말았다.

"그 여자뿐만 아니라…… 다른 사람들도 그 덕분에 다 살게 된
거라구요."

"저는 잘 모르지만…… 뭔가 좀 억울한 일이 있었다고 하던데
요?"

"억울한 거요? 하, 그렇죠. 억울한 거 많죠. 한데, 지금 그 사람
찾으면 그게 다 해결된답디까? 그 사람이 지금 돌아오면 그게 다
해결되느냐, 이 말입니다."

최 형사는 그 대목에서 목소리를 높였다. 수화기 너머로 가래침 뱉는 소리가 들리기도 했다.

"그러면 그 사람이 그래서 일부러 사라진 거란 말씀인가요? 다른 사람들 때문에요……?"

"그거야 나도 모르죠. 그 사람이 일부러 그런 건지, 우연히 그런 건지, 아니면 단순히 그냥 사고인 건지……. 그건 아무도 모르는 거죠."

부목사는 펜을 든 채 가만히 침묵을 지켰다.

"한데, 지금까지 돌아오지 않는 걸 보면 빤한 거 아니겠습니까?"

"아직까지…… 수배도 계속 내려져 있는 거죠?"

"그러니까 내 말이……."

최 형사는 무슨 말인가를 더 하려다가 그만 멈췄다. 그러곤 다시 이런 말을 했다.

"찾지 말라고 하십시오."

부목사는 그때부터 한 줄 한 줄 자신이 적은 메모를 지워 나갔다.

"그 사람 그렇게 만든 사람들…… 아직도 다 멀쩡하게 자리 지키고 있어요."

"저도 그래서 말리곤 있는데……."

"그 사람 돌아오면…… 언제 다시 또 시작될지…… 그건 아무도 모르는 겁니다."

부목사는 대답 대신 고개를 끄덕거렸다.

"그걸 알아야 합니다. 그 사람도 그걸 아니까…… 그래서 돌아오지 않고 있다는 거."

"혹시 그 뒤에 또 무슨 다른 소식 들은 건 없으시구요?"

"없어요. 제가 하고 싶은 말은 그게 전부예요. 찾지 마십시오. 그 사람이 제 발로 돌아오기 전까진……."

부목사와 최 형사의 전화는 그렇게 끝이 났다. 그것이 전부였다.

7

자, 이것을 이제 진짜 마지막이구나, 아쉬워하며 들어 보아라.

당일 아침, 그러니까 1982년 6월 27일 오전 10시 무렵, 나복만은 근 2개월 만에 처음으로 노란색 '안전택시' 유니폼을 입게 되었다. 그는, 누군가 깨끗이 빨고 다림질까지 한 회사 유니폼 단추를 하나 하나 채우면서 한쪽 팔로 쓱쓱, 자신의 가슴과 어깨 부위를 쓸어내 려 보았다. 나일론 특유의 서걱거리는 소리와 함께 까슬까슬한 느 낌이 손바닥과 가슴과 겨드랑이를 타고 전신으로 퍼져 나갔다. 잠 깐 쥐라도 난 사람처럼 퍼뜩 어깨를 움츠리기도 했다. 하지만 이내 아무 일도 없었다는 듯 괜찮아졌다. 나복만은 회사 유니폼을 다 입 은 후 '3'번 방 거울에 자신의 모습을 비춰 보았다. 머리카락은 이 미 귓바퀴를 다 덮을 만큼 자라 있었고, 얼굴은 거무튀튀하게 변해 있었다. 목울대는 어쩐지 더 가늘어진 것처럼 보였고, 입술은 핏기

하나 없이 하얀 각질이 일어나 있었다. 그래서 그런지 노란색 회사 유니폼은 더 선명하고 화사해 보였다. 마치 노란색만 둥둥 거울에 떠 있는 듯한 느낌이 들기도 했다. 나복만은 그런 자신의 모습을 멀거니 바라보다가 코를 한 번 훌쩍 들이키고 뒤돌아섰다. 누군가 거울 뒤편에서 자신을 노려보고 있는 듯한 느낌이 들었기 때문이었다.

"어허허허, 이거 완전 딴사람이 된 거 같네요."

정 과장이 '3'번 방으로 들어오면서 말했다. 그는 은테 안경을 벗고 다시 선글라스를 쓰고 있었다. 손에는 서류 봉투도 하나 들려 있었다. 나복만은, 그것이 바로 오늘 원동성당 주교 보좌신부에게 전해 줄, 자신이 몇날 며칠 베껴 적은, 바로 그 편지라는 것을 알았다. 그는 말없이 고개를 숙인 채 서 있었다.

"자, 자, 이제 나가서 마무리 잘해 봅시다. 날씨가 꽤 좋아요!"

정 과장의 목소리는 평소와 다르게 살짝 들떠 있기까지 했다.

정 과장의 말처럼 그날, 하늘은 언제 생겼는지 알 수 없는 비행운 두 줄기만 선명하게 그어져 있었을 뿐, 구름 한 점 없이 청명하고 푸르기만 했다. 화단에 심어진 백일홍 잎사귀들은 무성하게 자라나 줄기들을 모두 뒤덮었고, 살구나무 아래 그늘은 이전보다 더 크고 짙은 모습으로 둥근 원을 그리고 있었다. 이미 완연한 여름이었다. 사방에서 풀 냄새가 진동했고, 때 이른 잠자리 몇 마리가 하늘을 날아다녔다. 나복만은 건물에서 걸어 나오다가 말고 두 눈을 조금 찌푸린 채 제자리에 멈춰 섰다. 얼마 만에 보는 햇빛인지 알 수 없었다. 또 얼마 만에 느껴 보는 바람인지도 알 수 없었다. 그는 조금 현기증이 났지만, 그래도 한쪽 손으로 차양을 만들어 계속 주변을 둘러보았다. 등에선 땀이 흘러내리고 있었다. 그리고…… 그러다가 그는…… 주차장 정중앙에 세워져 있는, 검은색 지프 옆에 얌전히 주차되어 있는, 자신의 연두색 포니를 보게 되었다. 원주경찰서 주차장에 세워 두었던 강원 3나 7989 번호판을 달고 있는 택시……. 꿈속에서 줄줄 운전석 문에 새겨진 '안전택시' 네 글자가 흘러내리던 택시……. 나복만은 자신의 택시를 한동안 노려보며 서 있었다. 그가 필사적으로 지키려 했던 어떤 것들과, 결국엔 모든 것을 다 말해 버린 자신의 모습이, 마치 먼 과거의 기억처럼 아슴푸레 그의 머릿속을 스쳐 지나갔다. 그는 별다른 감흥이 느껴지지 않았다. 택시 운전을 어떻게 하는 것인지, 그것조차 가물가물하기만 했다.

그런 그를 툭, 치며 정 과장이 먼저 택시 쪽으로 걸어갔다. 그는 나복만이 운전석에 탈 때까지 잠자코 기다렸다가, 서류 봉투를 먼저 택시 안으로 내민 다음 조수석에 올라탔다.

"그래도 미터기 꺾고 갑시다. 어쨌든 이것도 택시 영업이랑 비슷한 거니까."

정 과장은 예의 그 미소를 잃지 않은 채 말했다.

안기부 원주 지부가 있는 반곡동에서부터 원동성당까지 가는 택시 안에서 정 과장은 계속 나복만에게 주절주절 말을 늘어놓았다. 그는 이번 일 잘 끝내고 몇 년만 고생하다 나오면 자신이 새로 일자리를 알아봐 주겠다는 말을 했다. 혹시 자기가 없더라도 밑에 직원들을 통해서 꼭 책임지겠다는 말도 덧붙였다. 어쩌면 자기는 이제 미국으로 가게 될지도 모른다는 말도, 다섯 살짜리 쌍둥이가 있는데 벌써부터 한글 공부와 알파벳 공부를 함께 하고 있다는 말도, 원주엔 제대로 된 유치원이 하나 없다는 말도, 계속 끊임없이, 때때로 운전하고 있는 나복만의 프로필을 바라보며 늘어놓았다. 혹, 그런 일은 없겠지만…… 원동성당에 들어가서 딴마음을 먹으면 안된다는 말과, 주교 보좌신부가 자리에 없으면 오히려 잘된 일이니까, 그냥 편지를 책상 위에 두고 오라는 말, 그 외에 다른 사람들과는 일체 말을 섞지 말라는 말 등등, 나복만이 이미 '3'번 방에서 듣고 또 들었던 말들을 다시 한 번 반복했다.

그러다가 택시가 원주고등학교 앞길을 막 지나쳤을 때, 정 과장은 불쑥 이런 말을 꺼냈다.

"근데, 나 진짜 궁금한 게 있는데요……. 거, 글자를 모르면 어떻게 손님을 데려다 주죠? 이게 간판도 읽고, 또 표지판도 보고, 그래야 할 수 있는 거 아닌가……?"

정 과장은 그러면서 또 한 번 씨익, 웃었다.

하늘은 여전히 푸르렀고, 거리의 플라타너스 잎사귀들은 작은 바람을 따라 물고기 떼 움직이듯 한쪽 방향으로 일렁였다. 멀리서 비행기 지나가는 소리가 들렸고, 노인 한 명이 낡은 짐 자전거를 탄 채 느릿느릿 움직이고 있는 것도 보였다.

"그렇지 않아요?"

정 과장이 재차 물었다.

나복만은 무표정한 얼굴로 운전대를 잡은 채, 계속 앞 유리창만 바라보았다. 그가 늘 봐 왔던 풍경들이 스쳐 지나가고 있었다. 택시는 일정한 속도로 달리고 있었지만, 그는 모든 것이 슬로비디오처럼 느리게 느리게 흘러가는 것만 같았다. 소리도 모두 사라진 것 같았다.

택시가 남부시장 로터리에 막 진입했을 때, 나복만이 정 과장을 바라보며 작은 목소리로 말했다.

"넌, 개새끼야······. 명, 명찰을 달고 있어야지만 그, 그 사람이 누구인지 알아보니?"

정 과장이 천천히 나복만을 바라보았다. 나복만은 앞 유리창 쪽으로 시선을 옮기면서 다시 한 번 말을 했다.

"명찰을 달고 있어야지 그 사람이 누구인지 알아보냐고, 이 개새끼야!"

정 과장은 무슨 말을 하려다가 그냥 입을 꾹 다물고 말았다. 그는 다시 굳은 얼굴로 정면을 바라보았다. 정 과장은 무언가 잘못되었다는 느낌이 들었지만, 이미 때늦은 후회였다.

나복만은 남부시장 로터리를 지나자마자 엑셀 페달을 밟으면서 핸들을 오른쪽으로 꺾었다. 정 과장이 마지막으로 본 것은 하늘을 저 혼자 떠받들고 있는 듯한 거대한 전봇대였다.

*

자, 이것은 참고 삼아 한 번 들어 보아라.

후에 김순희가 찾아낸 1982년 6월 28일자 지방신문 사회면에는 이런 짧은 기사가 실려 있었다.

— 영업용 택시 기사 전봇대 들이받은 후 중상 당한 승객 방치한 채 그대로 달아나

영업용 택시 기사가 인도의 전봇대를 들이받은 후 중상을 당한 조수석 승객을 방치한 채 그대로 달아나 경찰이 수사에 나섰다. 27일 오전 10시 30분경 원주시 개운동 832의 12 앞길에서 안전택시 소속 기사 나 모 씨(29세, 원주시 단구동 172-12)가 몰던 강원 3나 7989 택시가 핸들을 우측으로 꺾으면서 인도에 세워져 있던 전봇대로 돌진, 조수석에 타고 있던 공무원 정 모 씨(36세, 원주시 개운동 652-8)의 머리와 척추 등에 심각한 중상을 입혔다. 뒤따라오던 개인택시 기사 박기범 씨(48세, 원주시 원인동 222-5)의 증언에 따르면 택시 기사 나 모 씨는 사고 직후 운전석에서 나와 절뚝거리며 남부시장 골목 쪽으로 사라졌다고 한다. 한편 중상을 당한 정 모 씨는 현재까지도 의식불명 상태로 원주기독병원 중환자실에서 치료를 받고 있는 중이라고……

3부

자, 이것을 굿바이, 연인과 헤어지는 심정으로 들어 보아라.

이제 다 끝났다. 사실상 그게 우리 이야기의 마지막이었다.

그날 이후, 우리의 나복만은 어디로 사라진 걸까? 절뚝거리면서 그는 도대체 어디로 달아나 버린 것일까? 그 이후 그는 도대체 무엇을 하면서 먹고살았을까? 우리는 그것에 대해선 제대로 알지 못한다.(그것을 알았다면 이야기는 또 이어지겠지.) 다만 우리에겐 몇몇 작은 흔적들만 남아 있을 뿐이다.

그 흔적들에 대해서 말하기 이전에 우선 다른 사람들의 짧은 근황부터 살펴보자면,

먼저, 우리의 정 과장. 정남운은 그날 사고로 인해 척추 골절과 갈비뼈 골절, 그리고 다발성 뇌출혈 등, 다양한 부상을 입게 되었다.

병원 응급실로 실려 왔을 때 그의 동공은 이미 풀려 있었고, 머리에는 이곳저곳 피가 고여 있었으며, 아무런 의식도 남아 있지 않은 상태였다. 목 아래엔 아무런 감각이 없었으나, 이마 부위 상처를 꿰맬 땐 미간을 몇 번 찌푸리기도 했다. 그것이 그의 아내에겐 작은 희망이 되었다. 이후 그는 14년 동안 같은 자세 그대로 생존했다. 자기들 직원을 끔찍이 아끼는 안기부에서 병원 치료비와 본봉의 70퍼센트 수준의 월급을 꼬박꼬박 지급했고, 사고 3년 후부턴 그의 아내가 원주 시내 한 사설 학원에 영어 강사로 취직, 따로 간병인을 두게 되었다. 그의 쌍둥이 아들들은 제법 공부를 잘해 두 명 모두 어머니의 소원대로 미국 뉴저지에 있는 대학으로 진학하게 되었다. 아들들은 중학교 시절부터 번갈아 가며 병실을 찾아와 누워 있는 아버지에게 『데미안』을 읽어 주었는데, 몇 번인가 아버지 두 눈에서 주르르 눈물이 흘러내리는 것을 목격하기도 했다. 그가 사망한 것은 1996년 11월 중순이었다. 모두가 잠들어 있던 새벽 4시 무렵, 그는 조용히 숨을 거두었다.

스포츠머리. 스포츠머리는 사고 이후 가장 자주, 또 가장 많이 정 과장을 면회 온 사람 중 한 명이었다. 갑작스러운 사고 이후, 그는 나복만에 대한 자신의 확신(그러니까 '진짜 간첩'이라는)을 더욱더 견고하게 마음속에 다지게 되었는데, 그래서 자신이 어렵게 찾아낸 나복만의 최초 진술서(말하자면 '통닭' '영계' '생닭' '오뚜기 튀김유' '호프' '경향신문' '매일경제' 그리고 '안전택시')를 바탕으로, 그 단어들의 숨은 뜻을 해석하기 위해 오랜 시간 책상에 앉아 있기도 했다.(당시 그가 머리를 굴려 가며 풀어낸 암호문이라는 게 '통영 생 닭띠 4월 4일 4시 접선?' 뭐, 이런 말도 안 되는 것들이었다.) 그는 암호문이 잘 풀리지 않을 때마다 정 과장을 찾아가 침대 옆 의자에 한참 동안 앉아 있곤 했다. 우두커니 천장을 바라보고 있는 정 과장의 귀에 대고 "과장님은 처음부터 뭔가 알고 있었던 거죠? 그랬던 거죠?"라고 묻는 것도 잊지 않았다. 1991년 봄, 그의 넷째 동생이 대학생 방북 사건에 연루, 구속 수감되면서 그 또한 안기부의 반강제적 이직 요구에 따라 철도청으로 자리를 옮겼는데, 그래도 계속 다섯째, 여섯째, 그리고 막내의 대학 등록금을 책임지면서 살아 나갔다. 그는 결국 결혼도 하지 않은 채 얼마 전 환갑을 맞았다. 헤어스타일은 환갑이 되었어도 변함없는 스포츠머리, 그대로였다.

손등에 털이 많이 난 요원은 1988년 가을, 안기부에 사표를 내고 나온 이후 곧장 사채업을 시작, 큰돈을 벌었다. 그는 주로 원주 중앙시장 상인들과 태장동 미군 부대 앞 자영업자들을 상대로 일수 돈을 융통해 준 뒤, 날마다 장부와 도장을 들고 돌아다니며 이자를 받았다. 그의 일수는 연이율 400퍼센트가 넘는 고금리였지만, 울며 겨자 먹기 식으로 그를 찾는 상인들은 끊이지 않았다. 그는 돈을 갚지 않고 야반도주한 상인들을 일주일 이내로 다시 잡아오는 것으로도 이름을 떨쳤는데, 그의 예전 안기부 동료들이 아르바이트 비용을 받고 추적을 대신해 주기도 했다.(그는 야반도주한 상인들을 잡으면 대뜸 목부터 조르고 보았다.) 그는 1992년, 1996년에 각각 원주시 단계동과 일산동에 5층짜리 건물을 매입하기도 했다. 하지만 그는 그 이후로도 계속 장부와 도장을 들고 손수 이자를 받으러 아침 저녁 중앙시장과 태장동 일대를 어슬렁거렸다. 그는 여자도 만나지 않았고, 술도 마시지 않았다. 주변 사람들은 그를 보며 금욕적이고 청교도적이라고 말했지만, 그의 장부 곳곳에 묻어 있는 눈물방울 같은, 땀방울 같은 자국에 대해선 아무도 주목하지 않았다. 그는 1999년 가을, 순댓국밥집을 운영하는 한 50대 여자에게 식칼로 옆 구리를 난자당한 뒤(그가 먼저 그녀의 목을 졸랐다.) 그때까지 생존해 있던 어머니의 간호를 받는 처지가 되고 말았다. 살짝 치매기가 있 던 그의 어머니는 옆구리에 난 상처에 안티푸라민을 발라 주며 "얘 야, 네가 나쁜 생각을 하니까 이렇게 칼을 맞지 않니?" 하고 웅얼거 리기도 했다.

안전택시의 관리 상무 역시 이후 승승장구, 안전택시뿐만 아니 라, 전세 버스 회사, 여행사까지도 모두 접수, 회장이라는 직함을 달 게 되었다. 그는 사업장마다 미국식 선진 시스템을 도입한다는 명 분으로, 주로 시급제와 계약직으로만 직원들을 고용했다. 그는 분기 마다 자신이 개발한 직원 수익 창출 분석표를 근거로 하위 15퍼센 트 성적을 받은 직원들을 무차별적으로 해고했으며, 경쟁 사업장들 에 대해선 갖은 꼬투리를 잡아 민사소송과 손해배상 청구 소송을 진행, 작은 도시 원주를 분란과 시기와 혼돈의 장으로 몰아넣었다. 관리 상무는 느닷없이 사라진 나복만에 대해서도 '재물 파손죄' 혐 의로 경찰에 고소함과 동시에 법원에 따로 손해배상 청구 소송도 진행했다. 처음 나복만은 국가보안법 위반 혐의로 수배를 받았으나,

3년이 지난 뒤부턴 도로교통법 위반 혐의로, 그리고 다시 공소시효 5년이 지난 뒤부턴 오직 관리 상무의 고소 고발로 인해 경찰에 쫓기는 몸이 되었다.(국가보안법 위반 혐의는 1985년 가을, 누군가에 의해 슬그머니 사라지게 되었다.) 그 모든 것이 다 관리 상무 덕분이었다.

우리의 전두환 장군은 다들 아는 것처럼 1990년대 중반 '반란 수괴죄' 혐의로 그의 친구들과 더불어 짧게 감옥 체험을 한 번 한 후, 현재까지도 계속 골프를 치면서 잘살고 있다.

김순희와 부목사는 1989년 5월 소박한 결혼식을 치른 후, 정식 부부가 되었다. 그들은 이후 아들과 딸 한 명을 슬하에 두었고, 지금까지도 계속 강원도 횡성군에서 목회 활동과 포도밭을 가꾸며 살아가고 있다. 부목사는 지금까지도 여전히 최 형사와 통화한 이야기를 김순희에게 해 주지 않았고, 김순희 역시 그의 이야기를 입 밖에 꺼내지 않았다.

중간에 잠깐 우리나라에 들렀던 라이베리아의 국가원수 '사무엘 도에'는 1990년, 또 다른 쿠데타 세력인 테일러에 의해 귀가 모두 잘리는 처지가 되고 말았다. 사형 집행은 그 뒤의 일이었다.

나복만과 함께 영문도 모른 채 안기부 원주 지부에 끌려왔던 '형제의 집' 출신 형들 중 두 명은 각각 6개월 후, 그리고 2년 후, 정신 착란 증세로 입원했다. 그들 중 한 명은 자살로 생을 마감했다.

조지 부시 대통령 부자는 뭘 하면서 잘 먹고 잘 사는지…… 별로 알고 싶지도 않다.

그리고 나복만은…….

그리고 우리의 나복만은…….

한 통 두 통 편지를 보내오기 시작했다.

*

자, 이것을 늦은 밤, 헤어진 애인에게서 걸려온 전화 한 통을 생각하면서 들어 보아라.

1987년 8월 말, 처음 원주시 관설동 우체국으로 '김순희' 이름이 적힌 편지가 도착한 이래로, 놀랍게도 매 계절마다 한 통씩 나복만의 편지가 꾸준히 도착했다. 편지 봉투엔 여전히 보내는 사람 주소가 적혀 있지 않았지만, 우표 옆 소인은 비교적 선명하게 찍혀 있었다. 편지는 어느 땐 대전에서 발송되었고, 또 어느 땐 창원, 몇 년간은 전라남도 나주, 그리고 다시 군산과 당진 등지로 계속 발송지가 바뀌었다. 그렇게 해마다 네 통씩 관설동 우체국으로 도착한 편지는 그러나 김순희에게 따로 전달되지 않은 채, 그녀의 후배와 결혼한 키 작은 집배원 손에 의해 직접 개봉되었는데(처음 그는 단지 조금 귀찮았을 뿐이었다. 그러다가 결국 버릇이 되고 말았다.) 그것은 2007년 겨울, 그가 우체국을 정년퇴직하는 그날까지도 계속 그렇게 이어지고 말았다.

처음, 나복만의 편지는 짧은 몇 문장만으로 꾸불꾸불 이어지다 가 그대로 끝을 맺곤 했다. 그는 용서를 구한다는 문장을 썼고, 또 보고 싶다, 라는 말을 적기도 했다. 그의 글씨체는 계속 초등학교 1학년과 2학년의 경계에 머물러 있었지만, 2년 정도 지난 뒤부턴 그 래도 좀 알아볼 수 있는 수준까지 나아졌다.(한 4학년쯤 되어 보였 다.) 그리고 그때부터 편지도 조금씩 조금씩 길어졌다.

그는 편지에 느닷없이 "삶은 달걀이 먹고 싶다."라는 말을 쓰기 도 했고, "죄 씻으라 하시네" 같은 찬송가 가사를 그대로 베껴 적어 보내기도 했다. 그러면서 마지막엔 꼭 이런 말을 써 보냈다.

순희 씨, 잘 지내고 있습니까? 나는 잘 지내고 있습니다. 나는 순 희 씨한테 참 많이 미안합니다.

1991년부터인가, 나복만은 편지에서 1982년 봄, 자신에게 일어났 던 일들에 대해서도 띄엄띄엄 쓰기 시작했다. 박병철이 사라진 후 그의 자취방 비키니 옷장에서 서류 봉투를 찾아낸 일과, 그것을 들 고 원주경찰서로 찾아간 일, 후에 법원에서 김상훈의 판결문을 어 렵게 떼어 본 일(그는 판결문을 편지에 동봉하기도 했다.), 안기부 원주 지부 지하 취조실에서 자신이 꾸었던 꿈들과, 그때 생긴 발뒤꿈치의 상처까지…….

그는 비교적 담담하게 그것들에 대해서 썼고, 별다른 원망도, 분노도, 회한도 표현하지 않았다. 비가 내리고 바람이 불고 눈이 내리고 꽃이 피듯, 그는 마치 그 모든 것들이 자연의 한 일부인 양 적어 나갔다. 하지만 사고 당일의 일을 적은 편지는 조금 달랐다. 그는 그 편지 말미에 이런 말들을 적었다.

다 포기하고 나니까 막 화가 났습니다. 제가 도로교통법 말고 또 뭐가 걸릴 게 있다고……. 순희 씨한텐 미안하지만, 저는 그냥 좀 억울했습니다. 순희 씨한테 돌아가지 못한다고 하더라도…… 제가 걸릴 게 도로교통법 말고 또 뭐가 있다고…….

그러면서 그는 또 같은 말을 덧붙였다.

순희 씨, 잘 지내고 있습니까? 나는 잘 지내고 있습니다. 나는 순희 씨한테 참 많이 미안합니다.

*

자, 이것을 누군가에게 사과 받는 심정으로 한 번 들어 보아라.

키 작은 집배원은 나복만의 편지를 차곡차곡 라면 박스에 담아

문간방 선반 위에 올려 두었다. 그는 처음엔 그 편지를 원래 주인에게 되돌려줄 마음도 먹었지만, 그러나 시간이 지난 후 그 편지들을 반복해서 읽게 된 사람은 엉뚱하게도 그의 고등학생 아들이었다. 그 아들은 자라서 소설가가 되었다. 그게 누구인지는 다들 말 안 해도 짐작하겠지만……. 뭐 그렇게 된 사정이었다.

*

자, 이제 정말 이거 하나만 더 말하고 끝내도록 하자.

2011년 봄 어느 날, 최 형사는 아내와 함께 서울 혜화동 마로니에공원 근처를 느릿느릿 걷고 있었다. 그들은 좀 전 동숭동 한 성당에서 진행된 큰아들의 사제 서품식에 다녀오는 길이었다. 그들의 큰아들은 대학에 입학하기 이전부터 사제의 길을 가고자 마음먹고 있었고, 최 형사도, 그의 아내도, 그것에 대해선 별다른 반대를 하지 않았다. 아들의 길은 아들의 길일 뿐. 그들은 그렇게 서로 말을 주고받기도 했다. 하지만 정작 사제 서품식 날짜가 정해지고, 자신들의 큰아들이 이제 '가브리엘' 신부님이 된다는 사실을 알게 된 뒤부터는 마음 한편이 먹먹해지고 또 한편 서운해지는 것은 어쩔 수 없었다. 그제야 비로소 모든 것이 실감 났기 때문이었다. 최 형사는 사제 서품식이 있기 한 달 전부터 종종 숯을 만들다가(그들 부부는 그때까지도 계속 '치악산 숯불갈비'를 운영하고 있었다.) 저도 모르게 턱을 괴었고, 그래서 입술 아래에 자주 검댕이 묻기도 했다. 그는 무언가 소중한 것을 빼앗기는 듯한 기분이 들기도 했다.

최 형사의 그런 마음은 사제 서품식에서 아들에게 직접 제의를 입혀 주다가 울컥, 튀어나와 하마터면 그 자리에서 낮게 욕설을 내뱉을 뻔했다. 자신도 이미 오래전부터 천주교 신자였지만, 그 순간만큼은 모든 것을 원래대로 되돌리고 싶다는 생각이 들기까지 했다. 다행히 그는 아내의 손을 꼭 잡은 채 무사히 예식을 끝까지 다 지켜볼 수 있었다. 그는 아들과 짧은 점심 식사를 마친 후, 아내와 함께 지하철을 타기 위해 마로니에공원 근처까지 걸어갔다. 하지만 그들 부부는 쉽게 지하철 역사로 내려가지 못했다. 그렇게 떠나고 나면 왠지 모든 것이 영영 다 끝나 버릴 것만 같았기 때문이었다. 그들은 계속 마로니에공원 둥근 벤치 주위를 배회했다.

봄이라고는 하지만 가로수들은 여전히 을씨년스러운 모습 그대로였다. 그물이 축 늘어진 농구 골대는 쓸쓸해 보였고, 아스팔트 위를 점령한 비둘기 떼는 흡사 채 녹지 않은 진눈깨비처럼 보이기도 했다. 바람이 훅 불어올 때마다 어디선가 커피 냄새가 났다.

최 형사는 코트 깃을 올려 세우고 주위를 둘러보다가 아내에게 턱으로 한쪽을 가리켰다.

"우리도 저거나 한번 해 볼까?"

그가 가리킨 쪽, 그러니까 마로니에공원 공공 화장실 앞 벽돌 벤치엔, 몇몇 사람들이 앉아 사람들의 초상화를 그려 주고 있었다.

"이 나이에 저거 해 봤자 주름살 말고 뭐 볼 게 있다고…….돈 아까워요."

그의 아내는 고개를 저었지만, 최 형사의 발길은 이미 그쪽으로 향하고 있었다.

최 형사는 초상화를 그리는 사람들 중 벙거지 모자를 쓴 남자 앞에 멈춰 섰다. 모자 때문에 두 눈은 잘 보이지 않았지만, 턱 밑 수염과 팔자주름, 목덜미 아래까지 삐죽 튀어나온 흰 머리칼로 보아 젊은 사람은 아닌 듯했다. 긴 다리에 마른 체형의 남자였다.

최 형사는 먼저 아내를 이젤 앞에 앉혔다.

"이 사람 주름살 좀 작게 그려 주세요."

최 형사의 말에 아내가 가볍게 툭, 그의 팔목을 쳤다. 초상화를 그리는 남자는 대답 없이 짧게 고개만 끄덕였다. 최 형사는 초상화 그리는 남자와 낚시 의자에 앉은 아내 사이에 엉거주춤 서 있었다. 그는 아내와, 아내의 얼굴이 그려지고 있는 도화지를 번갈아 바라보다가 어느 순간부터 계속 초상화 그리는 남자의 얼굴만 바라보았다.

"이 일 하신 지 오래됐나 봐요?"

최 형사가 슬쩍 말을 걸었다. 그 순간 잠깐, 초상화 그리는 남자와 최 형사의 눈길이 마주쳤다. 초상화 그리는 남자는 다시 도화지 쪽으로 시선을 돌렸다.

"꽤 됐죠, 뭐."

초상화 그리는 남자는 느린 목소리로 대꾸했다. 저음이 섞인 굵은 목소리였다.

"벌이는 괜찮으신가요?"

"그럭저럭…… 굶지 않는 수준이죠, 뭐."

도화지엔 아내의 눈이 그려지고 있었다. 몇몇 사람들이 흘끔흘끔 도화지를 쳐다보며 지나갔다.

"저기…… 우리 언제 한 번…… 만난 적 없던가요?"

최 형사가 그 자리에 쭈그리고 앉으면서 물었다. 찬바람이 바짓
가랑이 사이로 파고 들어왔다.

"글쎄요……. 여기 앉아 있으면 워낙 많은 사람들을 만나서……."

"허허, 이게 자꾸 낯이 익어서……."

"그런가요? 나이가 들면 다 그 사람이 그 사람처럼 보이기도 하
죠."

초상화 그리는 남자는 계속 손을 움직이면서 대답했다. 최 형사
는 아무 말 없이 빤히 그의 옆얼굴을 쳐다보았다. 아내는 조금 경직
된 얼굴로 가만히 정면을 응시한 채, 앉아 있기만 했다.

"자, 이제 대충 다 된 거 같네요."

30분쯤 지났을까. 초상화 그리는 남자가 지우개로 머리 윤곽선
을 손보면서 말했다. 그제야 아내가 낚시 의자에서 일어났다. 최 형
사 또한 자리에서 일어나 한 발짝 더 가까이 다가갔다. 그들 부부는
초상화를 든 채 한참 동안 서 있었다. 아내의 얼굴은 조금씩 붉어
져 갔다.

"허허, 이건 초상화가 아니고 꼭 몽타주 같네요?"

최 형사가 웃으면서 말을 건넸다. 초상화 그리는 남자는 목탄과
지우개를 화구통에 넣다 말고 슬몃, 자신이 그린 초상화를 다시 한
번 바라보았다.

"그런가요? 뭐, 그렇게 보일 수도 있겠죠."

최 형사는 지갑에서 만 원짜리 지폐 한 장을 꺼내 그에게 건넸다.

"나쁘다는 소리는 아닙니다."

초상화 그리는 남자는 두 손으로 지폐를 받아 들었다.

"선생님도 그리실 건가요?"

"아닙니다. 저는 나중에 그리죠."

최 형사는 가볍게 고개를 숙여 인사했다. 초상화 그리는 남자 또한 자리에서 일어나 인사를 했다.

최 형사는 아내와 함께 초상화를 들고 지하철 역사 쪽으로 걸어갔다. 걸어가는 도중, 최 형사는 제자리에 멈춰 서서 다시 한 번 둘둘 말려 있던 초상화를 펼쳐 보았다. 그러곤 마로니에공원 쪽, 초상화 그리는 남자를 바라보았다. 남자는 아무 일 없었다는 듯, 나무처럼 우두커니 앉아 있었다. 그는 아내의 손을 꼭 잡고 다시 가던 길을 갔다.

차남들의 세계사.

작가의 말

2009년 봄에 시작한 소설을 2014년 여름이 되어서야 겨우 세상에 내놓는다.

1부는 빨리 썼으나, 2부와 3부는 그렇지 못했다.

소설을 쓸 땐 왜 이렇게 안 풀리지, 생각했는데, 지나고 보니 차마, 그럴 수가 없었던 것이다. 차마, 빨리 쓸 수가 없었던 것이다.

이 소설을 쓰면서 『남영동』(김근태, 중원문화, 1987), 『항소이유서』(공동체 편집부, 공동체, 1988), 『소비에트 중앙아시아 고려인 문학사』(김필영, 강남대학교 출판부, 2004), 《동아일보》, 《경향신문》(1978. 3~1988. 12) 등의 도움을 받았으며, 담양 '글을 낳는 집', 서울 연희동 '연희문학창작촌', 무주의 '일성콘도', 광주 봉선시장 뒤 상하방, 조선대 앞 캠퍼스 고시원, 원주시 외곽의 '황골 모텔', 우즈베키스탄 타슈켄트 근교의 아파트 등을 전전했다. 그곳에서 만났던 많은 사람들의 선의를 잊지 않고 간직하겠다. 민음사 김소연 씨와, 지금은 퇴사한 강미영 씨에게도 특별한 감사 인사를 전한다. 그들이 이 소설의 처음과 끝을 함께해 주었다. 광주로 이사 오자마자 제목도 난감한 소설을 읽고 추천사를 써 준 형철 씨에게도 고마움과 미안한 마음을 전한다. 하지만 추천사 때문에 일부러 축구 시합에 진 것은 아니라고, 여기에 분명히 밝혀 둔다.

2014년 여름
이기호

이기호 1972년 강원도 원주에서 태어났다.
1999년 《현대문학》으로 등단했고,
소설집 『최순덕 성령충만기』,
『갈팡질팡하다가 내 이럴 줄 알았지』,
『김 박사는 누구인가?』,
장편소설 『사과는 잘해요』 등이 있다.
이효석 문학상과 김승옥 문학상을 수상했으며,
현재 광주대 문예창작과 교수로 재직 중이다.

차남들의 세계사

1판 1쇄 펴냄 2014년 7월 25일
1판 12쇄 펴냄 2023년 10월 20일

지은이 이기호
발행인 박근섭·박상준
펴낸곳 (주)민음사

출판등록 1966. 5. 19. 제16-490호
주소   서울특별시 강남구 도산대로1길 62(신사동)
          강남출판문화센터 5층 (우편번호 06027)
대표전화 02-515-2000 | 팩시밀리 02-515-2007
홈페이지 www.minumsa.com

ⓒ 이기호, 2014. Printed in Seoul, Korea

ISBN 978-89-374-8934-1 (03810)